一条狗的使命
只想陪在你身边

【美】W.布鲁斯·卡梅隆 著
曹耀萍 卢洁莹 译

W. Bruce Cameron

天津出版传媒集团
天津人民出版社

图书在版编目（CIP）数据

一条狗的使命：只想陪在你身边 /（美）W. 布鲁斯·卡梅隆著；曹耀萍，卢洁莹译．-- 天津：天津人民出版社，2018.12
书名原文：A DOG'S WAY HOME
ISBN 978-7-201-14137-4

Ⅰ．①一… Ⅱ．①W… ②曹… ③卢… Ⅲ．①长篇小说－美国－现代 Ⅳ．①I712.45

中国版本图书馆 CIP 数据核字 (2018) 第 218841 号

著作权合同登记号：图字 02-2018-339

一条狗的使命：只想陪在你身边
YITIAOGOU DE SHIMING:ZHIXIANG PEI ZAI NISHENBIAN
[美] W. 布鲁斯·卡梅隆 著

出　　版　天津人民出版社
出 版 人　黄　沛
地　　址　天津市和平区西康路 35 号康岳大厦
邮政编码　300051
邮购电话　（022）2332469
网　　址　http://www.tjrmcbs.com
电子信箱　tjrmcbs@123.com

责任编辑　章　赪
封面设计　王　鑫

制版印刷　大厂回族自治县德诚印务有限公司
经　　销　新华书店
开　　本　620 × 889 毫米　1/16
印　　张　16
字　　数　157 千字
版次印次　2018 年 12 月第 1 版　2018 年 12 月第 1 次印刷
定　　价　49.00 元

从一开始，我就感觉到了猫的存在。

猫无处不在。

我睁开眼睛，但是看不清楚它们的模样。它们靠近我的时候，我眼前只有在黑暗中晃动的身影。不过，我能根据气味准确地辨认出它们，就像当我吮吸乳汁时能嗅出妈妈的气味、能感受到旁边推搡着的兄弟姐妹们一样。

当然，我并不知道它们是猫。我只知道，它们跟我不一样，生活在我们周围，却不挨着我们喝奶。后来，当我能看清楚它们，发现它们娇小柔软又身姿轻盈之后，我才意识到，它们不仅“不是狗”，而且还是一种独特的动物。

我们和猫一起生活在一间阴冷、昏暗的小屋子里。泥土散发着陈腐的异香，我喜欢用力将其吸入，让浓浓的香味充盈鼻腔。上方是用木头搭建的顶板，灰尘从中散落下来，弥漫在空气中。地面凹陷处是我家的小窝，屋顶压得很低，每当妈妈从小窝中起身离开，她翘起的尾巴便会够到半个屋顶；而这时，我和我的兄弟姐妹们会“汪汪”地抗议，互相挤在一起寻求安抚。我不知道妈妈离开后会去哪里，在她回来之前，我们都很焦急。

屋里唯一的光源是远处的一个方形洞口。洞口外的世界充斥着阴冷、鲜活、潮湿的气息，那些地方、那些事物，比我在屋里的所见所闻更加令人神往。我偶尔看到有猫从洞口处一闪而过，跳到外面的世界中，或从一些未知的地方回来。可是每当我想爬到外面去看看，妈妈总是把我推回来。

当我双腿变得健壮、目光变得敏锐之后，我除了和兄弟姐妹玩，也和小猫一起玩耍。我通常会和同一家的小猫到公共住处凹陷的地方去玩。有两只年轻小猫特别友好，它们的妈妈偶尔也会舔我。

但是与小猫咪愉快地玩耍一段时间后，我的妈妈总会突然出现，叼着我的脖子，从一群猫咪中把我带回去。当妈妈把我与兄弟姐妹放在一起时，它们都会怀疑地嗅着我，从它们的反应中可以看出，它们不喜欢我身上残余的猫味。

这就是我有趣又美好的生活，我没有理由怀疑它会改变。

一天，我和兄弟姐妹们正迷迷糊糊地喝着奶，听着对方发出的“唧唧”声，妈妈突然翻身站起来，毫无预兆。我整个身体都被带到半空中，然后从奶头上摔了下来。

我立刻知道有什么不好的事情发生了。

一阵恐慌在洞穴里弥漫开来，像风一样掠过一只又一只猫的耳边。猫妈妈们叼着孩子，惊愕地躲到后面去。我和兄弟姐妹们则哭着涌向妈妈，因她的害怕而感到不安。

强烈的光束从洞口射进来，扫向我们，刺痛了我的双眼。有声音说：“天哪，这洞里有几百万只猫！”

我不知道是什么东西发出这些声音，也不懂为什么屋里充满了闪烁的灯光。新生物的气味从洞口那边飘进来。我们处于危险之中，正是那些看不见的生物对我们构成了威胁。我的妈妈埋头喘气，不断后退；我们也都踉踉跄跄地紧随其后，发出微弱的声音，恳请妈妈不要离开我们。

“我看看，天哪，这么多！”

“这会是个问题吗？”

“这当然是个问题！”

“你打算怎么办？”

“我们必须给除虫公司打电话。”

根据声调和语气的变化，我能分辨出第一种声音和第二种声音之间的区别，尽管我不知道这些声音所表达的意思。

“我们自己毒死它们不行吗？”

“你车上有毒药吗？”

“没有，但我能想办法弄点儿来。”

妈妈总不让我们咬她的奶头，我们很不安。她肌肉紧张，注意力都集中在声音传来的地方。我希望妈妈能给我们喂奶，我想要知道我们是安全的。

“好吧，但是如果我们这么做，周围就会全是死猫，太多了。一两只还好处理，但这是一整群啊。”

“得赶在六月底之前完成，我们可没时间慢慢来。”

“这我知道。”

“看到那些碗了吗？有人一直在喂那些该死的东西。”

灯光交织在一起，在屋内的地面上亮起一片光芒。

“呵，很好，这些人发什么神经！”

“你要我把他们找出来吗？”

“不用，搞定这些猫，问题就解决了。我马上叫人来。”

灯光最后闪了一下，然后就灭了。尘土弥漫，我听到重重的脚步声，比猫轻盈的脚步声大得多。慢慢地，新生物远离了洞口。小猫们又开始玩耍起来。我挨着兄弟姐妹们喝完奶，去看了猫妈妈的孩子。像往常一样，阳光一穿进洞口，成年的猫群就会奔涌而出，晚上我能听到它们回来的声音。有时我会闻到血腥味，那是它们把捕获的小猎物带回了各自的窝。

妈妈觅食的时候，从来不会远离洞口。因为洞口就放着装有干粮的大碗。我从妈妈的呼吸中能闻出食物有鱼、青菜和肉，我也想尝尝这些东西的味道。无论如何，恐慌已经消散了。

直到一天，我正和懵懂无知的小猫咪一起玩耍，突然，一切都变了。

这一次，灯光不再是一束，而是一片刺眼的光亮，瞬间照亮了一切。

猫咪们吓得四散开来。我僵住了，不知道该怎么办。

“把网铺开，它们一跑，就能一网打尽！”

洞口外面传来声音：“已经准备好了！”

光的后面，三个庞然大物偷偷潜入。虽然我闻过人类的气味，但这是我第一次亲眼见到他们。跟我以前想象的完全不一样。我发现我莫名其妙地被他们吸引，看到他们爬进洞，我想要冲向他们。然而猫群的愤怒让我警惕地待在原地不动。

“捉到一只了！”

一只公猫尖叫着。

“我的天哪！”

“看着点儿，有两只刚刚跑掉了！”

“好吧，真是见鬼了！”洞口那边传来应答声。

我和妈妈走散了，慌乱中我想从猫群中辨认出妈妈的气味。突然，我的颈背被利齿咬住了，身体一下子软了下来。猫妈妈把我拽回到小洞深处的石墙裂缝中，将我塞进狭小的空间里，和她的孩子们在一起，然后自己蜷缩在我们身边。在猫妈妈的引导下，小猫全都安静下来了。我和那些猫一起躲在黑暗中，听到人类相互嚷嚷。

“这里还有一窝小狗！”

“开什么玩笑！快，快抓住那只猫！”

“该死，它们躲得太快了。”

“来吧，小猫咪，我们不会伤害你的。”

“有只母狗。”

“它很凶的，小心别被咬了。”

“没事的，来吧，乖狗狗。”

“甘特没说这儿有狗。”

“他也没说这儿有这么多该死的猫。”

“嘿，你们在外面的有没有网住它们？”

“比抓鬼还难！”有人在外面回答道。

“来吧，小狗。该死！注意，母狗来啦！”

“我的天哪！好啦，我们网住母狗了！”外面的声音呼喊道。

“来吧，小狗狗！它们好小啊。”

“肯定比讨厌的猫好搞定。”

我们听着这些声音，但没弄明白是什么意思。墙外的光线从裂缝中透进来，照到我们的藏身之处，好在没人靠近我们。恐慌和猫味都逐渐散去，声音也慢慢消失不见。

最后，我睡着了。醒来时，妈妈不见了，兄弟姐妹们也不见踪影。地板凹陷的那块地方，是我们出生、吃奶的地方，那里仍然散发着家人的气息。我四处嗅着寻找妈妈，空虚和茫然彻底占据了我的内心。我止不住地啜泣，不停地哽咽。

我不明白到底发生了什么。别的猫也不见了，只剩下猫妈妈和她的孩子们。我疯狂地跑向猫妈妈，想要寻求答案和安慰，哭诉心中的恐惧。猫妈妈已经把小猫从墙后面带出来，放回到它们的窝——一块小方布上。猫妈妈用自己黑黑的鼻子小心地触探我，然后躺在我身边，我顺着气味开始吸奶。舌头上的感觉新奇又古怪，但那种温暖和爱护是我所渴望的，我感激地吃了起来。过了一会儿，其他小猫也加了进来。

第二天早上，几只公猫回来了。它们走近猫妈妈，猫妈妈发出“嘶嘶”的警告声，公猫们就回到自己的地方睡觉去了。

后来，等洞口的光慢慢变亮，又渐渐暗下去时，我闻到了另一个人的味道——一股和我之前闻到的不一样的味道。

“猫咪在哪儿呢？”

猫妈妈竟然直接把我们留在方布上自己突然离去，带起一阵冷风，

我们都被吓到了，互相依偎在一起寻求安慰，一窝小猫和一只小狗扭成一团。我能看见猫妈妈走近洞口，但她没有再往外走，她站在那儿，毛发微亮。公猫们进入警戒状态，但并没有跟着她。

“只剩你这一只狗狗了吗？发生什么了呀？我刚才不在，什么都没看到，但是泥里有卡车的痕迹，肯定有卡车来过。他们把其他猫都带走了吗？”那个人从洞口爬进来，一时挡住了光线。他是男的，我能闻得出来，虽然到后来我才明白男女之间的区别。他似乎比我见过的第一个人庞大一些。

我再次被这种特殊的生物所吸引，心中燃起一种莫名的渴望。但上一次的恐惧记忆使我待在原地，和小猫们待在一起。

“很好，我看到你们了。嗨，你们是怎么逃出来的？他们拿走了你们的碗。乖。”

一阵“沙沙”声后，食物的香味飘散到空气中。

“先吃点儿，我去给你们拿碗和水。”

那个人扭着身子往洞外退去。他一走，猫咪们蜂拥而出，疯狂地舔食撒在泥土上的食物。

我警惕地发现那个人又回来了，他的气味越来越浓烈，但小猫们丝毫反应也没有。公猫们看到他出现在洞口，立刻就逃回自己的角落去了，只有猫妈妈站了起来。一个装着食物的新碗被推了进来，但猫妈妈没有去接，只是站在原地看着。我能感觉到猫妈妈的紧张，我知道如果这个人跟昨天那些人一样想抓我们，猫妈妈会立马冲出去。

“这儿还有些水。你看起来像是在哺乳，你是不是有猫宝宝？他们带走你的孩子了？哦，我对此感到很抱歉。他们打算拆掉这些房子，盖一幢公寓大楼，你和你的孩子们不能待在这里了，明白了吗？”

最后，那个人离开了，成年猫小心翼翼地继续进食。猫妈妈回来时，我闻了闻猫妈妈的嘴。当我舔猫妈妈的脸时，猫妈妈突然转身而去。

由洞口倾泻进来的光线的变化标志着时间的变化。洞里来了更多的猫，其中一些猫曾经和我们一起生活过，还有一只新来的母猫。母猫的到来引发了公猫之间的打斗。我怀着浓厚的兴趣目睹它们之间的战争。一只公猫将另一只公猫压制在地上，僵持了很长一段时间。它们的尾巴痛苦地摇晃着，让我明白了那是在打斗，而不是在睡觉。只要一挣脱，它们就立刻鼻子贴鼻子，面对面站着，朝对方大声吼叫，丝毫都不像是猫的声音。除此之外，打斗还有很多种，比如一只公猫侧躺着狂扇另一只站着的猫；或者站立的猫狂打侧躺的那只猫的脑袋，躺着的猫则快速地乱抓反击。

它们怎么不后脚站立起来互相攻击呢？好吧，这个动作对小屋里的所有动物来说都太难了，毕竟这里这么狭窄，想来也没什么意义。

除了猫妈妈，我和其他成年猫没有交流，它们表现得好像我不存在一样。我整天和小猫们纠缠在一起，摔跤、攀爬、追逐打闹。有时我会吼它们，我不喜欢它们玩耍的方式，不知怎的，总觉得这似乎是不对的。我想爬到它们的背上啃它们的脖子，但它们那么柔弱，一推就倒，每次我一跳到它们背上，它们就瘸瘸拐拐的，好像承受不住我的重量。有时候，它们用整个身子围着我的鼻子，有时候又突然从四面八方猛扑向我，用那小小的、锋利的爪子拍打我的脸。

夜晚，我思念我的兄弟姐妹，思念我的妈妈。虽然我现在也有一个家，但我明白自己与猫是不同的。我有一群伙伴，然而它们是一群小猫。我总觉得哪里有问题。我感到焦躁不安，我并不快乐。有时候我会哽咽出我的痛苦，这时猫妈妈会舔我，让我觉得稍微好受一点儿，只是一切都不应该是这个样子的。

那个男人几乎每天都会带着食物过来。每次我一想靠近他，猫妈妈都会迅速地拍打我的鼻子以示惩罚，于是我学会了小窝的规则：我们不能被人类看见。所有其他的猫似乎都不想去感受人类的触碰，但对我来说，想要被他抱起来的渴望越来越强烈，遵守小屋的规则也就越来越困难了。

猫妈妈停止哺乳之后，我们必须慢慢适应去吃那个男人提供的食物，有时候是美味的干粮，有时候有散发异香的湿肉。习惯这种变化以后，我倒是感觉不错。我已经饿了太久了，饥饿似乎成了一种自然的状态。现在我能吃饱了，还能舔食足够多的水。我吃的食物比猫兄弟姐妹吃的总和还要多，显然，现在我也长得比它们庞大许多，不过它们对我的尺寸不以为意，依旧不按我的方式玩耍，总是抓我的鼻子。

我们模仿猫妈妈，那人一出现在洞口，我们就往洞内回避。那人一走，我们就蹭到洞口去呼吸外面飘进来的浓郁香味。猫妈妈有时晚上出去，我能感觉到小猫们都想和她一起出去。对我来说，白天更具诱惑力，但我得提防猫妈妈，因为她会迅速地对任何超越边界的行为进行处罚。

有一天，那个男人跟其他人一起在洞口聊天儿。我远远一闻就知道是他，他的气味和猫妈妈的气味一样令我熟悉。

“它们总是远远地躲在洞里面。我带食物来的时候，母猫会上前来，但不让我碰它。”

“除了这个入口，还有没有其他入口通向里面？”不同的声音、不同的味道，她是个女人。我不自觉地摇着我的尾巴。

“应该没有，我们要怎么做才行？”

“我带了这些大手套来保护我们。你拿着网站在这里。猫一经过，你就能将它们网住。有多少只猫在里面？”

“现在还不知道。很明显母猫最近在哺乳，就算有小猫，它们白天也不会出来的。还有两只猫，我不知道它们的性别。以前这里有很多猫的，我猜应该是开发商把它们带走了。开发商打算拆掉整排房子，建一幢公寓大楼。”

“他永远得不到住在这里的野猫的拆迁许可证。”

“这可能就是他为什么要那样做的原因吧。你觉得他会伤害那些被他抓走的动物吗？”

“好吧，我觉得，没有法律禁止诱捕和伤害住在自己房子里的猫。我的意思是，我猜他可能把它们带到了其他的收容所。”

“本来这里有很多猫的，整片房子都爬满了。”

“奇怪的是，我没有听说一大群猫出现在哪个地方。动物救援组织很团结，我们一直保持着沟通。要是有二十多只猫出现在什么地方，我肯定早就听说了。你还好吧？嘿，对不起，我不该说这些的。”

“我没事，我只是希望自己早点儿意识到这一切。”

“无论怎样，你给我们打电话是对的，卢卡斯。我们会给每只猫都找个好人家的，你准备好了吗？”

我已经完全厌倦了这种单调的声音，忙着和小猫玩摔跤。突然，猫妈妈全身紧绷，双眼警惕得一眨也不眨，紧紧地盯着洞口，尾巴抽动着，双耳横平倾向后背。我好奇地注视着猫妈妈，没注意到有只小公猫冲过来，打了一下我的嘴，又飞快地逃走了。

紧接着，强光一闪，我明白了她的恐惧。猫妈妈抛下幼猫，逃到后墙去。我看见猫妈妈悄悄地滑进了隐蔽的裂缝里。那两个人爬进洞里，小猫们混乱地四散开来，公猫们逃到了洞穴后方，我也往后躲去，我很害怕。

灯光在墙上晃来晃去好像跳舞一样，然后照到了我，我脸上亮堂堂的一片。

“嘿，这有只小狗！”

“嘿，小猫咪！”那个女人爬了进来，伸出双手。她手上戴着的厚布残留了许多动物的痕迹，主要是猫的。

小猫们都害怕地闪开了，没有方向地四处乱窜，但没有一只猫跑进

墙上的裂缝里。我能感受到猫妈妈躲在裂缝里面吓得缩成一团，瑟瑟发抖。其他成年猫也没好到哪里去，虽然没有发抖，但都吓得一动不动，紧紧地盯着靠近它们的人类。其中一只猫厉声尖叫着想冲出洞口，被那个女人用厚厚的手套抓住了。她小心翼翼地将它递到另一双戴着手套的手里。有两只成年猫从她身边逃脱，跑到洞口外面去了。

“抓到它们了吗？”女人大声问道。

“抓到一只！”回答的人大喊，“还有一只跑了。”

而我呢，我知道自己该做什么，我应该去和猫妈妈待在一起的，但我的内心深处却想背道而驰。我被向我爬来的那个女人迷住了。虽然我不曾被人类抚摩，但我能想象出那种感觉，就像回想起很久以前发生过的事一样，一股冲动占据了我。那个女人用手向我示意，任由其他成年猫经过她，窜出她身后的洞口。“来这儿，小狗狗！”我蹦跳着向前，撞进她的怀里，小尾巴不停地摆动。

“哦，你真是太可爱了！”

“我们又抓到了两只。”外面传来呼喊声。

我舔了舔那个女人的脸，在她怀里蹭来蹭去，动个不停。

“卢卡斯，我找到了一只小狗，你伸手进来把它抱出去，好吗？”她把我举起来，察看了一下我的肚子，“接住了，是小母狗。”

一直将食物放在碗里给我们的男人出现在洞口，那股熟悉的气味飘了进来。他把手伸进来，轻轻地放在我身上将我裹住，然后托住我，把我抱到外面的世界。我的心“怦怦”直跳，不是因为害怕，而是太开心。我仍然能感觉到我身后的小猫，感觉到它们的恐惧，空气中猫妈妈的气味很浓烈，但我当时只想被那个男人抱着。他把我放下来，把我揉在凉凉的泥土中，我想扑向他，轻咬他的手指。

“你真笨啊，你这个笨狗狗！”

我们玩耍的时候，那个女人将小猫一只一只地递出来，交到另外两

个男人的手上，然后他们把小猫放进卡车后面的笼子里。小猫们很忧伤，“喵喵”直叫。听到它们呼叫，我很难过。我是它们的大姐姐，却不能为它们做些什么。我希望猫妈妈也赶紧加入它们，因为这样才能让它们好受些。

“应该都抓完了吧，”女人说着走了过来，我正在和那个男人玩耍，“除了跑掉的那些。”

“是吧，我很抱歉。虽然找到了它们的窝，我却不懂如何抓住它们。”

“没关系，这需要足够的练习。”

“逃走的猫会怎么样？”

“如果工人要拆掉房子的话，希望它们不要马上回来。”女人蹲跪了下来，抚摩着我的耳朵。一下子得到两个人的注意简直是我所经历过的最奇妙的事情。“这儿没有其他狗了，我完全想不出这个小狗在那里面做什么。”

“我以前从没见过它，”男人说道，“里面一直只有猫。它多大了？”

“我不知道，八个月？看得出来，它要越长越大了。你看那些爪子。”

“它是什么品种，牧羊犬？马士提夫犬？”

“不是牧羊犬，是有点儿马士提的样子，不过看它的脸更像是斯塔福德或者罗威纳，可能各种基因都有点儿。”

“它看起来很健康。我是想说，它真的一直住在那个洞里？”男人仔细端详着我。他把我举起来的时候，我全身软弱无力，但当他靠近我时，我想去咬他的鼻子。

“我不觉得它一直都在那里面生活，”女人说，“它可能只是跟着小猫或者成年猫进去的。说到这儿，你最后一次见到那只母猫是什么时候？”

“已经有好几天了。”

“那只母猫不在洞里，我们可能来错时间了，它可能出去觅食了。如果你看到它，告诉我好吗，卢卡斯？”

“你有名片吗？”

“有啊。”

男人把我放下来，他和女人都站了起来。女人递了东西给他。我把爪子放在他的腿上，想闻闻是什么气味。无论那个男人在做什么，我都很感兴趣，最希望的就是他能蹲下来再陪我玩一会儿。

“奥德丽，”男人看着他手指头间夹着的小东西念道，“如果我不在，你跟接电话的人说就行了，他们都知道这房子的事。我们会过来把剩下的猫抓走。哦，对了，我四处打听过，最近丹佛没有人养一大群猫，我们必须做好最坏的打算。”

“谁能做出那种事？”男人道，声音很痛苦。我跳到他的脚上，想让他知道，伤心的时候会有一只小狗在他周围，赶走所有的烦恼。

“不知道。有时候，我一点儿也不明白有些人是怎么想的。”

“这真的很难受。”

“别这样，毕竟你也不知道他的处境。虽然我实在想不明白为什么不能好心点儿把它们随便送到哪个收容所去。我们可以为其中一些猫找到收养的它们的人家，还能找到安置野猫的安全的地方。有些人就是不愿意费神去做好事。”女人把我抱起来，对我说：“乖狗狗，准备好要走了吗？”

我摆动着尾巴，转头去看那个男人。我渴望的是那个男人的双手，比对任何人的手都更渴望。

“你说什么，奥德丽？”

“怎么了？”

“我觉得这应该是我的狗。我是说，毕竟是我先发现它的。”

“哦，”她把我放下，然后我就跑到了男人的脚边，啃他的鞋子，“好吧，但是你不能以这种方式收养动物，你得办手续。”

“如果说这是我的狗，就不是收养不收养的问题了。”

“那好，听着，我不想让事情变得尴尬。你现在有条件收养一只狗吗？

你住在哪里？”

“就在那边，街对面的公寓，所以才会看到这些猫。我每次都会经过这里，总是喂它们。”

“你一个人住？”

男人的举止有些微妙的变化。我抬起头，警觉地看着他，希望他再次将我抱起来，我想舔他的脸颊。

“不，我和我母亲一起住。”

“噢。”

“不，不是你想的那样，是我母亲病了。她是个士兵，从阿富汗回来之后出现了一些症状，所以我一边上学，一边和退伍军人管理局合作，设法为她提供她所需要的帮助。”

“那真是很遗憾。”

“我学的是医学预科网络课程，经常在家，我母亲也经常在家。小狗需要的所有的关注，我们都能做到。而且我觉得，养一只狗对我和我母亲都有好处，她现在什么工作都做不了。”

他伸出手将我抱入怀里，我凝视着他的脸。我能感觉到一件重要的事情就要发生了，虽然我不确定那是什么事。我似乎要离开我出生的小窝了，猫妈妈还在里面哆嗦着。现在，不管这个男人会把我带到哪里，我都会跟他在一起。我想要的就是跟他在一起。

“你以前养过狗吗？有很多工作要做的。”女人说。

“我是在姨妈家长大的，她养了两条约克夏犬。”

“这个小狗现在就已经比约克夏犬大了。我很遗憾，卢卡斯，我不能让你带走它。这不符合我的职业规范。我们有一个审核过程，很少有人能从我们这里收养动物的，其中一个原因就是收养条件太严苛。”

“你的意思是？”

“我的意思是，我不能让你带走它。”

男人低下头，笑着对我说："小狗，你听到了吗？她想把你从我身边带走，你希望这样吗？"他用脸贴近我，我舔了舔他的脸，然后他又笑着温和地对女人说："关于小狗留在谁身边的事情，小狗和我都为我投一票，二比一。"

"嗯？"女人道。

"奥德丽，我觉得事情的发生，总是有它的原因的。这只小狗与猫咪们一起躲在那里，原因大概就是等着我去发现它吧。"

"我很遗憾，这是有规矩的。"

他点头道："规矩总是有的，例外也总是会有的。这就是个例外。"

他们静静地站了一会儿。"有人能争论得过你吗？"她总算问道。

他眨了眨眼睛："嗯，当然，只是这次我得赢。"

她摇头笑了笑："那好吧，就像你说的那样，是你发现了它。你会马上带它去看兽医吗？比如，明天？如果你能保证做到这一点，我也许会同意……我给你一些东西吧，我有皮带、项圈和狗粮。"

"嘿，小狗，想跟我回去一起生活吗？"

他笑得很灿烂，但是从他的声音里，我能感觉到一些我不明白的东西。他焦虑不安，在为某些事情而烦恼，他担心接下来会发生的一切。

猫妈妈没有出来。男人将我从洞穴带走的时候，我能感觉到她的存在，想象她仍然在狭窄的裂缝里抖缩、躲避人类的样子。我不太懂，有什么好害怕的呢？我觉得被那个男人抱着是我经历过的最奇妙的事情，被他抚摩毛发是我体验过的最美好的事情。

他们关上车门，我就再也听不到我的小猫兄弟姐妹的声音了。卡车开走了，只留下我的猫家人的气味在空中慢慢飘散。我想知道什么时候能再见到它们，但我没有时间一直思考这种奇怪的离别。首先是我的兄弟姐妹离开了，然后是我的妈妈，现在是我，我们都去了不同的地方。周围许多新的声音、新的事物让我感到眼花缭乱。当男人把我带进一个

我将要称其为“家”的地方时，我闻到了食物、灰尘、化学药品和一个女人的味道。他把我放下，地板上铺着柔软、奢华的地毯。他在屋子里走动时，我跟在他后面跑着；他盘腿坐下来跟我待在一起时，我就跳到他腿上去。

通过男人的皮肤，我能感觉到他越来越紧张了。当有人接近洞口时，猫妈妈也是这样表现出紧张感的。

“卢卡斯？”这是一个女人的声音。我把声音和房子里每件物品散发的每一种她的气味联系在一起。

“嘿，妈妈。”

一个女人走进房里，停了下来。我跑过去迎接她，摇晃着尾巴，想舔她的手。

“怎么回事？”她张开嘴，眼睛睁得大大的。

“是只小狗。”

她蹲跪了下来，伸出双手。我跑了过去，打滚儿，轻啃她的手指。

“我能看出是只小狗，卢卡斯，你带它回来干什么？”

“它是只小母狗。”

“你没有回答我的问题。”

“动物救援的人过来带走剩下的猫，其他大部分都……算了，不说了。那里有一窝刚出生的小猫，这只小狗就跟它们在一起。”他说。

“你带它回家是因为……”

他走过来蹲在那个女人的旁边，两个人都在抚摩我。

“因为……你看看它，被人抛弃，自己好不容易找到那个洞，很有可能会饿死在里面。”

“但你不能养狗，卢卡斯。”

我感觉到男人不再害怕，但是又产生了另一种情绪。他身体变得僵硬，脸部紧绷：“我知道你会这样说。”

“我当然会这样说。我们的生活已经很难维持了，你知道养一只狗有多贵吗？兽医账单和狗粮，马上就得加进生活费里了。”

“我参加了 VA（退伍军人医院）的复试，我认识那里的每个人，大家都说甘恩博士会支持我。所以我很快就会有一份工作，很快就会有钱。”

他的手抚摩着我，我很放松，昏昏欲睡。

“不仅是钱的问题。我真的希望你能集中精力考取医学院，我们谈过这个的。”

“我有集中精力！”他的声音很尖锐，我马上精神了起来，“你是不是怀疑我的成绩？如果真是这样，那我们就来谈一谈。”

“当然不是的，卢卡斯。分数？拜托，怎么可能！你负担这么重，还能拿 4 分的好成绩？这已经让人很吃惊了。”

“是你不想让我养狗，还是你不喜欢我擅自做这样重大的决定？”

他的语气让我很担忧。我用鼻子碰了碰他，希望他能陪我玩耍，然后忘掉不开心的事。

一阵沉默过后……

“你知道吗？我一直忘记你都快二十四岁了，很容易进入与母亲争执的状态中。”

“我们经常这样。”他的声音很平淡。

又是一阵沉默……

“是的，除了你大部分的童年，你说得对。”她伤心地说道。

“我很抱歉，我不知道为什么会提起这件事，我不是故意的。”

“不，不，你说得对。只要你想，我们可以经常提起，我会一直支持你的。在我的一生中，我已经做了太多错误的决定，总是离开你的身边。现在我想补偿你。”

“我知道的，妈妈。”

“关于小狗的事，你是对的。我的反应是还把你当作一个十几岁的孩

子，而不是和我住在一起的成年人。但是你想一想，卢卡斯，我们的租赁协议中连带宠物进这栋楼都不允许。”

“谁会发现呢？住在这个大家都认为复杂肮脏的公寓里，唯一的好处可能就是门面向大街而不是院子。我会把它抱起来走到外面，悄悄放下。这栋楼里的人甚至不会知道我的行踪。我会用皮带拴住它，绝对不会让它进院子。”他飞快地把我翻了个身，亲了亲我的肚皮。

“你从来没有养过狗，责任重大啊。”

男人什么也没说，只是不停地抚摩我。女人笑了起来，那是一种很轻松愉快的声音：“你最不需要我来教的，就是负责任吧。”

在接下来的几天里，我适应了全新而美好的生活。我知道了那个女人叫“妈妈”，男人是“卢卡斯”。

“要奖品吗？贝拉，奖品。”

我盯着卢卡斯看，觉得他在期待着我做什么，但我丝毫没有领会他的意思。然后，他把手从口袋里拿出来，取出一小块肉递给我吃。我的舌头上掀起了一阵美味的“旋风”。

“奖品”马上成了我最喜欢的词。

我依偎在卢卡斯旁边，和他一起睡在柔软的毯子里。毯子被我啃碎了一点儿，知道他很不高兴之后，我就不那样做了。躺在他旁边比挤在猫妈妈身旁更舒服。有时，在他打瞌睡的时候，我会轻轻地啃他的手指，用最温柔的、充满爱意的方式，不会用力咬下去，我的下巴因此感到疲惫。

卢卡斯每天都会把皮带拿出来好几次，用它把我拉往他想去的方向。起初我讨厌那个东西，觉得它毫无意义。因为当我闻到有趣的东西时，脖子却被拴住了，够不到。但是后来我发现，当皮带从门上解开的时候，我们就能去“散步”，我很喜欢散步。我还喜欢在散步结束回家时看见妈妈，然后扑进她的怀抱里；喜欢卢卡斯把食物放进我的碗里；喜欢在卢卡斯坐下时，玩他的脚。

我喜欢和他玩摔跤，也喜欢他把我抱在腿上。我爱他，我的世界以他为中心，一睁开眼我就想看到他，鼻子也无时无刻不在追寻他的气味。每一天和我的卢卡斯在一起，都有新的快乐和新的惊喜。

“贝拉，你是世界上最棒的小狗。”他经常这样亲吻着我说。

我的名字是贝拉。很快，我就对自己有了认识——贝拉。

每天，我们至少会回洞穴一次。那边一整排房子都没人居住，但只有一间房子里有猫。房子被铁丝网围了起来，不过卢卡斯会把固定在柱子上的铁丝拉起来，这样我们就可以到里面去了。

洞穴里，猫妈妈的味道依然浓烈，但是其他小猫的痕迹都已经不在了。我知道有些公猫已经回来了。卢卡斯会把食物和水放下，但不允许我吃，也不允许我去洞里见我的猫妈妈。

“见它，见母猫？它就在里面看着我们呢，贝拉，它是不会因为你而走出来的。”卢卡斯会这样轻声说。

我喜欢听到自己的名字。我能从卢卡斯的声音中听出疑问，但并没有得到任何奖品。我大概是不明白他说了什么，不过只要跟他在一起，什么都不重要了。

一天下午，在疯狂地玩完攻击鞋子的游戏之后，我累倒在了卢卡斯的脚上。我躺在那里，觉得很不舒服，但是太累了动不了，所以我的头比身体的其他部位都要低得多。

突然，我听到一阵嘈杂的轰隆声，声音越来越大。卢卡斯动了一下，这表明他也听到了。

“那是怎么了，贝拉？”

我挣扎着站了起来。散步？奖品？卢卡斯走到窗前向外看去。

“妈！”他惊慌地喊道。

妈妈从她的房间走出来：“这是怎么了？”

“他们正在卸一台推土机！他们要拆掉房子，那里还有猫呢！”他妈

妈走到窗前。他走到一个抽屉跟前，猛地拉开，“很好，就是这张名片。打给救援中心，找奥德丽接电话，如果她不在，就直接告诉她的同事开发商要拆楼了，那些猫会没命的。”

我可以清楚地感觉到卢卡斯抓皮带时那充斥全身的恐惧。他把皮带扣在我脖子上。我颤抖着，完全清醒过来了。

“我会打电话的，你打算怎么办？”他妈妈问。

“我要去阻止他们。”他把门打开了。

“卢卡斯！”

“我必须去阻止他们！”

我们一起跑了出去。

卢卡斯跑出门去，我被绳子牵着跟着他跑。我们穿过街道，看到铁丝网已经被拆了一些，有台大机器在洞穴附近轰隆隆地响着，声音异常响亮刺耳，周围站着几个人。我蹲下来小便。其中一个人走了过来。他走到我们面前，鞋子散发出一股浓厚的鞋油味和其他我从没闻过的刺激性味道。

“还有猫住在里面。”男人走过来后，卢卡斯气喘吁吁地对他说。他把我抱起来放在胸前，我能感觉到他剧烈的心跳。

“你在说什么？”那人皱着眉头问道。

“有猫住在房子地板夹层的洞里，你不能推倒这间房子，会压死它们的。你可以推倒其他的房子，但这间不行，里面有动物。”

那人咬了下嘴唇，回头看了看他的朋友，然后看向我：“这狗不错。”

他摸着我的头，他的手非常粗糙，散发着忽浓忽淡的化学药品的味道和泥巴味。

卢卡斯深深地吸了一口气，说："谢谢。"

"它是什么品种，丹麦提夫？"

"什么？"

"说你的小狗。我朋友有一条丹麦犬，是丹麦马士提夫，小时候跟这狗很像。我很喜欢狗。"

"太好了！我不太知道它是什么品种。其实，我也是从你们打算推倒的这间房子的地下夹层里救出它的。以前这里面住着很多猫，各种各样的都有，现在也还是有很多的。我想说的是，里面还有猫没有被救走。拆掉一间里面还住着野猫的房子，是不合法的。"

我闻到由洞口散发出来的猫妈妈的气味，我知道她正谨慎地靠近我们。我挣扎着想要去见猫妈妈，被卢卡斯制止了。我喜欢被卢卡斯抱着，但当我想去玩的时候，被他抱着就没那么开心了。

"合法……"那个男人若有所思地重复了这个词，"好吧，我已经拿到了拆迁许可证，就贴在那里，看到了吗？所以这确确实实是合法的。我对猫没有什么意见，除了我女朋友养得实在太多了些。我必须完成我的工作，懂吗？这不是个人问题。"

"这是个人问题。对猫来说是，对我来说也是。"卢卡斯反驳道，"它们被抛弃了，在这个世界上很孤单，只有我能帮它们。"

"好吧，我不跟你争论这些。"

"不如……我们打电话给动物救援的人。"

"我不关心这些，我等不及他们。"

"不行，"卢卡斯大步走到大机器前。我跟在他后面，皮带在我们两个之间晃来晃去，"你不能这样做。"

我抬头盯着大机器看，没看明白什么。

"兄弟，你要惹恼我了，闪开点儿，你这是非法入侵。"

“我不会走开的。”卢卡斯把我抱起来，搂在胸前。

那人走近我们，盯着卢卡斯看。他们差不多高，眼睛对着眼睛。卢卡斯和我也盯着他看，我摇了摇尾巴。

“你真要管这件事？”那人轻声问道。

“介意我先把狗放下来吗？”

那人一脸厌恶地转过头去，小声嘀咕道：“妈妈说过总会有这样的日子。”

“嘿，戴尔！”另一个男人喊道，“我刚刚打电话告知甘特了，他说他会过来。”

“好的，很好，他可以对付这个小子。”那人转过身，朝他朋友走去。我在想他的朋友们会不会过来摸我的头，我肯定会喜欢的。

很快，一辆很大的黑色轿车开了过来，一个人从车里出来。他走过去和那群人说话。大家都望向我，因为现场只有我一只狗。他比卢卡斯更高、更壮一点儿，当他走近时，我闻到了香烟味、肉味，还有他的衣服和呼吸散发出的甜甜的味道。

“所以这是怎么回事？”那个人问卢卡斯。

“还有些猫住在房子下面，你不会冒险去伤害它们的，对吧？”卢卡斯道。

男人摇摇头：“没有猫了，我们全都带走了。”

“不，你们没有全部带走，至少还有三只猫在下面。”

“你错了，而且我没时间管这些。因为这些该死的猫，我们的工作进度已经落后了，我不想再在它们身上浪费时间，我有房子要建。”

“你对那些猫做了什么？它们当中有一些还是小奶猫。”

“不关你的事，这一切都与你无关。”

“真的一点儿关系也没有吗？我就住在街对面，我看着这些猫来来去去。”

“真有你的，你叫什么名字？”

“卢卡斯，卢卡斯·雷。”

“我是甘特·贝肯鲍尔。”男人伸出手来握住卢卡斯的手，过了一会儿就放开了。当卢卡斯的手收回来抱住我时，我仔细地闻了闻，发现他手上也有了香烟和肉的味道。

“是你把我的栅栏压下来的？我已经派人修了三次了。”

卢卡斯什么也没说。我躺在他的怀里，昏昏欲睡。

“很明显也是你在喂这些猫。这并不是在帮忙，你知道吗？”

“你的意思是要它们挨饿吗？”

“它们是猫，会抓鸟和老鼠，难道你不知道？所以它们并不会挨饿。”

“才不是呢。它们繁殖太多，如果不抓住它们带去消毒，很多小猫都会饿死，要么也会因为吃垃圾导致营养不良而病死。”

“这能怪我吗？”

“不，我只是希望你能给点儿时间，让别人能人道地处置它们。有组织在做这样的事，他们会救助那些什么都没做错却被抛弃、过着流浪生活的动物。我们打过电话了，他们马上就到。等他们处理好这些猫，你就可以继续你的工作了。”

这个带有烟味和肉味的男人，边听边摇头：“说的跟网上说的一样，不过我不想跟你谈这些。你知道现在建一栋房子有多困难吗，卢卡斯？得跟十几个机构打交道，我推迟了一年才拿到许可证，一年！我现在必须开工了。”

“我不会走的。”

“推土机推倒房子的时候，你站在它前面？你是认真的吗？你会死的。”

“认真的。”

“我想简单点儿解决这件事，你却不配合，不要逼我报警。”

“报警吧。”

“有人说过你是个顽固的小王八蛋吗？”

“顽固……可能有，”卢卡斯回答道，“不过没人说过我小。”

“呵，你真是个讨厌的家伙。”

那人没有摸摸我就走开了，这很反常。我们一动不动，站了一会儿。大机器安静下来，我整个身子都觉得轻松了，就好像把压在我身上的什么东西挪开了一样。卢卡斯把我放下来，我小心翼翼地嗅着泥土。我想跟卢卡斯玩闹，可是他只想静静地站着。我被皮带拴着，跑不了太远。

又有人来了，我摇着尾巴。一个女人和一个男人从另一辆车里走出来，他们都穿着黑色的衣服，腰间扣着金属物体。

“是警察。”卢卡斯静静地观察着，“好了，贝拉，现在警察来了，让我们看看会发生什么。”

穿黑色衣服的两个人走过去跟带有烟味和肉味的男人说话。卢卡斯似乎有点儿不安，但我们没有移动。那两个人走过来看我的时候，我打了个哈欠，尾巴摇得起劲。我能闻到女人身上有狗的味道，而男人身上没有。

“哦，我的天哪，好可爱的小狗！”那女人热情地说道。

“它叫贝拉。”卢卡斯回应道。我喜欢听他们谈论我。

女人对着我笑，问卢卡斯：“你叫什么名字？”

“卢卡斯，卢卡斯·雷。”

“好的，卢卡斯，告诉我们发生了什么吧。”她的男同伴说道。

男人跟卢卡斯说话的时候，女人蹲下来逗我玩。我跳到她手上，能嗅到她手上其实有两种狗的气味。我舔她的时候能尝到那两种狗的味道。她身上的金属物体发出碰撞声。

女人站了起来，我往卢卡斯那边看去。

“如果不是警察，那么该由谁来保护这些猫？”卢卡斯问。他第二次

使用“警察”这个词。我能感觉到他情绪低落，我走过去坐在他脚边，希望能使他高兴起来。

“你不应该站在这里，懂吗？”穿黑色衣服的男人指着大机器说，“我明白你在担心什么，但你不能干涉这个建筑项目。你若是还不走，我们就要逮捕你了。”

带有两种狗的气味的女人拍拍卢卡斯的肩膀说：“你和你的小狗最好现在就回家。”

“至少去照一下地板夹层，好吗？”卢卡斯请求道，“你们会看到那些猫的。”

“我不知道这到底有什么用。”女人回答道。

我看到又有一辆车停了下来。这辆车散发着狗、猫和其他动物混合的气味。我把鼻子往上凑，想闻清楚那几种味道。

新来的车带来了一个男人和一个女人。男人把手伸进后座，拉了个大东西出来，扛在肩上。我闻不出那是什么。他碰了一下那个东西，一道强光便射了出来，这让我想起了之前从洞口射进洞穴的光束，照在猫身上，猫都吓得直逃窜。

我认得那个女人。我遇见卢卡斯那天，是她爬进了地板夹层里。我很开心见到这两个人，对着他们直摇尾巴。这里人好多啊。

“嗨，奥德丽。”卢卡斯向她打招呼。

“嗨，卢卡斯。”

我决定以后就叫那个女人奥德丽，想走过去看看她，但她和同伴还没走到我们身边就停下来了。灯光扫过卢卡斯的脸，然后落在洞口前的泥土上。

那个带有香烟味和肉味的男人大步走了过去。他的脚步很重，手一直在摆动，就像是给狗扔玩具一样的手势：“嘿，这里不允许拍摄。”

奥德丽走近那个肩上扛着大东西的男人，说：“我们拍的就是你，因

为你要摧毁一间住着野猫的房子！”

带有烟味和肉味的男人摇了摇头：“里面已经没有猫了！”

我紧张起来了，是猫妈妈！它在洞口边停了一会儿，探测周围的环境，然后飞快地冲出洞口，从我们身边跑过，消失在铁丝网后面的灌木丛里。

“你拍到了吗？”奥德丽问她的同伴。

“拍到了。”肩上扛着那块大东西的同伴回答道。

“还说没有猫？”卢卡斯对那个带有香烟味和肉味的男人说。

“我希望你们能逮捕那些人。”男人向穿黑色衣服的人大叫道。

“他们只是站在人行道上，”穿黑衣服的男人冷静地答道，“没有法律规定不能这样做。”

“我们不会因为拍摄而逮捕人。”带有两种狗的气味的女人回答道，“你确实说过这里没有猫。”

“我们是动物救援组织的，”奥德丽站在原地说，“我们已经给建筑委员会打过电话。由于野猫的存在，他们正在撤销拆迁许可证。警官们，如果他推倒这间房子，那将是违法行为。”

“这不可能！”带有烟味和肉味的男人冷笑了一下，“他们行动没那么迅速，甚至不会这么快就接了那该死的电话。”

“他们接了电话。因为我们组织有位成员刚好是县委会委员。”奥德丽回答道。

穿黑色衣服的两个人互相看了看对方。

“这不是我们部门要管的事。”男人说。

“但你看见猫了，动物福利的事归你们管。”奥德丽说。我在想她为什么不走过来，而只是站在她的车旁边。我希望她过来跟我们一起玩耍。

“大家都站在这里，简直是在浪费我的钱！我认为警察应该做好自己的本职工作，把这些该死的人都带走！”带有烟味和肉味的男人愤怒地说道。

警察，原来穿黑色衣服、腰间扣着金属物体的人是警察。两位警察的语气也强硬了起来。女警察对卢卡斯说："先生，带上你的小狗到人行道那边去，好吗？"

"不，若他还是不管底下那些可怜的猫，坚持推倒房子，我绝不走。"卢卡斯固执地说道。

"我的上帝！"带有烟味和肉味的男人大喊道。

两位警察交换了一下眼神。

"卢卡斯，如果要我再问你一次同样的问题，我就会给你套上手铐，关到警察局去。"女警察说。

卢卡斯静静地站了一会儿，然后把我带到奥德丽那边去。奥德丽摸了摸我。我很开心再次见到她。带有烟味和肉味的男人和警察也跟了过来，大家聚到一起，我更高兴了。

带有烟味和肉味的男人深吸了一口气："这里本来有几十只猫，不过现在没有了。我们刚才看到的那只猫可能只是在里面探测情况，并不表示它就住在那里。"

"我每天都会看到它们。刚才那只猫确实是住在那里，和另外几只猫一起。"卢卡斯告诉大家。一张纸在风中飘动，我想抓住它，但被皮带拉了回去。

"你把那些猫都带到什么地方去了？我没在任何一间收容所发现它们的踪迹。"奥德丽尖声问道。

"好的，警官。首先，这个叫卢卡斯的小子一直在破坏我的栅栏，给那些猫喂食。其次，她说得对，我们非常人道地请了公司外部的人来诱捕猫。我不知道他们对那些猫做了什么，可能给每只猫都找到了收养的好人家。"

"他一直在喂那些你说已经不在这里的猫。"女警察点了点头。

大家安静地站了一会儿，我打了个哈欠。

“嘿，甘特！”一个满身灰尘的男人叫道，“我接到曼迪的电话，她说是关于你的许可证的事。”

最后大家都散了。奥德丽蹲跪在稀疏的草地上和我玩，而她的同伴把那带有灯光的大块东西放回她的车里。

“带着摄像机来真是太聪明了。”卢卡斯说。

奥德丽笑了，说：“那完全是个意外。我刚刚正开车带弟弟拍花絮，他在科罗拉多大学波尔德分校学习电影拍摄。你妈妈给我打电话，我们就赶了过来，想着如果装得像是在拍福克斯31台的新闻的话，效果应该很不错。”她把我抱起来亲吻我的鼻子，我舔了舔她。“你真是太乖巧了。”她说着把我放了下来。

“它的名字叫贝拉。”

听见自己的名字，我抬头看了看卢卡斯。

“贝拉！”奥德丽开心地叫着我的名字。我把爪子放在她的膝盖上，往她脸上爬。“你长大后会成为一条大狗的！”

“嘿，奥德丽。”卢卡斯从喉咙里发出轻微的咳嗽声，我抬起头，感觉到他变得紧张起来。奥德丽微笑着看向他。“我想，我们要是交往的话，会很有趣的。瞧，贝拉也这么觉得。”

我心不在焉地攻击卢卡斯的鞋子。奥德丽突然起身：“听到你这样说，我很高兴，卢卡斯。不过，我刚搬去跟男朋友住。这是件严肃的事。我的意思是，我们的交往是很严肃的。”

“当然，那肯定是很严肃的。”

“嘿，奥德丽，我们可以走了吗？我想在日落前到达戈尔登。”那个男人对着车窗外喊道。我困了，打了个哈欠，是时候睡午觉了。我四脚朝天地躺在草地上，闭上眼睛。卢卡斯来抱我的时候，我都没有睁开眼。

后来，我和卢卡斯在家里的大房间里玩耍，地板很柔软，他们称那里为客厅。卢卡斯拉着一根绳子，我跳过去想咬着它跑开，但它会滑出我的嘴巴。他大笑着，沿着地板拖动绳子，直到我猛扑过去。和他在一起真是太开心了，我喜欢听他笑，这游戏可以玩一整晚。

忽然有人敲门，卢卡斯沉默了一会儿，走了过去。我跟在他身后。他盯着门看了一会儿，一股凉凉的空气从门底部的缝隙中渗进来，我闻到了一个男人的味道——是之前那个身上散发着烟味和肉味的男人。

卢卡斯挺直腰板儿。那人又敲了敲门。最后卢卡斯还是把门打开了，用脚把我扫到一边去。

“我们需要谈一谈。”男人对卢卡斯说。

“谈什么？”卢卡斯问道。

“我可以进去吗，还是你想站在门口谈？”

“进来吧。”卢卡斯从门口往屋内退，男人走了进来，向四处看了看。卢卡斯关上门，那美好的、壮丽的、海浪般迷人的气味也就被关在了外面。

那人坐在沙发上。“可爱的小狗，”他伸出手指让我闻，“这是只公的斗牛犬？”

“它是母的，不知道是什么品种。它之前就住在街对面的房子底下。”

男人静静地坐了一会儿，我好奇地看着他。然后他往沙发后靠，说：“关于那件事，是你喂那些猫的，我没说错吧？”

“是我。”

“好的，这就很讽刺了，你不觉得吗？你往碗里放猫粮，自然而然那些猫应该是你的。但是你给我带来了麻烦。也是你弄开了我的栅栏，对吧？”

卢卡斯没有回答。

“听着，我是过来跟你讲道理的，我觉得你并没有想过后果有多严重。”

他们只是坐着，我有点儿不耐烦了，便去玩地上那只毛茸茸的吱吱作响的球。我没办法将它咬在嘴里，每次想咬住它，它都从我嘴里滚开，于是我就扑到上面压住它。我咆哮，凶猛，得意扬扬。

“我很抱歉，先生。”

“叫我甘特吧，我希望表现得友好一点儿。”

“好的，甘特。”卢卡斯答应了。

这个散发着烟味和肉味的男人叫甘特。

“我很抱歉，可是在我说房子底下有猫的时候，你们的工作人员都不理会，”卢卡斯接着说，“他们只想着把那个地方拆掉，就算那样会杀害无辜的动物也不在乎。”

“于是你就打电话给‘动物复仇队’的人，然后他们把事情告知县委会委员，最后导致我的许可证暂缓使用，至少几个星期之后才能恢复。几个星期，该死，他们做点儿什么都要拖上个把月。我们还指望夏末就完工的。现在看来，可能需要等更长时间了。这期间，我还要付贷款利息，要给员工发薪水，我租来的设备每天都要很多很多钱。而这一切都是因为一只该死的猫。你知道的，只要我想，就可以一枪打死它，没有法律禁止我这样做。”

“不止一只猫，你真的想将它们都杀死吗？传出去对你有利吗？”

“这就是我来找你的原因。我并不想那样做。但是你应该知道，只要我们一动工推倒房子，猫就会自己逃到山上去，不需要我杀它们。我只是希望你别再给那个带着摄像机过去摄像的女人打电话，可以吗？他们不会在乎真相是什么，只会愚蠢地报道说我们把小猫害死了。”

“没有办法知道它们是否已经逃走。我们需要抓住它们，然后封住入口。”卢卡斯说。

“不行，这需要几个星期的时间，我们要立刻解决这件事。”甘特沉

默了一会儿，“我们可能从错误的角度看待事情了。我正在建的这个楼，家具高档，电器齐备，将来肯定热卖。我会给你留一套带有两个房间的房子。你看你现在住的，一床一浴？我知道这栋楼建于70年代，连中央空调都没有，只有窗式的，也只提供廉价的电炉子。既然新医院要建在这边，这栋房子可能很快就会被拆掉。”

“我们有两间卧室，而且租金是有补贴的，不能搬走。”

“我就是这个意思，我会给你补贴。”

“我觉得这样不管用，这些都是跟我妈妈的老兵福利有关的。”

“该死！孩子，你就不能配合我解决这件事吗？好吧，简单点儿，我给你1000美元，你不要跟动物救援的人联系了，成交吗？”

“你要拆掉一间底下住着一家子猫的房子，给我1000美元要我置之不理？”

“有时候生活就是这样，你得看看成本效益。想一想你用1000美元能为拯救猫咪或绿色和平等保护动物的机构做多少好事，总比看着两只疾病缠身的猫熬不过今年冬天要好。”

我打了个哈欠，搔了搔耳朵。人们对追逐玩具、啃咬玩具都没兴趣，他们更喜欢坐着。

“好吧，5000美元。”过了一会儿卢卡斯说。

“什么？”我好奇地看着那人突然扭动身体，在沙发上发出响声，“你这是在和我讨价还价？”

“我已经听了你的话。你担心耽搁几个月，可能会花很多钱。5000美元看起来相当便宜了，甚至10000美元都不为过。”

那人沉默了一会儿，然后大声笑了出来，声音很刺耳：“你是做什么工作的，孩子？”

“我是学生，下周开始在VA医院工作，是一名行政助理。这是个很好的安排，因为那是我妈妈接受治疗的地方。”

我躺在地板上，觉得很无聊。

“真替你高兴，不过我是不会答应你的。我给你个好提议，你却借此敲诈我。你冒犯了我，我就给你个教训。你本来可以拥有很多，现在什么都得不到。你以为在这个世界上，不在政府中交几个朋友就能成为一个承包商吗？我现在要做的，不过是找个动物管理处的官员给我签份文件，证明房子底下没有猫，这可能比 1000 美元要便宜许多。我是想帮你，你显然可以用这笔钱的。”

“事实上，是你先冒犯了我，想让我为一点儿钱就妥协。你应该很清楚，我是不会要你的钱的，”卢卡斯不卑不亢，“而你现在却在暗示我们的生活水平不行。”

甘特站了起来：“你离我那块地远点儿，再看到你在那里，我就告你非法入侵，把你抓起来。”

“感谢你的来访。”卢卡斯冷冷地说道。

有时，人们在离开的时候会拥抱或简单地握手，但甘特和卢卡斯没有这样做。

“我是不会让他们伤害那些猫的，贝拉。”卢卡斯对我说。听到自己的名字，我在想是不是到吃饭时间了。

有时卢卡斯和妈妈会让我独自在家。第一次的时候，我很沮丧，明知故犯地咬了一些纸、鞋子和其他不是由卢卡斯递给我的东西，那些平时他们一发现我咬，就会从我嘴巴里扯出来的东西。妈妈和卢卡斯回家看到这一切很生气，甩了一只鞋子对我吼道：“不可以！”

我知道“不可以”这个词，把它理解为“不喜欢”。他们再一次留我独自在家的时候，我只是咬了自己的玩具和一只鞋子。我知道他们又会生气的，但还是想不通为什么要留我自己在家。对我来说，这成了一件很重要的事情。

和卢卡斯在一起的时候，世界很美好。可是他一走，我就觉得自己

像是和猫妈妈一起躲在墙后的裂缝里一样，一切都是黑暗的、可怕的。我不知道自己做错了什么，只想卢卡斯回家，然后告诉我他还爱我，让我安心。不管在什么情况下，无论因为什么问题，一旦他说“不可以”，我都会瑟缩着等他停止愤怒。

我最喜欢和卢卡斯一起去喂猫。我一直为那袋食物的声响和芳香而激动不已，可是到目前为止他都没有让我尝过一点儿。我们穿过街道，卢卡斯会推开栅栏上的挡板。我非常想跟他一起进到小屋里，这样我就可以在里面玩耍了，但是我进不去，因为卢卡斯会把我绑在栅栏边的一棵树上。我能闻到现在有三只猫在里面。猫妈妈虽然离洞口很近，但我还是看不见她。另外两只猫有时敢于站在光线下。

“我不能一直过来了，我现在得工作。”卢卡斯站在洞口前对猫说，“我会尽力保护你们，一旦机器过来了，你们必须跑得远远的。”有时卢卡斯会爬进夹层里，而我则会痛苦地呜咽，直到他出来。

一天晚上，我们回到家之后，妈妈和卢卡斯坐在桌旁吃鸡肉。我耐心地坐着，希望能够吃上一口。卢卡斯果然没有让我失望，拿了一小块鸡皮递给我，我迅速从他手里把鸡皮咬过来。我喜欢鸡肉和其他任何卢卡斯递给我的东西。

“现在至少有三只猫在那里，或者四只，很难说。”

“它们是怎么穿过栅栏的？”妈妈想知道。

“有很多地方可以让猫挤过去。贝拉嗅了些时间发现屋后的栅栏底部有一个洞，我猜那就是它们进出的地方。”

当他说出我的名字的时候，我满含期待地看着他。他是要给我奖励，还是出去散步，还是又给我鸡肉？

“有什么办法可以引它们出来吗？”妈妈问道。

“没有，它们很容易受到惊吓，特别是那只黑色的母猫。它是难得比较大胆的，敢于径直走到洞口，但只要我在那里，它就绝对不会走出来。”

“动物救援的那个女生怎么样？她是叫温蒂吗？”

“她叫奥德丽，我跟她聊过了。她说会想办法处理这件事情，但现在实在是太忙了。”卢卡斯回答说。

“她很可爱。”

“她有男朋友了。”

“噢，有时候女生都会这样说，不过……”

“妈！”

妈妈哈哈笑了起来：“好吧，现在打算怎么办？”

“奥德丽插手这件事才能打破现在的僵局。不过我是不会让他杀死那些猫的。”

“他会不会给猫投毒？”

“我一直在留意，他还没这样做。我认为他是想贿赂治安部门的人，让他们证明猫都离开了。”

妈妈沉默了一会儿，说：“卢卡斯……”

“怎么了？”

“为什么这件事对你来说这么重要？不是我不爱护动物，只是你看起来不仅是保护动物那么简单。”

卢卡斯在椅子上移动了一下：“我想，可能是因为它们在这个世界上都很孤独。”

我瞥了妈妈一眼，她脚踝交叉着往后坐了点儿。

“你之所以觉得它们被抛弃了，需要有人保护，是因为当初你自己被抛弃时，也有同样想要被保护的想法，对吗？”

“你的集体治疗让你几乎没办法与人正常交流了。”

“我是认真的。”

“你就不能认为我只是对它们负责任吗？”

“为什么？为什么你总是对所有事情都感到有责任？从你五岁起，你

就好像已经长大成人了。是不是因为……”

他们沉默了一会儿。我小心翼翼地嗅了嗅他脚前的地板，希望能闻出一块可能被我错过了的鸡肉。

“因为什么？”

“因为你是一个酒鬼唯一的儿子。”

“妈妈，不要再胡乱猜测了，好吗？有时候我做事就是说不出原因的，好吗？”

“我只是觉得，看一看就差不多了。”

“妈妈，它们是猫，整件事情就是这么简单而已。老实说，我不会每天活在责怪您的情绪里，也不会总想着以前的那些事情。我知道那些事情对您很重要，但我很高兴一切终于都已经恢复正常了，好吗？而且我觉得阻止建筑工人推倒一间底下住着无依无靠的猫的房子是很正常的事情。”

“好的，卢卡斯，我知道了。”

卢卡斯陪我玩了一会儿。他喜欢说“做你的事”。如果我们在外面，他说这话就表示会给我奖励，但大多数情况下不会。他还能把手指放进嘴里，发出一种尖锐的、刺耳的声音。一开始，我有点儿害怕，但后来那成了跑去吃零食的信号。所以每当他把手举到嘴边时，我就兴奋了起来。

我最不喜欢家里的“狗屋”。妈妈和卢卡斯把它介绍给我的时候，他们都很兴奋。不过，它是细金属棒做成的，不能啃玩。他们在里面放了一个软枕头，还教我“进狗屋里去”这句话，这意味着我要进去躺在枕头上，然后能得到奖励。后来他们更改了游戏规则，我照做了“进狗屋里去”之后，他们会给我奖励，然后留我独自在家。

里面除了枕头，没有什么可以啃玩的。有一次我把它扯碎了（味道不太好），那是因为我觉得太孤独了。因为太想念卢卡斯，他不在家的时

候我吠叫个不停。

他一回到家，我就欣喜若狂，在客厅里窜来窜去。我跳上家具，在地毯上打滚儿，还舔他的脸。他对让我一整天都独自待着有些歉意。看到枕头被我啃碎，到处都撒满了棉屑，卢卡斯看起来很不高兴。但是除了啃枕头，我还能做什么呢？卢卡斯没有品尝过那些棉屑，不知道它是多么难以下咽，反正我是肯定不会吃的。

“我有一条旧毛巾，你可以拿来铺上去。”妈妈说。

“你不应该把你的床给撕了，贝拉。”卢卡斯对我说。

我摇了摇尾巴。

“下次应该把它的球也一起放进去。”妈妈说。

我留意地盯着她看。球？我知道这个词，球是家里最有趣的玩具。当卢卡斯扔它的时候，它会弹开，而我就会去追它，把它抓住，然后带回来再重复一遍。

有时候去散步，卢卡斯也会把球带上。有一个叫作“公园”的地方，那里很开阔，长满了草。卢卡斯在那里会解开我的项圈，然后一次又一次地丢球，而我每次都会把球捡回去。

我喜欢追逐球，喜欢把它捡给卢卡斯，喜欢卢卡斯对我说我是一条听话的狗狗。有时候那里还有其他的狗在追逐其他的球，假装不希望追逐由卢卡斯扔出的球。

卢卡斯是我的。我的生活别无所求，只想每天跟卢卡斯在一起。对了，我还想要奖励。有时候他说“做你的事”，然后给我奖励；有时候他说“做你的事”，但是不给我奖励，这真不是个好玩的游戏。

后来我明白了，“去小便”的意思是蹲下去撒尿，这是我比较乐意在外面做的事。我们在草地上的时候，卢卡斯发出这个指令，然后给我奖励，我才明白了这句话的意思。我们在公园的时候，我听指令撒尿就能得到奖励。卢卡斯会兴奋地把球扔出去，有时候球会弹到小朋友玩秋千的地方，而我则追在球后面，越来越逼近它，当它弹到一个塑料斜坡上，滚到顶端的时候，我仍然追着它跑，用指甲刨刮斜坡光滑的表面。球在顶端往下掉时，我也跟着往下跳，在球掉落在地面之前，又刚好落到我嘴巴的高度时，立刻将它咬住。

“贝拉！”卢卡斯叫道，“你跑上滑梯了，真棒，贝拉！”

卢卡斯对我很满意，把我带到斜坡那里：“追着球跑上滑梯，贝拉！”

我们一次次地玩着那个游戏。当球滚上滑梯时，我跟着跳上去，把球咬住，然后交给卢卡斯。有时，当球从滑梯另一侧的地面弹回来的时候，我在空中将其咬住，每次我这样做，卢卡斯都会开心地大笑起来。

之后他会喂我喝水，然后我们一起躺在草地上。天气凉爽，阳光灿烂。我的头枕在他的腿上，他抚摩着我的头。他的手一停，我就会用鼻子蹭他，让他继续。

“我很抱歉要离开你去上班，即使我很热爱我的工作。我有一张办公桌，但我几乎不在那里，我主要是到处跑，帮助经理处理他们的案子。工作很有趣，但我也真的很想你，贝拉。”

我喜欢听他叫我的名字。

“你有没有听到妈妈昨晚在走来走去？她又失眠了。如果她旧症复发，我不知道该怎么办才好。老天爷，我希望医生能够控制好她的病情。”

悲伤笼罩着他，于是我爬上了他的胸膛。这很有效，他笑了，把我推下来：“贝拉，你真是条傻傻的小狗！”

每次与卢卡斯在一起，我都很开心。我爱妈妈，但我想和卢卡斯在一起的愿望和饥饿时想吃东西的愿望一样强烈，睡觉的时候常常梦到他和我在一起喂猫，或者玩追球游戏。

我不喜欢“去上班”这句话，每当卢卡斯说出这句话时，都意味着他将要离开我很长很长一段时间。他一对妈妈说“我去上班了”，我就只能跟妈妈待在一起。我想象不出他“去上班”是要做什么。难道我不是

一条乖小狗吗？

妈妈白天会陪着我玩，用皮带牵着我散一会儿步，但她不会带我去喂猫，也不会去公园。

到了卢卡斯下班的时间，我能感觉到他正走在回家的路上。不用闻我都知道，他会沿着街道走向我们的家，而我会走到门口，坐下来等他。当我感觉到他快到家的时候，我就开始摆动尾巴，过一会儿就能闻到他的气味，听到他走上台阶的脚步声。

“它知道你什么时候回家，不知道它是怎么做到的，”妈妈对卢卡斯说，“它会走到门口呜咽。”

“它可能只是记住了我的日程安排。”

“亲爱的，你没有固定的日程安排，每天上班的时间都不一样。不可能是这样的，它应该是有一种直觉。”

“贝拉，你是丹佛市最伶俐的狗。”卢卡斯说。我看着他，听见他念我的名字，却看不到任何奖励的影子。

卢卡斯出去上班了，妈妈躺在沙发上休息。有段时间她四处走动，带我散步。她还会唱歌，声音的起伏完全不同于说话。不过，最近她都只是在沙发上躺着。我依偎在她身上，能感受到她的爱，但也能感受到一些悲伤。

我听见有人走上楼梯，我从来没有闻过那个人的气味，不过我知道他是个男人。我吠叫了起来。

“不可以这样，贝拉！”妈妈责备道。

不可以？我听不明白这个词在这种情况下的意思。

有人站在门廊边，屋内响起了清脆响亮的门铃声。我又吠叫了起来，提醒妈妈门铃响了。

“贝拉，不要叫！你不乖了。”

我内疚地看着她。我不乖吗？我做错了什么？

妈妈轻轻地把门打开，我摇着尾巴，把鼻子挤过去嗅味道。

“嗨，宝贝。”一个大个子站在台阶上。他的呼吸散发着一种强烈的化学物品的味道，有点儿刺痛了我的眼睛，除此之外他的衣服上还有一种很好的面包味。

我感觉到妈妈很不高兴，所以不再那么激动地摇尾巴了。

“你是怎么找到我的？”妈妈问道。

“进去说可以吗，泰瑞？”

“可以，不过我正准备出门。”

“哇，有只狗！它叫什么名字？”

“它叫贝拉，是只小母狗。”

“你好，贝拉！”他蹲下来摸我的时候，几乎要跌倒了，手擦过我的头顶撑在地面上。

妈妈双手交叉放在胸前：“我不知道你为什么来这里。”

“我不知不觉地就走到了这里。”

“你是不是喝醉了，布拉德？发生什么事了？”

“什么？不是的。”

“看着我说话。”

男人站了起来。

妈妈摇摇头，看上去很厌烦：“你疯了。”

“可能有一点儿。”男人笑了起来。他跌跌撞撞地走到客厅，环顾了一下四周。妈妈冷冷地看着他。“是这样的，”他说，“关于我们两个，我想了很多，我觉得我们做错了。我想你，宝贝。我们应该重新开始的，大家都不再年轻了。”

“你现在这个样子，我是不会跟你谈这些的，以后也不会。”

“什么样子？我现在怎么了？”

男人提高了嗓音，我害怕地躲开了。妈妈把手放到屁股后面，说："不要这样。我不想吵架，只是想让你离开。"

"我是不会走的，除非你给我一个充分的理由。你为什么离开我？"

"哦，我的天哪！"

"你看起来很不错，泰瑞，到我这里来。"他笑着说。

"不要！"妈妈开始往后退，远离那个男人。

"我是认真的，你知道我多想跟你在一起吗？我们很适合对方，宝贝。还记得吗，那次我们住进了孟菲斯市的一家旅馆……"

"不要再说了，"妈妈摇着头说，"我们不合适。跟你在一起，我不像我自己。"

"跟我在一起的你才是真正的你。"

"太荒唐了。"

"我到这里来夸你，你却像个泼妇。"

"请你离开。"

他四处看了看我们的家。"还不错，看起来像是你儿子回来跟你一起住了。"他斜着眼睛看妈妈，"也许，他需要有人正式地跟他谈谈成长，不应该事事依赖自己的母亲。"

妈妈叹了口气，说："哦，布拉德，可是你的建议在很多方面都是错误的。"

"你确定吗？你想让他像他父亲那样，死在某个酒铺后面？是的，你可能已经不记得告诉过我这些事了。你忘了我遇见你的时候，你的情况多么糟糕，"他瞥着眼说，"你欠我的。"

"你就是这么想的？我不欠你什么。你什么都不是！对我来说，你什么都不是；对这个世界来说，你什么都不是。"

"你这样很不尊重我。你还不懂我的意思吗？你没有权利对我无礼。你忘记我们经历了什么了？"

“你现在必须要离开！”妈妈愤怒地大叫。我垂下眼，期盼她不是在生我的气。那个男人伸手抓住妈妈的胳膊，我警惕地看着他。

“放手！”妈妈喊道，声音很刺耳。我吓坏了，吠叫了起来。她和那个男人一起撞到墙上，被撞碎的玻璃砸了下来，我害怕地往后退。

我听到“砰”的一声，看到男人弓着腰，呜咽着往后退了退。妈妈跟了上去，一掌掴在男人脸上，声音很沉，接着又一个回旋踢，踢得男人摇摇晃晃的，站都站不稳。

“你个泼妇！”男人吼着打向妈妈，但是妈妈一把抓住他的手臂往后一扭，用力踩了他一脚，他倒在了地上。我停止了吠叫。“该死的，泰瑞！”他喘着粗气说道。他又怒又痛，拳头紧握。我闻到了他散发出的血腥味，血从他的嘴唇顺着下巴往下流。

“不要站起来。你一站起来，我就继续打你。”妈妈生气地警告他。

男人恶狠狠地盯着妈妈看。

“你该走了。”妈妈对他说。

“你扭断我的手腕了。”

“我没有，我本来可以这样做的，但是我没有。”

“我要杀了你。”

“不，这里是我家。如果你再靠近我，我就杀了你，”她气势汹汹地说道，“现在就出去。不，我说了不要站起来！爬出去，在我改变主意之前，快爬出去。”

看着他用手和膝盖爬向门口，我很困惑，走过去嗅了嗅他，但马上就被妈妈制止了。“不可以，贝拉！”她呵斥道。于是我退缩回去，坐下

了。我知道我做了让她生气的事。

“我要吐了。”那个男人哽咽道。

“不能在这里吐，快走。”

男人爬到门口，晃晃悠悠地站起来把门打开。他转过头来，想跟妈妈说些什么，但妈妈走到门边一下子就把门给关上了。我听到他摔倒在台阶上的声音，然后他穿过院子走远了，他的味道也随之慢慢散去。

妈妈很伤心，在门边站了好久。我走过去蹭了蹭她擦眼睛擦湿的手。我觉得很抱歉，肯定是我做错了什么。

“哦，贝拉，为什么我就不能做对一件事呢？”

她坐在沙发上的时候，我也跳了上去坐在她旁边，将头枕在她的膝盖上。我能感觉到她没那么紧张，也没那么悲伤了。是我给了她安慰，这比散步、喂猫更加有意义，是我最重要的职责所在。只要妈妈需要我，我能一直陪她坐很久很久。

她抚摩着我说：“你是一条好狗狗，贝拉。一条很好很好的狗狗。”

我认识了房子里一样叫作“手机”的物品。它是金属的，是我一直都不喜欢玩的那种东西，但妈妈和卢卡斯经常谈论到它。有时候他们拿手机对着脸，然后跟我说话，不过我从来都没听明白他们说了什么，这也没给我带来过任何奖励。

我躺在妈妈身边，她把手机放在脸颊上问：“卢卡斯，现在方便讲电话吗？”听到卢卡斯的名字，我便抬起头来。“我只是……布拉德刚来过这里，我没事，我们不是偷偷搬到这里来的，他很容易就能找到我们。我刚才必须要对他动粗。他只是……我不知道他怎么了，不过喝了酒是肯定的，一直在胡说八道。不，不用回家，有贝拉陪着我。”

我摇了摇尾巴。

“我只是想告诉你，我一直很害怕在再次见到他的时候，会觉着他的生活过得很好。我怕我会想回到他身边，回到以前的生活，就好像我总

不相信自己在康复一样。但在他走进来的那一刻，我就意识到自己不能重蹈覆辙，不能那样对自己，也不能那样对你。我险些就失去了你——不，你听着——我知道我曾经让你很痛苦，我只想让你别担心我。我不会像以前那样了，好吗？”妈妈听了一会儿，“好的，我会平复下来，参加今晚的集体治疗的。我也爱你，亲爱的。”

妈妈把手机放下，依旧很紧张。我爬上她的膝盖，渐渐地，我们都平静了下来。

卢卡斯再一次带我去喂猫的时候，我闻到又有一只猫躲到里面去了。那是只母猫，跟之前的那些猫待在一起，没有出来。我意识到猫似乎不太喜欢人类。

“我和奥德丽谈过了，她说他们现在什么都做不了，因为甘特在那里放了一块‘请勿擅入’的牌子。”卢卡斯对他母亲说道。

“有人愿意去救剩下的那些猫，他应该高兴才对。这是个双赢的局面。”

“我不知道他是怎么想的。”卢卡斯叹息道。

“需要我帮忙处理她留下来的那些网吗？”

“说实话，不用了，我宁愿你坐在走廊里留意甘特有没有过来。”

卢卡斯“啪”的一声把皮带扣在我的项圈上。散步去咯！我们穿过街道，不过没有带任何猫粮。他推开栅栏，挤过一道缝隙，接着拍了拍手示意让我跟上。他把我提起来，然后让栅栏恢复原来的样子。“哎，你越来越重了。”卢卡斯咕哝着说。

他拿起一些缝着小木块的毯子，叫我坐下看着。毯子隐约散发出猫的味道，透过它我能看到卢卡斯的手。

“好了，准备好了吗，贝拉？”

我摇了摇尾巴。卢卡斯将皮带从项圈上解开，说：“好，现在你有机会进去了，进去吧，贝拉！”

卢卡斯捡起毯子向我示意，我很紧张。我要做什么？

“我知道你想进去，去吧，去看看那些猫。”

我一句话也没听懂，于是坐了下来，想要做一只乖小狗。他笑了起来，我能感受到他的爱意，所以摇了摇尾巴。

“你不相信我会让你进去，是吗？好吧，过来这里。”卢卡斯一只手松开了毯子，然后抓住我脖子上的项圈，把我推进洞口。我在里面闻到了几只猫的味道，其中一股味道是猫妈妈的，不过，她没有走近洞口。我还记得墙后面的那道裂缝，想着猫妈妈会不会已经躲到那个藏身的小地方里去了。

卢卡斯把我的头往小屋里推。我不知道他为什么要这样做，不过我不觉得自己这样做是一条坏小狗。我能感觉到猫很害怕。

我决定进去看看猫妈妈。洞口变小了许多，我蜷缩着挤进去。进到夹层之后，我甩了甩身体，摆动着尾巴。

成年猫表现出一种熟悉的惊恐，它们仿佛把我当成了威胁。是我！当我走到小屋深处时，它们一起跑开了，向着洞口狂奔。

“啊哈！”我听到卢卡斯大叫了起来。

我把鼻子伸进裂缝，但身体没能挤进去。我呼吸着，摇了摇尾巴，能感觉到猫妈妈就在裂缝的黑暗之中。我感觉她慢慢放松下来，然后她用鼻子轻轻地碰了碰我的鼻子，“呜呜”地叫了一声。

“贝拉，出来！”

我转过身去。我希望猫妈妈能和我一起出去，但我知道这不可能。

我挤出洞口，感受到了阳光。卢卡斯很高兴，他把毯子放到地上，两只非常粗暴的公猫被套在里面，正恶狠狠地盯着他看。“网到了两只！”卢卡斯笑嘻嘻地对我说。看到他高兴，我也很高兴。

回到家之后，卢卡斯把那两只猫放到一个箱子里。它们在里面呻吟着，声音里充满了恐惧。我会好奇地去嗅盖子，每次我这样做，它们就安静了。

“你想把它们追上树，是不是呀，贝拉？”

我摇了摇尾巴，觉得他是想让我跟它们一起玩，这样它们或许会少点儿抱怨。

正准备吃晚饭的时候，门铃响了。我像平常一样叫了起来，不过卢卡斯很明显不耐烦了。“停，不要叫了！”他吼道，也许是要警告门口站着的人走开。我又叫了一声。“嘿！”他厉声说道，然后打了我的屁股。我满腹疑惑地盯着他看。就因为门铃响了，我们就互相大喊大叫。他为什么突然对我这么不耐烦呢？

我闻到有个女人站在门口，我摇了摇尾巴。是奥德丽！她很高兴再次见到我，说我是一条乖狗狗，也是条大狗，然后就抱着装在箱子里的猫走了。我想她应该是把猫带回到夹层里去了。如果真的是这样，那下次卢卡斯让我进去的时候，我会看到它们的。

猫的气味还弥留在空气中。卢卡斯说：“我去看书了。”然后我和他就躺到了床上。他旁边有个盘子，散发出浓郁的芬芳，熏得我晕乎乎的。“想吃点儿奶酪吗，笨小狗？”他将一小块这样的美味佳肴递给我，我愣住了，盯着它看。“哦，我的天哪，你真逗。不过是一小块奶酪！”

第二天下午，妈妈把我从外面带回家，刚解开我项圈上的皮带时，我发现她有点儿不对劲。她产生了一种新的情绪，皮肤上汗水的味道变得刺鼻难闻。我焦急地嗅着她。

“乖，贝拉。”她低声说道，但没有看着我，而是凝视着远处，“喔，我感觉有些怪怪的。”

后来，她坐下来看电视了。平时看电视的时候，卢卡斯和妈妈都会坐在沙发上抚摩我，所以通常我都很喜欢看电视。但是这次不一样，因为妈妈很奇怪。她的皮肤仍然散发着难闻的气味，当她把手放在我身上时，我能感觉到她的虚弱和紧张。我很担心，跳下沙发蜷缩在她的脚边，过一会儿又跳上去，再过一会儿又气喘吁吁地跳下去喝水了。回到她身

旁之后，我坐着紧张地嗅她的腿。无论她怎么了，我感觉到情况已经变得越来越糟糕。

“你怎么了，贝拉？你是要去小便吗？我们刚从外面回来啊。”

她走进厨房，拿出我的奖励箱。我喜欢从橱柜拿出奖励箱的声音，但当妈妈到地下室的台阶打开门时，我不开心了。她和卢卡斯都喜欢把奖励扔到下面去，让我跑下去再跑回来。通常，他们其中一个会说“很好的锻炼”。我不明白那句话是什么意思，也不知道他们为什么要那样做。如果他们真想给我奖励，可以直接递给我一块或者将一整箱都给我的。但这一次，当她把一些好吃的东西扔下楼梯的时候，我不想留她一个人在台阶上面。

“贝拉，你怎么了？不想要奖励吗？”

连她的声音都让我警惕起来了，我“呜呜”地叫着。

“贝拉，去吧！去拿你的奖励！”

我很清楚地听懂了她的意思，况且台阶下那零食散发出的撩人的香味在引诱着我，我跑了下去。此时我需要卢卡斯在我身边。因为不管发生什么不好的事情，卢卡斯都能处理好。

我正以最快的速度吃着零食，楼上突然“砰”的一声巨响，余音在空气中回荡。

我吓坏了，连忙冲上楼去。妈妈蜷曲着躺在地板上，发出细微的声音，双手贴在脸上瑟瑟发抖。

我不知道该怎么办，试着把头靠在她的肩膀上安慰她，但她的肩膀很僵硬。

我不断地吠叫。过了一会儿，妈妈的身体停止了颤抖，但嘴唇在微微颤动，发出低沉的呻吟。

在那一刻，我感觉到卢卡斯要回来了，我觉得无比高兴。他很快就要到家了。我焦急地等待着他，终于他的气味变得浓郁起来，门开了。

“贝拉，你为什么要叫？在家里你不能叫！妈妈，你在吗？”

等跟着卢卡斯走到墙角时，我绕过墙角跑到妈妈摔倒的地方去，发现他没有跟在我后面，我又跑了回来。他走到厨房里去了，正拉开抽屉：“你的奖励被拿走了，妈妈给你奖励了吗？她在休息吗？”

我吠叫了一声。

“嘿！贝拉，不可以！”

我又跑回妈妈身边，而卢卡斯还在厨房里。我站在妈妈旁边叫了起来。

“贝拉，安静！”卢卡斯从墙角处走了过来。“妈妈！”他跑到妈妈身边，先把手放在她的脖子上，然后站了起来。我用鼻子蹭了蹭妈妈的脸颊。卢卡斯拿起手机，一会儿之后开始大声讲话，声音里充满了恐惧。“请快一点儿！”他喊道。

不久之后，我能闻得出几个男人和几个女人走进了我们家里，但是我看不见，因为卢卡斯把我关在他的房间里了。起初外面有很大的噪声，后来关上门之后，一切都平静下来了。

我独自在家，很害怕。我需要卢卡斯，但我知道他已经和那些人一起离开了。我不明白发生了什么事，不过我能感觉到卢卡斯一直很慌张。他触碰妈妈的时候，妈妈也没有醒来。我用声音来表露恐惧，哭着、哽咽着，不断地抓卧室的门，然后大声吠叫，这样别人就会知道我被抛弃了，很害怕，需要帮助。

可是，没有人来。

我非常思念卢卡斯，所有我能想到的都只是他的手在抚摩我的毛发。只有他回家打开门让我走出卧室，我才会感觉到安全。透进窗户的光线已经慢慢暗淡下去，我能感觉到白天变成黑夜时发生的变化，这仿佛是很久以前的事了。现在是晚上，安静的动物在草丛中沙沙作响，鸟儿也沉默了。街上路过的汽车形单影只，发出细微的声响，灯光打在窗帘上接着又消失了。卢卡斯在哪里呢？

我是一条不乖的狗。我已经学会不能蹲在家里小便，要去外面小便了，可是我别无选择，只能走到角落里撒了一泡尿。我知道等卢卡斯回到家时，又该冲着我喊“不可以”了。我在床边的地板上发现了一个有他气味的、难嚼的长东西，我咬啊咬，终于把它咬碎了，这时我感觉到卢卡斯在靠近，我果然准确无误地听到他回家的脚步声。当他打开前门，终于到了客厅然后走向我时，我疯狂地吠叫着，跳跃着。

“哦，贝拉，我很抱歉。”他的脸向我凑过来，我舔了舔。我畏缩地看他拿了纸和水去清理我留在角落里的烂摊子，不过他没有对我大喊大叫。他拿起那条耐嚼的东西。“嗯，反正我一直都不喜欢这皮带。来吧，贝拉，我们去散散步吧。”

我们去散步了！天空开始变亮。当我们漫步街头时，我听到了鸟儿的声音，闻到了猫妈妈的味道，也闻到了其他狗和人的味道。

我希望我们是在去公园的路上。我喜欢蹦蹦跳跳地追在松鼠后面，喜欢爬上滑梯，想要不停地玩啊玩。

“这又是一次癫痫大发作。”卢卡斯说，“她很久没有这样了。我们以为药物已经将病情控制住。我真的很担心，贝拉。医生甚至都不知道她是出了什么问题。”

我感觉到了他的悲伤，但是没能理解。怎么会有人在散步的时候不开心？

那天妈妈没有回家，第二天她也没有回家。卢卡斯去上班时，把我留在了狗屋里。我对此很失望、恐惧，大声吠叫了起来。卢卡斯为什么要离开？为什么妈妈不在家？她还会回来吗？卢卡斯还会回来吗？我需要他们。只要有人回来让我走出板条箱，我会做一条乖狗的，我会听口令坐下，会提供安慰。

妈妈和卢卡斯一起回来的那天，我欣喜若狂。我吠叫着、呜咽着，疯狂地想要冲出狗屋。当卢卡斯打开狗屋的门时，我险些撞到了他的脸上。

于是我跑进客厅，跳到沙发上，妈妈正躺在那里。我舔她的脸时，她哈哈笑了起来。

“下来，贝拉。”卢卡斯对我说。

我不喜欢“下来”这个词。不过当他拍手时，我知道他快要生气了，于是我不情愿地跳到地板上。妈妈伸出手来抚摩我的头，这和在沙发上跟她躺在一起的感觉一样好。

“通知怎么说？”妈妈问道。

“主要是说，因为我们养了条狗，违反了租约，必须在三天之内搬走，否则他们会给动物管理处打电话，开始驱逐程序。”卢卡斯看起来闷闷不乐。我想给他安慰，但我也想留在妈妈身边让她继续抚摩我。

妈妈把手放在屁股上，说：“我在这儿见过其他狗。”

“对了，你可以说是有人带狗来拜访我们。不过我觉得是有人向他们举报了贝拉，贝拉这几个星期叫得太频繁。”

“是谁？”

“他们没说。”

“我想不通为什么，如果想成为好邻居，他们可以直接向我们投诉的。”

“好吧，有时候您还是挺可怕的，妈妈。”

他们沉默了一会儿。在妈妈停止抚摩我的时候，我用鼻子蹭了蹭她的手。

“我们不能搬走，卢卡斯。”妈妈轻声说道。

“我知道。”

“在这里你可以走路去上班，这样很好。而且要改变我们的住房福利，不是短短几天就能办到的。这里也是我们唯一可以负担得起的地方。去其他地方，我们去哪里弄押金啊？”

“那是因为之前我还没找到工作，或许我们现在可以负担得起租金贵一点儿的地方了。”

“我希望你存着这些钱上大学。”妈妈道。

“我一直在存钱，但存钱不就是为了应急吗？”

“我不敢相信会发生这样的事情。”

他们又陷入了沉默。我走到卢卡斯身边，感觉到他很苦恼，但是我想不明白既然大家又在一起了，为什么还要苦恼。我蜷缩在他的脚下。

“我们要怎么办，卢卡斯？”

“我会想办法的。”卢卡斯说。

回家后的第二天，妈妈把手机放到脸颊上，卢卡斯正看着她，而我在啃一块叫作“骨头”的橡胶棒。我更喜欢另一种也叫“骨头”的东西。

“我想说的是，通知搞错了，我没有养狗。”她说道。

听到“狗”这个字，我抬起头来看向她。她想跟我说什么？我转头看向卢卡斯，他仍然专注地看着妈妈。

“有人带狗来拜访我，我自己并没有狗。”听到“狗”这个字，我又看向了妈妈。“就是这样的。是的，非常感谢。不，是很感激。”她把手机放下了。“我没有说谎，我没有狗，贝拉是你的。”

我把骨头带到妈妈身边，以为她是说要把它扔下楼梯让我“好好锻炼”。

卢卡斯咧嘴笑了起来，说：“这是一个极好的法律论证。”

妈妈没有把橡胶骨头捡起来。

“但这并没有真正解决问题，他们早晚会发现的。”

“也许不会，我以后只在天亮之前或天黑之后带贝拉出去，这段时间没有管理员上班。只要贝拉不吵，我敢保证邻居是不会在意的。一旦我们走到街上，谁知道我们是住在这里的？我可以只是个遛狗经过这里的人。”

我不知道他们在说什么，但我喜欢听见自己的名字和“狗”这个字。

“但是如果我必须去诊所怎么办？不可能每次病发时你都能马上下班，我可以在晚上参加集体治疗，情况就是这样。”

“或许我们可以找个人看着贝拉。”

“然后放弃什么，食物吗？”

“妈妈！”

“我的意思是我们负担不起。”

“好吧。”

我心满意足地叹了口气。

“抱歉，我只是不知道怎么办好。几天之后，或者更快，它又要独自在家。一旦这样，它肯定会吠叫的。”

接下来的几天，我们玩了两个新游戏，其中一个叫作“不能吠叫”。之前，我的职责是提醒家人有人来了。有时候门铃还没响，我就能听到或者闻到有人站在门口，然后用吠叫声通知家里的人。卢卡斯和妈妈偶尔也会大叫起来，他们的声音和我的声音交织在一起。“别叫了！”“安静！”他们会这样喊道。玩“不能吠叫”游戏的时候，卢卡斯会打开门站在门口，伸出手去按响门铃，然后过来抓着我的鼻子严厉地对我说“不能吠叫”。我不喜欢这个游戏，但是卢卡斯一次又一次跟我这样玩。有时是妈妈走到门口去，用手敲门，而卢卡斯坐在客厅里。这已经超出“不能吠叫”的游戏范围，但卢卡斯依旧对我说“不能吠叫”。他们好像不希望我履行自己的职责。

另一个我不喜欢的游戏叫作“坐好”，类似于“不能吠叫”游戏。每当卢卡斯对我说“坐好”时，我就只能坐着不动，直到他回来对我说“可以了”。有时候，他会给我一些零食，然后说“坐得很好”。这我很喜欢，可是“坐好”需要集中精神，让我觉得疲倦又无聊。当一只狗听命令坐

好，一直坐着不能玩耍的时候，人类似乎意识不到时间的流逝，意识不到这会失去多少乐趣。“不能吠叫”游戏也是如此。卢卡斯希望当他说“不能吠叫”时，我能养成不吠叫的习惯，这样我才是一只乖狗。当有人按门铃而我没有吠叫时，卢卡斯有时候就会给我奖励。我已经筋疲力尽了，希望他能忘掉“不能吠叫”这个游戏，可是他不断地重复，妈妈也是这样。

“回家”游戏则有趣多了！“回家”意味着卢卡斯会解开我皮带上的扣子，而我就可以跑回到我们的家里，蜷缩在门口。卢卡斯对我躺的地方很挑剔。“不，你必须在这儿，贝拉。在这里，街上没有人可以看到你。好吗？”他轻拍着水泥地，直到我躺到那个位置，然后给我奖励。我们玩“回家”游戏时，得到奖励的我觉得自己是一条乖狗。可是当玩“不能吠叫”游戏时，即使得到奖励，我也不觉得自己是条乖狗。

“它现在学得不错，一回到家就知道躺在篱笆边，完全躲过了别人的视线。”卢卡斯对妈妈说。

妈妈抚摩着我的头说：“真是条乖狗。”

我摇了摇尾巴。

“不过还是克制不住吠叫。”卢卡斯说。

我呻吟了起来。

我最渴望卢卡斯对我说我很乖，也希望他对我说“来吃一小块奶酪”，因为这意味着他爱我，并且要给我美味的奖励。

有好几次卢卡斯把我放到狗屋里，还把手机放在狗屋前面，不过我对它不感兴趣。“不能吠叫。”他狠狠地对我说，然后就和妈妈走到门外面去。我觉得很孤单，不停地吠叫，接着卢卡斯就跑进家里，这正是我所希望的。但是不管我见到他是多么兴奋，他总是生气地反复对我说“不能吠叫”。而且，他都没有把我放出狗屋，也没有抚摩我。

自从在狗屋也要玩这个游戏之后，我觉得更不好玩了。

“我觉得它还没学会。”有天晚上卢卡斯对妈妈这样说。那晚我们刚从公园回来，玩了追逐球的游戏，我已经满足地昏昏欲睡了。

“它已经不在门铃响的时候叫了。”妈妈回答说。

“是的，铃响的时候它很乖。”

我迷迷糊糊地摇了摇尾巴。是的，我是条乖狗。

“我明天约了神经科医生。”妈妈说。

“或许我可以打电话请病假，不能冒险把它单独留在家。”

“你不能这样做，卢卡斯。”

听到卢卡斯的名字，我又摇了摇尾巴，放松地站起来准备散步。

“我不知道还有什么别的办法。”他一本正经地说，“您不可以错过约定，不能再等了。”

我坐起来注视着我的主人卢卡斯，不顾疲惫地提高了警惕。有不好的事要发生了，他和妈妈的谈话气氛很紧张。

我坐好了，也没有吠叫，表现得很乖，可是这些并不起作用。

第二天早上，就在卢卡斯通常要去上班的时候，我们三个去散步了。我喜欢大家一起散步！像平常一样，我们走出门口径直穿过街道，我闻到猫妈妈就在小屋里。

“看到了吗？”卢卡斯说，“那是一个新栅栏。现在是尼龙绳悬垂两侧，没办法让我站稳脚跟跨进去，而且都是宽厚型，直接连接到柱子上。我要用专业的钳子才能将它们切断。”

妈妈皱着眉头问：“等等，你一直在切断栅栏？”

“没有，甘特说我切断了，但是我没有，我只是用钳子解开了金属线圈。”

“很高兴听你这么说。如果你跳起来抓住顶部栏杆，能自己翻过去吗？”

“应该可以，”卢卡斯点头说，“但贝拉只能被栅栏挡在街边了，我需要它走进夹层把猫赶到网里。”

“如果你自己进去，能把猫抓住吗？”

“也许能，我可以尝试一下。”

“我陪你进去，好吗？”

卢卡斯对妈妈咧嘴一笑，说：“那里很不堪入目的。”

“哦，我想我见过更糟的。”她说。

“可能吧。”

“猫还能从里面出来吗？”妈妈摸了摸栅栏上的布，“我觉得它们可以爬过来。”

“我也觉得可以，不过它们在旧栅栏的边框下挖了洞，很有可能是从那里进出的。”

“你觉得他为什么要建新栅栏？”妈妈问道。

“老实说，我觉得他是想阻止我抓剩下的猫，他在证明他能这样做而我没办法阻拦。”

“真可恶。”

我们沿着街道走下去，很快就走到了一条有很多汽车快速经过的马路。每个人都带有不同的味道，草坪和灌木丛也散发着美妙的香气，我一边走一边享受。一只白狗从篱笆里面朝我狂吠，我想去嗅它一下，但被皮带拴住了。

等走进一幢大楼时，妈妈往另一个方向走了。我时不时停下来转头看她，可她还是头也不回地继续走远了，这令我非常痛心。我不明白为什么一次美好的家庭散步就这样无缘无故地解散了。我们应该在一起的！我的喉咙里发出一阵强烈的哀鸣。

“走吧，贝拉，她只是去见医生了，一结束就会回来找你的。我要去上班了。”

听到他说“去上班”，我很疑惑。以前他去上班时，应该留我和妈妈一起在家的，现在却在外面散步。

卢卡斯把我带到一扇门前，“哔”的一声把门打开了。他走进去，谨慎地环顾四周，然后把我拉在身后。地板很光滑，散发着化学药品的味道。我能感受到周围有很多人，尽管我什么都看不见。这是一个有趣的新地方，尤其是当卢卡斯拉着我跑下大厅的时候，他把自己和我关在一间散发着强烈的化学气味的小房间里，然后蹲跪下。我兴奋地摇了摇尾巴。“好的，听着，你是不应该出现在医院的。如果他们发现你，我就真的麻烦了，会被解雇的。你只需要在这里待一会儿，等妈妈看完医生。我得去上班了，只要妈妈那边结束，我就马上过来把你交给她。拜托，不要叫，贝拉，拜托你不要吠叫了。”

我不再叫了。他抓住我的鼻子，摇了摇头，说：“不能吠叫。”

我没有吠叫。

他走出去，把门关上了。我很疑惑，我该怎么办？

我在想这是不是“不能吠叫”游戏的另一个版本，只要我叫，卢卡斯就会打开门。即使惹他生气，也比被单独留在这个陌生的地方好。在门的另一边，我闻不到他的味道，不过能感觉到他离我很近，这和他下班回家后越来越接近我的感觉很相似。所以即便他离开了我，他仍然在大楼里或者离大楼很近的地方。但是他到底在哪里？妈妈在哪里？我呜咽着，不相信他们会让我独自待在这个小房间里，肯定是哪里出了问题！

我乖乖坐着，盯着门，希望它会打开。我听不到门另一边的任何声音。最后，我再也忍不住了，我吠叫了起来。

过了很长很长一段时间，我吠叫了很久之后，卢卡斯终于把门打开了。在他打开门之前，我能闻到他和另一个人的味道。他走进来，一个女人紧随其后，她身上有一种花香味和一种美味可口的坚果的味道。我很高兴看到卢卡斯，跳到他脚上去，把爪子放在他身上，希望他能弯下腰让我亲他的脸。我的主人回来了！现在我们从这个小房间出去，也许还能去公园，吃零食。

“看到了吗？”卢卡斯对那个女人说。

“你跟我说是只小奶狗的，它都已经长这么大了。”女人弯下腰，把手上甜甜的食物递给了我。我轻轻地舔着，因为她甜蜜的手指而喜欢上了她。

“不，它还是只小奶狗，大概八个月大。兽医说它出生在三月份或四月初。”

女人摸了摸我的耳朵，对卢卡斯说：“你知道吗，养一条小狗确实很容易讨小女孩儿欢心。”

我倚靠在她的手上。

“我听说过这样的话。”

女人站了起来，说：“不过对我不起作用。”

“真的吗？因为我收养贝拉只是为了吸引维护中心的奥利维亚而已。”

“我注意到了，这像是你最近做所有事的目的。”

“既然你一直都有留意到，那我做的那些事可能都起作用了。”

“我还注意到垃圾通道可以正常使用了，这才是我最关注的事情。”

“我很高兴知道自己的位置。”

“所以你打算怎么做？你知道的，如果你被发现带了狗进来，你会被解雇的。在甘恩医生给员工的邮件中无数件不能做的事里，带狗上班几乎在榜首。”

“我是这样想的，你是维护中心的工作人员，而这里是维护中心的储藏室。我希望你能打扫一下这里，或者随便做些什么帮我拖延一个小时。只需要让贝拉觉得安心，这样它才不会吠叫。”

“是吗？我为什么要帮你？”

“不是帮我，是帮这条狗。”

“贝拉，”女人说道，“你爸爸真是个笨蛋。”

“你已经叫我呆子了，不能再给我起其他外号。”

“噢，对你这样的人要有例外。”

“所以现在你是觉得我与众不同？”

女人笑了：“你绝对没有与众不同，不令人惊叹，也不幽默风趣。”

“你这样想就错了，因为我其实很令人惊叹。”

“真的吗？”

“我保证。”

“告诉我一件可能会令我惊叹的事吧。”

“好啊。”卢卡斯思考了一会儿。

“有吗？”

“好吧。这个怎么样——我住在猫的对面。”

“什么？”女人大笑了起来。

“我说了吧，很令人惊叹。”

“好吧，我还是不能在这里待一个小时。我不像你，上班只需要走来走去，什么都不用做。我还有上司监督我，她现在可能就在奇怪我去哪儿了。”

“但那是赌注！我说了令你惊叹的事，你帮我看着我的狗。”

“没有赌注，我从不打赌。”

“拜托！”

“不可以，更何况，如果我被发现和一只狗在一起，我们两个都会被解雇的。”有人敲了敲门，这看起来不像是不能吠叫的情况，所以我叫了，提醒卢卡斯有人敲门。他和女人仍然盯着门看。

卢卡斯把门打开，门口站着一个瘦削的男人。他的鞋子上有泥土和青草的气味，头发很长，脸毛茸茸的。我想冲上前去迎接他，但卢卡斯挡在前面阻止了我。

“希望没有打扰到你们。”男人打趣地说道。

“他倒是想，”女人回答道，“他求之不得。”

卢卡斯笑了起来，说：“嗨，泰，奥利维亚刚把我推进储藏室。你来

得正是时候，快救我。”

“那我刚才在走廊听到狗叫声是怎么回事？”那人蹲了下来，我朝他摇了摇尾巴。“VA医院里会有狗吗？肯定不会。”他的手很温柔，有人和咖啡的味道。

卢卡斯将手举起，又放了下来：“我们不能留它独自在家，它会吠叫。租赁公司的人说了，如果发现我们养狗，就会驱逐我们，然后把贝拉带到兽栏。我知道这违反了规定，可是我只能这样做。”

“他的计划就是让我在这里照顾贝拉。”女人说道。

“只需要等到我妈妈见完医生。”

“他都吓坏了，”女人说，“他比我大两岁，但我比较成熟。”

“好吧，我想我已经找到解决这个小问题的办法了，”男人说，“我带贝拉去病房。”

“如果甘恩医生发现了怎么办？”卢卡斯焦虑地问道。

“甘恩医生经营这家医院的预算被削减了，没时间追捕一只来访的狗。而且，我们应该可以让贝拉躲上几个小时的。”

男人牵着皮带把我带到了另一个房间，这里的地板上有固定的地毯和几张椅子，上面坐着人。地毯上有人、化学物品和食物的味道，但没有狗的味道。我不想离开卢卡斯，但这里的每个人都爱我，抚摩我，还叫我的名字。这里很多都是老人，但并不全部都是，他们见到我都很高兴。当我把头靠在他们身上，让他们抚摩我的耳朵的时候，我发现椅子是很柔软的。

我记得带我过来的那个男人名字叫作泰。他对我很好，喂我吃了一些鸡肉、面包和鸡蛋。还有一个女人，叫蕾拉，当她抚摩我的时候，手是颤抖的。她对着我的耳朵轻声说“好乖的狗”。

一个男人喂了我一勺好吃的东西，美味到我想在地上打滚儿。

“不要喂它吃布丁，史蒂夫。”泰说。

男人又挖了一勺："这是香草味的。"软椅旁边的桌子上放着一个小小的塑料容器，里面装着肉汁。台灯照热了食物，一股香甜的味道飘到了空中。我注视着他的手，就像在注视一小块奶酪一样。他把勺子放下来，我舔了舔嘴唇，尽力控制住自己，直到我能轻轻地从他手上接过。

泰用手指碰了一下那个男人的椅子："好吧，这是最后一勺了，史蒂夫。"

原来喂我好吃的东西的人叫史蒂夫。

"这让我想起了小时候的牛头犬混血狗，你可以随时回来，贝拉。"我舔了舔他的手指。

泰耸了耸肩，说："要是甘恩医生发现贝拉在这里，肯定会大发雷霆的。"

"随便他。"史蒂夫的声音很刺耳，他的手紧紧地握着我的毛发。我抬头看着他，不知道发生了什么事。"他不知道我们的日子有多难熬。"

泰伸出手来抚摩我的头："不，他是个好人，史蒂夫。他有他的工作和责任，条条框框自然很多。"

史蒂夫松开了他的手，说："当然。好的，我们不要告诉他就好。"

"嗯。"泰揉了揉下巴。

"再来一勺。"史蒂夫转动椅子，拿起勺子。我紧紧地盯着他，眼睛都不眨一下。

"不，我们得走了。"泰拉着皮带，我不情愿地跟着他，凄凉地看了史蒂夫一眼。"你是一条乖狗，贝拉。我想让你认识一个人。"

泰把我带到窗边的一个男人身边，这个人坐在一张很大、很宽的椅子里。他的名字叫麦克，头上没有头发。他的双手轻轻地抚摩我的耳朵时，我觉得很柔软。他皮肤很黑，手指散发着浓浓的肥皂味和淡淡的熏肉味。

麦克很伤心，有时候妈妈也是这样伤心，这是一种充满恐惧和绝望的疼痛。我还记得，当妈妈出现这种情绪的时候，我躺在她旁边可以给她安慰。所以我把前爪放在麦克的椅子上，然后爬上去和他坐在一起。

"哇！"泰笑了起来。

灰尘从垫子上升起，我深深地吸了一口气。麦克紧紧地拥抱了我很久。

“你怎么样，麦克？感觉还好吗？”

“还不错。”麦克说。这是他说的唯一的一句话。当他抱住我的时候，我能感觉到他的疼痛减轻了。我是一只乖狗，履行自己的职责给麦克带来了安慰。我相信卢卡斯会称赞我的。

最后妈妈走进房间，拥抱了几个人。

“你以后还得把贝拉带过来，大家都很喜欢它。”泰告诉她。

“好的，有机会一定带。”妈妈说道。

“我说的是真的，你应该看到麦克精神起来了。”

“麦克？真的吗？”

“跟你谈一会儿，好吗？”泰温柔地问道。

妈妈和泰去到了一个角落，这样就只有他们两个和我，方便说话。

“你知道这些家伙为什么总是待在这里吗？”泰问道。

妈妈看着坐在椅子上的人，说：“为了和像他们一样的人待在一起。”

“当然，是的，这是其中一部分原因。还有就是，他们真的没有其他地方可以去。他们不像你，他们没有一个儿子要照顾。”

“照顾，”妈妈不慌不忙地说道，“我不确定这是怎么定义的，其实更像是他在照顾我。”

“怎么说都行。我只是想说，你偷偷把狗带进来给了他们活下去的目标，你明白吗？他们是战士，重新回到战斗中会很兴奋的。即使我们这样做会违反规定，让他们享受一下赢的感觉又何尝不可？明天带贝拉过来，好吗？”

“噢，我不觉得这是个好主意，泰。如果甘恩医生发现，卢卡斯的工作就……”

“甘恩医生不会发现的，”泰打断妈妈说，“我们会把贝拉藏起来，不让甘恩医生和其他在意的人发现，可以吗？答应我吧，泰瑞。”

第二天卢卡斯离开家去上班的时候，我和妈妈也一起去了！我被带回了大房间，见那些坐在椅子上的朋友们。妈妈坐下来和他们交谈。每个人见到我都很高兴。

那个叫史蒂夫的男人没有令人陶醉的、甜甜的、好吃的东西了，问我：“想吃点儿蛋糕吗？”

真是太好了。我喜欢史蒂夫，也喜欢在地板上和我玩摔跤的马蒂，还喜欢没有腿却会把我放在他的椅子上，带着我“开车”兜风的德鲁。我坐在他的膝盖上摇着尾巴，人们笑个不停。虽然闻起来和真正的“开车”不同，但我还是喜欢在他“开车”时，坐在他身上。我不知道下一次这样玩的时候，卢卡斯会不会让我坐在他的膝盖上。

那是美好的一天。每个人都抱着我，喂我零食，给予我爱。

我乖乖坐好给乔丹看，他正在喂我汉堡包，一次一小块。就在这时候，蕾拉说：“甘恩医生来了！”于是泰把我抱起来，跑到椅子那里让我和麦克坐在一起。

“躺下，贝拉！”泰对我说。麦克伸出双手将我抱住，而我躺在他身上给他安慰。有人用毯子把我盖住了。我不明白这个游戏，每当我移动了一点儿，麦克就会把手放在我身上，不让我动。他的心“怦怦”直跳。

“甘恩医生！”我听到泰说，“除了谈天气频道，我们说说买些电缆到这儿的事，好吗？”

有其他声音在说话，而我仍然躺在麦克怀里。“乖狗。”麦克表扬道，他的声音很轻，我险些听不见。

当毯子从我身上掀开的时候，人们拍着手称赞我乖。我开心地摇起了尾巴。

后来我才知道在储藏室里的那个女人叫奥利维亚，不是蕾拉。她来看我，给了我一些小点心，然后站起来和妈妈聊天儿。

那天晚上妈妈说了好几次她的名字。

“你为什么不约她出去？”妈妈问卢卡斯。

我把球拿了出来，盯着看，希望卢卡斯能把球滚过地板。

“噢，我不知道，可能她讨厌我？”

“如果她讨厌你，她会不理你而不是嘲笑你。”

“她不是嘲笑我，只是我们不一样。她有点儿哥特。她叫我白面包男孩儿，说我能治好她的失眠症。”

妈妈沉默了一会儿，说：“那不是因为我，对吧？”

“什么意思？”

“你不能一直照顾我，即使你能，我也会讨厌的。对一个母亲来说，最失败的事就是成为孩子的负担。如果你因为我而把一切都耽搁了，那就表示我的生命已经没有了价值。”

“不要说这些！”

“不，我不是乱想，我说的是事实。你知道我最后悔的事就是抛下你，我抛下你进了军队，当我想要重新生活时，险些又抛弃了你。但那都已经过去了。卢卡斯，我不会离开你的，只希望你能有个未来。相信我，没有什么比这更重要了。”

“好的，那你也要相信我，妈妈。我有我的未来，我的未来很美好。我保证没有任何事情能阻止我去争取它。”

过了一会儿妈妈出门了，卢卡斯和我去喂猫。这次卢卡斯没有让我进小屋，而是让我在栅栏下逗留。地上留有一道车辙印，泥土和栅栏上留下了几只猫的味道，我知道现在又有更多的猫住进去了。我能感觉到猫妈妈也在里面。卢卡斯把食物从袋子里倒进一个碗里，然后放到栅栏下面。“我只能这样做了，”他无可奈何地说，“我进不去。”我等着卢卡斯推开栅栏，但是他没有这样做。取而代之的是，他牵着我走到更前面去，然后站了起来，把手放到屁股后面，盯着栅栏处深色织物上的白色东西看。

“这是一份拆迁通知，贝拉。我觉得他得到许可证了。”

我察觉到了卢卡斯的痛苦，好奇地看着他。我们跑回家门后，走了进去。妈妈不在家。卢卡斯走到壁橱那里，拿出带有猫味的有木块的薄毯子，然后抓起他的手机和我的皮带。

“准备好了吗，贝拉？”

我们又跑过街道。“嗯，”卢卡斯说，“没用的，即使我能抱着你爬上去，也不知道怎样把你放到另一边而不伤害到你。”他抚摩着我的头。“好吧，要不我们这样做吧。”他从项圈上解开皮带，我摇了摇尾巴。“很好的一次实践，你准备好了吗？跑回家吧，贝拉！”

我知道该怎么办。我应该冲过马路，然后回家蜷缩在别人看不见的地方，这很有趣！

我听见卢卡斯敲打东西的声音。我抬起头，知道自己该回家了，不过我没有这样做。卢卡斯站在栅栏顶部摇摇晃晃，我看着他在栅栏另一边消失了。

以前玩“回家”游戏时，没有出现过这一部分。通常，他会走向我给我奖励，或者妈妈打开门，然后给我奖励。我玩“回家”游戏是为了得到奖励。

我“呜呜”叫了起来，不明白这是为什么。接着，猫妈妈从拐角处蹿了出来，沿着街道跑下去。我觉得很新奇，“回家”的口令已经不起作用了。

猫妈妈消失在阴影中，不过我很容易就能找到她的气味，我兴奋地追在她后面。

我追随猫妈妈的气味爬上了一个斜坡，沿途的房子前面有木质平台。我闻到她应该藏身在后面的某块木板下，那里尘土飞扬，她找了个藏身

之所。木质平台下面的空间太小了，我只能挤进去一点点。我努力把鼻子往里凑，呼吸着它的气味。她知道我在这儿吗？她会出来吗？

过了一会儿，她的气味变得越来越浓，然后我看见她了。她也一直盯着我看，眼睛都不眨一下。我把头往后缩，爬到能站起来的地方。她跟了过来，头往我脖子上蹭，发出“呜呜”的声音。

她是我的猫妈妈。在我还很小的时候，她陪我在小窝里嬉戏打闹，陪我满地打滚儿。虽然这个地方的木质顶板也很低，与我出生的小屋相似，但我不觉得现在可以打闹。我体积太大了，而猫妈妈太虚弱了。

猫妈妈比卢卡斯更早出现在我的生活中，闻着她的味道，我想起曾经我的世界没有人类、没有狗，只有许多猫。我依稀记得小屋里的生活的样子，她的声音让我觉得很安全，她的声音和气味让我想到当年和小猫兄弟姐妹们依偎在她身边的时光。

从猫妈妈的气息中，我能闻到卢卡斯提供的食物的味道。卢卡斯喂猫，给猫准备不允许我吃的食物，还照顾猫妈妈，这使我明白了照顾猫是我们的职责。

猫妈妈害怕人类，不明白与卢卡斯这样的人在一起，生活会有多美好。我知道即使我尝试着去鼓励猫妈妈，也不能给猫妈妈足够的安全感，让猫妈妈信任卢卡斯的双手，即使是在卢卡斯给她带去食物的时候也不能。猫跟狗太不一样了。

想到卢卡斯，我觉得自己有点儿像一条坏狗，没有听他的话跑回家安静地躺在墙边，而是独自跑远了，即使这都是因为他爬栅栏的行为已经改变了“回家”的游戏规则。

我觉得我得回家，这样我才能做回一条乖狗。可是我又犹豫了，担心猫妈妈会一直在这里，不知道卢卡斯怎样才能找到她，给她喂食。我希望她能跟我走，但当我转身离开时，就明白那是不可能的了。我走下山坡，然后抬起头来看她，发现她也正从上往下看我，尾巴朝上懒洋洋

地摆动着。

我不知道以后还会不会再见到猫妈妈。

我回家了。当我蜷缩在墙边时，卢卡斯打开了门。我跑到他跟前，兴高采烈地跳起来想要感受他的爱，但他很严肃，还训斥我是一条不乖的狗。我不知道自己做错了什么，但看得出他很生气。

“你不能再跑到别的地方去了，贝拉！你只能回家。”

我听到自己的名字，知道自己回家是正确的，但不明白为什么他仍然在生气。我走到狗屋里坐下，因为自己让卢卡斯不开心了，觉得很难受。

妈妈回来的时候，我站起来摇摆尾巴。她告诉我，我是一条好狗狗。于是我知道无论发生了什么事情，现在已经过去了，每个人又都爱我了。

“集体治疗怎么样？”卢卡斯问妈妈。

“很好，今晚感觉不错。大家都问我贝拉的事情，它的出现是那里发生过的最美好的事，它似乎跟每个人都形成了特殊的关系。那些猫怎么了？”

“在录像中没有什么发现，我把拍到的拆迁许可证发给了动物救援组织的奥德丽。”

“好主意，也许她可以用它做些什么。”

“也许吧。”

“用邮件发给我一份可以吗？”

“当然可以，对了，今天贝拉不知道跑到哪里去了。”

听到自己的名字，我抬起了头。

“是吗？”妈妈喘着气说，“贝拉，你跑掉了？”

我垂下眼睛，又觉得自己是条不乖的狗了，尽管不知道自己做错了什么。

“我翻过栅栏的时候，觉得让它回家躲在走廊边上比较好。要开始网猫了，我有点儿紧张，没时间先带它回家，都是我的错。最后我放弃了

爬进夹层抓猫的计划，但回到家之后到处都找不到它。”

“贝拉，你去哪里了？”妈妈问道。

我摇了摇尾巴。他们原谅我了吗？妈妈听起来不像是在生气。我走到她身边，把头伸到她手下。她抚摩着我，肯定是原谅我了！

“我明天再试一次。”卢卡斯说。我走过去，他抚摩了我。成为妈妈和卢卡斯的乖狗，是我在这个世界上感觉最美好的事情。我跑去拿球给他庆祝。

那天晚上睡觉前，他拿起一小块奶酪。我蠢蠢欲动地盯着那块奶酪。最后他笑了笑，并把它给了我。

我是一条乖狗狗。

我们又一次一起去上班的时候，地上覆盖了一层又冷又湿的奇妙的东西。

“雪！”卢卡斯告诉我，“下雪了，贝拉！”

我觉得雪是继奶酪和熏肉之后，我遇到的最美好的东西。卢卡斯和泰在大楼里见面的时候，我的身体还是湿的。泰把我牵到有很多椅子的房间里，我又能看到我的朋友们了。麦克向我伸出双手，我跳到了他旁边的长椅上，挨着他躺了一会儿。麦克是我遇见过的最悲伤的人，不过每次见到我他都变得开心了一点儿。我在有目的地履行职责，我要给他提供安慰。

泰把我带到一个房间里，里面的人都坐在轮椅上，围成了一圈。其中一个人是我的朋友德鲁，他夸我是条好狗，可是没有带我“兜风”。

泰轻轻地牵着我走到了圈子中间，这样每个人都能看见我了。

“听好了，如果有人对贝拉过敏之类的，现在就告诉我，否则它会留在这里帮忙。你们想说什么它都能感受得到，它会跑到你身边，明白了吗？对了，开始之前还要知道一件事：贝拉来到VA医院是未经授权的。都知道怎么做了吗？”

我们在房间里坐了好久，只是坐着，没有奖励。有一个男人哭了，双手捂着脸。我把头靠在他的大腿之间履行我的职责，想要帮助他，就像帮助妈妈一样。他们都是我的朋友，我想让他们知道他们不应该悲伤，因为这里有一条狗可以提供安慰。

后来，卢卡斯过来探望我的朋友们，并且夸奖了我。我和卢卡斯即将离开的时候，奥利维亚也过来看我了，手里拿了一小块鸡肉。我真的很喜欢奥利维亚。

“要跟我们一起走回家吗？”卢卡斯问她。

“我会跟贝拉一起走，或许你可以一起。”她回答说。

我们悄悄地从侧门走了出去。雪！我跳到了雪堆里，四脚朝天地躺着。

“你太好笑了，贝拉。”奥利维亚对我说。

卢卡斯轻轻地扯了一下皮带，说:“好了，可以了，我们走吧，贝拉。”我站了起来，把身上的水甩掉。

“他们是怎么做到不让甘恩医生发现贝拉的？”奥利维亚问道。我看着她，希望她念出我的名字是为了给我更多的鸡肉，即使我闻不到有鸡肉在她的口袋里。只要人类想要，他们总能找到鸡肉、曲奇饼和鱼。

“泰掌控着整件事。当那些人进行 12 步治疗方案的时候，贝拉会跟他们在一起。贝拉在病房和病人在一起的时候，泰负责望风。他们就像是在战俘营里戏弄看守。我觉得护士们是知情的，但医生们对此一无所知。泰说如果贝拉被发现了，他就说那是他的狗。医院是不会解雇泰的，所有退伍军人都尊敬他，而且他还负责晚上的集体治疗。”

我们走着走着，突然看见了一只松鼠。它平躺在人行道上，散发着美妙的香气，周围的雪已经融化了。我小心翼翼地闻着，发现它是死的。我知道死亡，即使我没有遇见过，这是我不知何故获得的知识，就像当卢卡斯弯下腰对我说话时，我不知何故会去舔他一样，或像现在我不知何故想要把肩膀往松鼠身上蹭一样。

“贝拉，不可以！”卢卡斯急忙把我往回拉。我受到了惊吓，抬头看着他。不可以？我做错什么了吗？

“不要沾到那恶心的味道，贝拉。”奥利维亚对我说。我们慢慢走远了，我觉得很遗憾没能把那香味蹭到自己身上。

“还在躲避房东吗？”奥利维亚问道。

“老实说，现在的情况是他们不问，我们不说。只要贝拉不吠叫，就没有人会抱怨的。我们有一套做法，就是先左右查看情况，然后再带它秘密出街。如果其他房客没有正式通知房东，我想我们没事。贝拉表现很好，不能吠叫的时候不会吠叫。”

我害怕地抬起头看他。不能吠叫？在这种情况下，“不能吠叫”是什么意思？

“那天晚上我玩得很开心。”过了一会儿，奥利维亚说。

卢卡斯笑了，说：“我也是，我们那时候就像是在约会，还说了许多损人的话。”

“是你在嘲笑我开车的技术。”

“我没有嘲笑你，我只是没想到会遇到那么多行人。”

“你还不了解嘛，这里是美国。你应该买一辆车的，那么等你开车的时候，我就可以坐在你旁边大叫了。”

“等一下，我没有大叫，好吗？我只是太害怕，发出了一点儿声音而已。不管怎么样，我发现公交更加适合，而且环保。你应该试一下的。”

“我惊讶自己居然跟一个公交男孩儿约会。”

“约会？所以我们那是正式的约会？”

“我只是说错话了。”

“不，这是为你好。你总会找到一个不需要每周给假释官电话报到的男孩儿。”

“我们算约会过一次了，现在不要使用你那套中国模式。”奥利维亚说。

“我在更新我的脸书状态。”

“哦，你真是的。”

“明年秋天我要去医学院就读，在那之前我还不需要一辆车。我和妈妈可以走路去 VA 医院和商店，而且丹佛市的公交系统很好。更何况，和我约会的女人有车。”

“这真是我人生中最糟糕的一天。”我们走到了家门前的大街，奥利维亚从口袋里伸出一只手，碰了碰他的手臂，“那些警察是怎么回事？”

我之前听过“警察”这个词，它是指穿着黑色衣服、腰间配备金属物品的人。

“不知道，看起来像是有人因为某些事情叫来了警察。”卢卡斯说道，“不过肯定不是我妈妈报警的，他们都在我们家的街对面。”

“有人在抗议，看到了吗？”奥利维亚说道。

我很疑惑为什么我们不继续前行，因为我想去看看站在小屋前的人行道上的那些人。其中有人举起贴着大张纸的木棍牌子，在空中挥舞。

“我拍了猫的录像和拆迁许可证，可能有人把它上传到脸书或其他社交软件上了。”卢卡斯的手指敲击着手机，然后递给奥利维亚看。我打了个哈欠，手机太无聊了。“太完美了！你看，我妈妈把挖土机挖东西到拖拉机上的视频剪到了前面，后面是我在夹层里拍的视频，她提醒了这座城市所有保护动物的积极分子。”

“太酷了，我喜欢你妈妈，她不循规蹈矩，不像我认识的一些人。”奥利维亚说道。

“看到那个看起来很生气的人了吗？他是甘特，是想要拆掉房子的那个承包商。他曾经也说过我很叛逆，告诉我他要贿赂动物管理处的官员证明里面没有猫。”

“他告诉你这些？真不够聪明。”

“他真觉得自己在这个世界可以为所欲为。”

“那是辆新闻车，”奥利维亚说，“看来你要出名了。”

“我不会忘记你和其他促成这件事的人的。”

“噢，我知道你不会忘记我的。”

卢卡斯把我交给奥利维亚，去跟一些人交谈，包括我认识的名字叫奥德丽的女人。有几个穿黑色衣服的警察站在街上向汽车挥手。奥利维亚牵着我的时候，突然有人把一道灯光打到了卢卡斯脸上，她的手闻起来还有一点儿鸡肉的味道。

我们终于转身回家去了。见到妈妈我很高兴，不过卢卡斯和奥利维亚很快就离开了，直到妈妈把食物放到我碗里，我才没那么沮丧。

我听见了响亮的门铃声，没有吠叫。妈妈走过去开门，用腿挡住了我。按门铃的是那个带有烟味和肉味的男人甘特。

“女士，请问您的儿子在家吗？”

“不在，他出去了。”

“我的名字叫甘特·贝肯鲍尔。”

“好的，我知道你是谁。”妈妈冷冷地回答道。

“你知道你儿子今晚做了什么吗？”

“知道。”

“他带了一群朋友来抗议我的房地产开发项目，他为什么要这样对我？我到底哪里对不起你们了？”

“我认为他只是想救一些无辜的动物。”

“我的网站收到了许多死亡威胁，我可以起诉你们这些浑蛋的。”

虽然我真的对甘特衣服上的肉香味很感兴趣，不过妈妈显然不让我有任何机会接近他，闻他。于是我坐了下来。

“我想问你一些问题，”妈妈说，“为什么你不直接让动物救援组织的人进去抓剩下的猫？这样就解决了所有问题。”

“那些房子早已被宣告不能使用，它们已经开始坍塌了。如果有人在下面受伤了，这将是一个巨大的责任。”

“你可以签订一份协议来免除你的责任的。”

“听着，你知道这一切关乎什么吗？那些都是我的财产！你儿子一直在破坏我的栅栏，进去喂那些该死的猫，这就是为什么它们还会在里面！现在已经是冬天了，你知道结冰之后，建筑造价会高多少吗？都是你儿子的错，是他制造了这些问题，就算一大群猫被压在房子底下，那也是他的责任。你怎么不把这些也放到社交平台上？”甘特用他带有肉香味的手指着妈妈说。他看起来很生气，我觉得自己脖子后面的毛发竖起来了。我的内心涌起一阵咆哮，但我没有发出声来，这是“不能吠叫”游戏的规则，这时候是不应该吠叫的。

妈妈面无表情地看着甘特说：“你说完了吗？”

“你不想卷入这场战争的，对吧，女士？”

“战争？”妈妈朝那个男人走近了一步，盯着他看。我能感受到她的情绪波动。“你觉得这是一场战争？你一点儿也不懂战争。”

男人躲开了妈妈的眼神：“狗长大了许多，是什么品种的，斗牛犬？你怎么可以在这里养狗？我知道这里的管理，养狗违反了协议的规定，不是吗？”

“还有什么事吗，贝肯鲍尔先生？”

“我只是希望录像能证明我是想要和平解决问题的。”

“录像显示你来到这里对我说我们要开战了，晚安。”妈妈说完就把门关上了。她的肌肉放松了下来，不过她看起来很疲惫。“哦，贝拉，”她轻声说，“我有一种不祥的预感。”

卢卡斯越来越频繁地不带我出门。每当他回到家，闻起来都是奥利维亚的味道。我是他的宠物，我想知道为什么他跟我们的朋友奥利维亚在一起，却不带上我。

有很多事情我都不明白。我喜欢去看兽医，她是一个友善的女士。有一次我们去的时候我睡着了，醒来时发现自己脖子上有一个坚硬的塑料项圈。戴着那个东西既不舒服又可笑，我舔不到自己身体的任何一个部位。

“你已经接受了节育手术，贝拉。”卢卡斯对我说。听到自己的名字，我轻轻地摇了摇尾巴，因为他看起来不像是在生我的气，可他还是罚我戴了好几天那个奇怪的项圈。

项圈摘下很久之后，只有我和妈妈在家，卢卡斯已经去上班了，这样他就可以看到奥利维亚了。妈妈似乎又累又不高兴，她有好几次都把手托在脸上。

空气中弥漫起一股酸涩刺鼻的味道，我觉得很熟悉。上次出现这种味道的时候，妈妈生病了，我整晚都独自待在家里。我焦急地发“呜呜”声，但她并没有看我。于是我叫了起来。

“贝拉，不能吠叫！”妈妈大声责备我。

我喘着气，焦虑又害怕。卢卡斯回来的时候，我跳到他身上呜咽。

“这是什么了？贝拉，你怎么了？”

“它已经这样半个小时了，很奇怪。”妈妈边说边走进客厅，“噢，我需要躺一会儿。”于是她就瘫倒在沙发上了。

“你还好吗？”卢卡斯关切地问道。

“让我躺一会儿。”

她身上的味道变得越来越浓烈，我控制不住自己，吠叫了起来。

“贝拉，不要吠叫。”卢卡斯对我说。

我仍然在吠叫。

“嘿！”他打了一下我的屁股，“不要叫，贝拉！不能……妈妈？妈妈！”

妈妈发出微弱的呻吟声，双手弯曲着不断地击打空气。卢卡斯跑到

她躺着的沙发旁。“妈妈，妈妈。”他在她耳边轻声呼唤，紧张、害怕又不知所措。他掏出手机，说道：“我妈妈癫痫发作了……快点儿！”

然后他蜷缩在沙发上给她安慰。我跳到他旁边，把头靠在他的肩膀上，想要给他帮助。

“你会没事的，妈妈，不要有事。”

很快，家里来了两个女人和一个男人。他们把妈妈抱到担架上，推走了。卢卡斯把我关进狗屋里，并对我说：“你是一条乖狗，贝拉，你留下来。”

我不觉得自己表现得乖，因为他把我独自留下了。我整晚都没有吠叫，很想念卢卡斯，害怕他永远不会回来了。

我不明白发生了什么。

外面还很黑的时候，卢卡斯就回来了。他喂了我，带我散步，最后我们一起躺在床上。我们在吃奶酪，但他心不在焉的，没有笑。我依偎在卢卡斯身上，能察觉到他的害怕。我太享受这种与他如此靠近的感觉了，希望这样可以给他带去安慰。那天早上他离开的时候，平静了许多。我耐心地等待他回家。

妈妈、卢卡斯和奥利维亚一起走进了家门。我看到他们兴奋极了，连忙绕着他们打转。

“谢谢你送我们回家。”妈妈对奥利维亚说，“你没必要这样做的，我走路也可以。”

“没关系的，不用客气，反正卢卡斯现在都把我当作他的私人司机了。”奥利维亚回答道。

那天晚上，奥利维亚离开之后，卢卡斯坐在饭桌旁玩着他的手机。

“听说百分之十五的狗能感觉到癫痫发作。”

“太不可思议了，它看起来像是知道发生了什么事。”妈妈回答说。

“你是一条了不起的狗，贝拉。”他称赞道。

我摇了摇尾巴，从他说我的名字中听出了表扬。我很开心大家都在家了，并且知道卢卡斯很快就会给我一小块奶酪。

有人敲门，我克制住了自己，没有吠叫。

“拦住贝拉。”妈妈说。

卢卡斯抓住我的项圈，说：“我们需要确定敲门的不是这栋大楼里的人，贝拉。”他轻声说：“不能吠叫。”我喜欢他用手抚摩我的毛发的感觉，喜欢他轻声说出我的名字。

我闻到了门外站着的男人的气味，这种气味有时会出现在我们家附近。妈妈跟他说了一会儿话，然后把门关上了。卢卡斯把我放开，我跑到了妈妈身边，因为她看起来难过又气愤。

“怎么了？”卢卡斯问道。

“驱逐通知。”

“什么？”

“是我太得意了，以为摆脱了这件事。”妈妈重重地坐到椅子上。

“贝拉一直表现得很好！”卢卡斯也坐下了，“它从来没有吠叫过，他们是怎么发现的？”

“噢，”妈妈回答道，“我知道他们是怎么发现的了。”

第二天，我和卢卡斯一起玩了“去上班”的游戏。除了我最喜欢做的事情——一起吃奶酪之外，我拜访了泰和其他朋友。他们很多人都为我准备了零食。史蒂夫喂了我一口冰凉又美味的东西，尝起来像牛奶，但比牛奶甜多了。马蒂给了我一小片熏肉。从他们的拍抚、言语和拥抱中，

我明显能感受到他们对我的喜爱。一位老人喜欢亲吻我的鼻子，但他不能灵活地弯下腰来，于是我学会了跳上他的椅子，把爪子放在他的胸膛上舔他的脸。每次我这样做，他都会大笑起来。他的名字叫怀利，他说我是“守护者”，而不是叫我贝拉。

“它是一个守护者。”他每次都这样对泰说。

通常，我去探望我的朋友们的时候，一天中大部分时间都是与他们在一起度过的，为他们提供安慰、吃零食和玩“甘恩医生”游戏。玩“甘恩医生”游戏的时候，我会躺在长椅上的两人之间，而他们会用一条毯子把我盖住，轻轻地抚摩我，直到有人说“他走了”。这个游戏类似“坐好”游戏，不过更加有趣。这一天，卢卡斯和泰带我去了医院的另一个地方。我们站了一会儿，门铃响了，我没有吠叫。然后门滑开了，我们走进一个小空间里，里面吱吱作响、晃动了起来。我感觉有点儿恶心，就像是在坐汽车。当门再次打开的时候，空气中的味道变了，我知道我们到了别的地方。整个过程就像是一趟没有汽车的汽车旅程。

我跟着他们两个走在一条光滑的过道上，沿着墙壁一路嗅过去，闻到了许多人和化学药品的气味。泰和卢卡斯看起来有点儿紧张，步伐变得紧凑起来，所以我不能闻清楚所有的味道。拐了几个弯之后，卢卡斯敲了敲一扇开着的门，然后把头探进去，说:“斯特林医生，我是卢卡斯•雷，今天早上给您打过电话的。”

“进来吧。”一个男人回应道。他先与卢卡斯握了握手，然后转过去和泰握手，最后把手放下了。他的手散发着强烈的化学药品的味道。“你说的就是这条狗吗？”

“它叫贝拉。”

我摇了摇尾巴。他俯身摸摸我的头。我喜欢这个人，尽管他的手飘来了一股刺鼻的味道。

“你最好把门关上，泰。”

大家都坐了下来，我也坐了下来。房间里没有什么东西可闻的，不过我能闻得出他桌子旁边打开的储物箱里有一些土豆。

“所以，”男人先开始说话了，“我了解过了，确实有可以预知癫痫病发作的狗。你所说的贝拉自然而然的一些预知表现，大多数狗要经过训练才能学会。有些人声称它们拯救了许多生命，但也有人对此表示不赞同。如果是遵从医生的建议，无论你的出租房能否养宠物，法律都会允许你养一条这样的狗，他们必须破例。我与我们的企业法律顾问谈过了，他说《公平住房法》有明确规定这一点。”

“谢天谢地。”卢卡斯喃喃地说。

男人举起了他那只气味难闻的手，说：“好吧，别高兴得太早，没那么简单的。还有一整套程序要走，贝拉必须得到认证。现在它只是一个宠物。”

“不过我可以告诉你，我妈妈最近两次癫痫发作它都吠叫了。如果我们知道是怎么回事，就可以提前做准备了。”

我感觉到了主人的不安，焦急地看着他。发生什么事了？

“我当然知道这些，孩子，”男人回答道，“但是拥有先天的能力离获得认证还很远。”

“需要多长时间？”卢卡斯问道。

“我也不确定，看起来像是需要经历一个复杂的过程。”男人耸了耸肩，“我们这里办不到，我只知道这么多。”

“三天之后他们就会启动驱逐程序。”卢卡斯悲叹道。我舔了舔他的手。

“医生，您能为他们出一份证明之类的吗？”泰问道。

“我不能这样做，而且我怀疑这样的证明不会起作用。我刚才说过，这有一个明确的程序要走。我不能断定它就是一条能预知癫痫病发作的狗。因为它并没有经过训练，只是有这方面的天赋而已。”

泰站了起来，似乎比卢卡斯更加不安：“听我说，这真的是一条非常

特别的狗。如果把它带到病房，你能感觉到病人的压力会减轻许多。在12步治疗方案中，新来的病人都很喜欢有它陪伴，它给了他们信心。它就坐在那里，几乎每个想说话的人都会先去抚摩它。我还知道它在帮助泰瑞，她说贝拉比她服用的抗抑郁药更有效。每个人都爱贝拉，它在这里表现得很好，医生。这些事例总能证明些什么吧？”

那人沉默了一会儿。“你知道带狗进VA医院是违反规定的，对吗？”他后来问道。

“我只知道我会尽我所能去帮助我关心的病人，这些人都是曾为国家服务的，由于种种原因，他们正经受磨难。如果这条狗能让他们有所好转，我一定会想尽办法让它来到这里！”泰气冲冲地回答道。

那人抬起了一只手，说：“不，你别误会。我只是想确认你是否清楚，如果甘恩医生或其他我认识的几个医生发现你私自带宠物进医院，你的工作就没了。当然，我是不会揭发你的。”

“贝拉不仅是一只宠物，”泰心平气和地说，看起来没那么生气了，“这才是我想表达的。”

我喜欢听到泰叫我的名字，摇了摇尾巴。

“你妈妈怎么样了？”那人问卢卡斯。

“她……有些方面好转了，有些方面严重了。她最近没有太抑郁，不过癫痫病发作太频繁。我们还以为早就已经将它控制住了。”

“是贝拉令她的抑郁有所好转的？”那人问道。

“是的，没错。”

“可以说具体一点儿吗？”

“好的，我妈妈整天都和贝拉在一起。每当我回到家，都能发现她的情况比以往好转了许多，当然，以往是指收养贝拉之前的时间。她抑郁之后，有很长一段时间我回到家，都发现她穿着睡衣，也不吃东西。收养贝拉以后，她会带贝拉散步，从而恢复了不少活力。而贝拉似乎也能

察觉到妈妈胡思乱想，会把头枕在她的膝盖上。”

卢卡斯说了我的名字，所以我又摇了摇尾巴。

“你妈妈的病情有所好转，我很高兴。”

“她现在更加积极参与集体治疗了。”卢卡斯看着泰说。

“这我不太确定，卢卡斯。”泰抱歉地说道。

“噢，好吧，是我太武断了。”

“好吧，事情是这样的，”男人清了清嗓子继续说，“我不能为你证明贝拉是能预测癫痫发作的狗，但我了解美国联邦住房管理部门。只需要泰瑞目前的主治医生的一封证明信件，就能证明贝拉是拥有情感支持能力的动物，而我现在就可以做这件事。”

“那么……我们有了这份证明，就能继续住下去了吗？”卢卡斯满怀希望地问道。

“我不是律师，但根据我在网上了解到的知识，他们似乎必须这样做。”

“非常感谢您，斯特林医生，您可能想象不到这对我和我妈妈来说有多么重大的意义。”

男人用铅笔在一张纸上画来画去。“但这并不表示能带贝拉进VA医院，”他严厉地注视着泰，“带它进来仍是违规的。带能预测癫痫的狗进来可以，但带能提供情感支持的狗进来不行。”

“我明白了，医生。”泰说道。

“我不会赶你走。我只是想提醒你，如果被发现了，会发生什么事。”

“噢，我认为我们可以把贝拉当作一个秘密。”泰若无其事地说道，“很多人都在为我们保守秘密。”

卢卡斯接过男人递给他的纸，把它放进了口袋里。他看起来真的很高兴，但是没有给我任何奖励以示庆祝。

从那以后，家里的情况发生了变化。在一起跑到街上之前，我不再需要等卢卡斯先踏出门口观望一会儿，现在我们都是一起走出家门。卢

卡斯也不再介意我晃荡在门口东嗅西嗅。

起初，我很困惑。我已经决定要从反复做的事情中学会如何做一条乖狗，所以我认识到了“不许吠叫”的意思是无论遇到什么情况，都要保持沉默；“一小块奶酪”意味着卢卡斯爱我，并且会给我特殊的奖励；他对我说我是一条乖狗狗，这与任何奖励，甚至是鸡肉都一样令我兴奋，当然如果有奖励就再好不过了。

但是人类会毫无预兆地变化，而我对这些事情的理解仅限于跟我的主人卢卡斯在一起的时候。所以如果地点变了、人物变了，我就猜不出它们的意思了。

妈妈带我出去时，不会走很远，不过有时候会遇到许多人。“它是我的疗愈犬。”妈妈总是这样对他们说。无论这句话是什么意思，听到“犬”这个字，我可以感觉到那些抚摩我的人对我的认可和喜爱，他们一定也觉得我是一条乖狗。

等到天气变暖，树叶在微风中摆动时，奥利维亚开车带我们去山上，那里的气味闻起来完全不一样。“我们去远足吧。”卢卡斯说。每当他走向衣柜，拿出一个有带子套在肩上的背包时，我总是很兴奋，因为里面肯定装有给我的奖励。

“狐狸！”在一次远足时，奥利维亚脱口而出。我闻到了一股我从未遇见过的动物的味道。它就站在小道上，跑起来有点儿像猫，慢慢地跑远了。

“看到狐狸了吗，贝拉？是狐狸！”卢卡斯激动地说。

狐狸跟狼不一样。我们遇到过几匹狼，每次我都会向它们低吼。追赶狐狸似乎也很有趣，但是一想到狼，我就觉得狐狸像是体形很小的坏狗，我很讨厌坏狗。

“贝拉想去追它。”有一次奥利维亚说出了我的想法。就在小路前面，孤零零地站着一匹狼，它盯着我看，看起来很高傲。我对着它吠叫了起来。

“好吧，即使它们娇小，也是很凶猛的。”卢卡斯说，“可能不止一匹

狼，它单独让我们看见，是想引诱贝拉去追赶，或许还有一两匹狼藏在灌木丛里。”

“我没叫你允许贝拉去追赶，我只是说贝拉想去。”

“你总是叫我不要太严肃，要放轻松一点儿，我还以为让贝拉去追赶野生动物也是一种你说的放松。”

“你误会我了，我的意思是你应该成为一个更好的人。”她轻声回答道。

“我喜欢这种长距离的远足，让你有时间列举我所有的缺点。”卢卡斯冷巴巴地应答道，“谢谢你的好意。”

看着狼溜走了，我很沮丧。为什么不让我去追它？

“你妈妈怎么样了？”

听到奥利维亚提起妈妈，我看了看她。

“你知道的，除了癫痫，她的状况还不错。不过她的心情一直很好。”

“她一直在与抑郁做斗争吗？”

我停下来闻一只腐烂的鸟的尸骨，很美味的样子。突然皮带一紧，我就被拉开了。

“我也不知道。她入伍之后，我就搬回姨妈朱莉家住了。自从她从阿富汗回来，就变得很糟糕，吸毒、酗酒。法院判姨妈为我的监护人，妈妈从此消失了几年。后来她回来了，参与治疗，请求回到我身边。”

“请求你？哇。”

“是的。”

“她肯定很为你骄傲，总是谈论起你的好成绩，还说你有担当。”

“好吧，而你却在教我唤醒自己内心的冒险精神。”

奥利维亚笑了，很快又停了下来。“那句话，”过了一会儿，她说，“你之前有对其他人说过吗？”我们稳步走上了一座山顶，寒冷的空气从白色的山脉吹拂下去。山顶上覆盖着雪，我在想我们是不是要去雪上打滚儿呢？

“说什么？”

“你知道的。”

他将挡在我们前面的小石头像踢球一样踢了出去：“没有，你是第一个。怎么，你以前对别人说过？”

“没有。”

“如果下次你回答我你爱我，那将是历史性的一刻。”

“你打算再说一次吗？”她笑了。

“我爱你，奥利维亚。”

“男人总是会对我说这样的话。”

“我是认真的。”

“你当然是认真的，你是我见过最认真的人。”

卢卡斯停了下来，严肃地用手托住我的头。我抬头看着他，他说：“贝拉，奥利维亚害怕表达自己的感情。”

我摇了摇尾巴。

奥利维亚蹲跪在我旁边，说：“贝拉，卢卡斯对任何事都想讨论一番。”

他们互相靠近，在我头的上方亲吻了起来。这两个人之间爱的浪潮促使我用后腿站了起来，前爪抓向他们。他们在互相表达爱意，我也想参与其中。

我们从山上回来，走在人行道上的时候，两辆卡车停在我们旁边。其中一辆卡车的门开了，走出来的是那个带有烟味和肉味的男人甘特。

另一辆卡车闻起来美妙得惊人，有猫、狗和其他动物的味道，有些动物是死的，但它们的味道被层层覆盖住了。我扯着皮带，想走过去闻得更仔细一点儿，可是卢卡斯紧紧地拉着我。

“动物管理处的人。”卢卡斯担心地说，“走吧，贝拉。”

“嘿，卢卡斯，”甘特叫道，“来这儿聊几句。”

一个男人从另一辆车的前排座位上下来。他一身猫狗味，长得很壮，戴着一顶帽子。“孩子！我需要跟你谈谈你的狗。”他说。

“回家吧，贝拉！”卢卡斯命令道，可这次卢卡斯没松开我的皮带，我一跑，他也跟我一起跑了起来。这太有趣了，我想就这样一直跑下去。“回家”游戏的一部分是我要到家门口的墙边躺下，我这样做了。卢卡斯打开门，把我拉进家里。

我能闻得出妈妈不在家。卢卡斯气喘吁吁的，他的呼吸和皮肤透露出了紧张感：“乖乖，贝拉。完美的‘回家’表现。”

我摇了摇尾巴。

门铃响了，我没有吠叫。卢卡斯走了过去，我能闻得出是那个从有各种动物美妙气味的卡车上走出来的、戴着帽子的男人。卢卡斯在门孔上看了一会儿，叹了口气，然后把门打开了，同时对我说：“坐好，贝拉。”

我本打算过去迎接这位新客人，但听到“坐好”，便立刻坐好了。

“动物救援的。”戴帽子的男人粗声粗气地对卢卡斯说。

“我知道。”

“我知道你养了一条比特斗牛犬。”

“我……我们不知道它是什么品种，它出生的时候就被抛弃了。我们在夹层里发现了它。你们组织的人说里面没有动物，但我们就是在那里发现了它，里面还住着猫。事实上，又有更多的猫住进去了。你肯定也知道。”

“我不在乎你什么语气。”戴帽子的男人淡淡地说道。

“好吧，我也不在乎你有没有公德心。”卢卡斯回答道。

我听到了布料沙沙作响的声音。男人的语气僵硬了起来，他说：“在丹佛市养比特斗牛犬是不合法的，有人告诉过你吗？”

“贝拉属于特殊情况，它是我妈妈的疗愈犬。我妈妈是老兵，她曾经在阿富汗服役。”

“疗愈犬，是吧？”

“你想看她的医生写的证明吗？”卢卡斯礼貌地问道。

“把你的狗叫过来一会儿，可以吗？”

“为什么？”

“我没打算要带它走，我不能闯进别人的住宅做这样的事。”

“贝拉。”卢卡斯显得很不情愿，但还是招手示意我过去。我立刻到他身边去了。我感觉卢卡斯不喜欢这个戴帽子的男人，所以没有靠近他让他抚摩我，我还是留在卢卡斯旁边。从那个人的衣服上，我闻到了一股强烈的来自不同动物的味道。

戴帽子的男人用力地点了点头：“是的，是条比特斗牛犬，好吧。”

“无论如何，”卢卡斯耸了耸肩，“我们有那张证明。”

男人把手伸进口袋拿出了一样东西，用手指弹了弹，一股美味的香气伴随着一声小小的爆裂声弥漫到空气中。他把那零食放在地上，我马上扑了过去。不管卢卡斯怎么想，我觉得我喜欢上那个男人了。

“下次喂我的狗之前，希望你能先征得我的同意。”卢卡斯冷冷地说道。

“问题是，它应该做到忽略地上的零食。可是它没有，所以它不够资格成为疗愈犬。”

“不可能。”

“我会在门口抓住它，我要依法没收它，它是不合法的品种。”

“依法没收？”

“你得交罚款，然后我们给它做上标记。如果我们再抓到它，就会把它杀死。”

“你不是认真的，对吧？”

“这是法律，我只是在做我的工作。”

“你工作的方式就是证明街对面没有猫？是甘特雇你来骚扰我们的吗？我们什么也没有做错！”卢卡斯激动地说。我不安地抖动了一下。

“你不正确的地方就是窝藏违禁品种。斗牛犬是凶猛、危险的动物。”

“你看贝拉凶猛、危险吗？”

“无所谓，它可以像个温和的小羔羊，但法律说它是凶猛的动物，它就是凶猛的动物。再见小子，很快见。”

第二天下午，卢卡斯下班回家时，奥利维亚和他在一起。我们坐在车上了！我把头用力往空气中伸去，成功地吸入飞掠而过的美妙的混合气味。

很快，我们到达了类似卢卡斯上班见奥利维亚的大厦。我们和一些陌生人一起站在一个小房间里，我想去闻他们，但被卢卡斯用皮带拉了回去。小房间发出“吱吱嗡嗡”的声音，我的身体摇摇晃晃的。这个小房间比上次我和泰、卢卡斯站在一起的那个安静得多。每次门打开时，门外的气味都完全不同。有人会出去，也许他们是因为不能和我一起玩而心烦意乱。我不明白我们在小房间里是在做什么，但我进去的时候很开心，出来的时候也很开心。

我们沿着一条安静的过道来到摆有一张桌子的地方，地板上铺着柔软的地毯。一个男人拿着一沓文件进来了。

“我是迈克·鲍威尔。”男人打招呼说。我摇了摇尾巴。

“谢谢您答应见我们，我是卢卡斯·雷，这是我的……”他示意奥利维亚。

“小心点儿说话。”她警告道。

“我的朋友奥利维亚·菲利普斯。”

“我是他的司机。”奥利维亚握了握男人的手，很快就发现不太喜欢跟他握手，所以就放手了。“他的待遇很不好。”

男人笑了起来，然后弯下腰来看我。我舔了舔他的脸。“这一定就是贝拉吧，真可爱。”

我寻找房间里最柔软舒服的地方时，他们一直说个不停。我在一张狭窄的桌子旁发现地毯上面放有一块小毛毯，虽然小毛毯盖不住我的身

子，但我还是躺了下去。

我打了个盹儿，但一听到有人提到我的名字，我就睡眼惺忪地睁开眼睛。

“贝拉是违法的？恐怕丹佛的法律在这方面是不合理的。你知道在美国养犬俱乐部里甚至没有叫作比特斗牛犬的品种吗？这不过是一个统称，类似猎犬。不管怎样，几年前，报纸上刊登一个孩子被所谓的比特斗牛犬杀害，所以市议会通过了禁令。许多证据表明这类狗并不比其他任何品种的狗危险，事实也是这样。我认为达克斯狗咬人比其他种类的狗更多。你知道吗？自从禁令颁布之后，比特斗牛犬在丹佛比以往更受欢迎。美国人就是这么可爱。对他们说不能拥有什么，他们就想要什么，就是这么叛逆。”

“不管怎样，问题不在于贝拉是比特斗牛犬，而在于动物管理处认为它是比特斗牛犬。只有一个官员这样说，它不会被抓起来；但如果有两个或者更多的官员同意贝拉是比特斗牛犬，那它就是了。不合理的制度，现实就是这样。”

“医生的证明不起作用了吗？那不是捏造的，贝拉确实为我妈妈提供情感支持。”卢卡斯说道。

“我担心法律在这方面很苛刻。投放零食看起来像是个草率的试验，但那是他们可以应用的几种方法之一。贝拉在任何一个试验中失败，都不能被认为是疗愈犬，没有什么可以反驳的。”

“一点儿也没有吗？确定？”奥利维亚问道。

“在动物收容系统中没有。当然，我们可以去法院，不过会很昂贵。”男人回答道，“而且在打官司期间，贝拉必须要留在收容所，很可能要花费几个月的时间。”

“我们应该怎么做？”卢卡斯绝望地问道，“那家伙说，如果他看到我跟贝拉在外面，就会把贝拉带走。”

那人摊开双手：“要我说实话吗？丹佛的法律是怎样规定的？什么都不行，你什么也做不了。”

奥利维亚突然站起来。自从遇见她，我第一次见她如此生气。

“动物管理处能够私闯卢卡斯和泰瑞的住宅吗？”

“不能，我没有这样说过。他们需要经过法院的允许。”

“那么前廊呢？”

“同样不能，车道或者车库也不行。在你们的租约范围内，它会没事的。”

卢卡斯弯下腰来对我说话，我摇了摇尾巴。“那就这样吧，贝拉，若那个坏人来了，你就回家躺在墙边，好吗？这样我们就安全了。”

我紧张了起来，没有明白他说了什么，要我回家？

“我真的很担心，卢卡斯。”奥利维亚喃喃道。

“是的，我也很担心。”

几天之后，卢卡斯下班回到家闻起来依旧都是奥利维亚的味道。他没有带我一起去上班。不过，他的存在就像一股气味一样与我形影不离，我能感觉到他就在外面的某个地方。他是我的主人，我们属于彼此。这是不会改变的事实，也是我之所以成为我的重要组成部分。

妈妈把皮带系在我的项圈上，因为我们要出去散步了！她穿上外套，然后又笑着把它脱下来，对我说：“穿上外套太热了，贝拉。”我等得不耐烦，一直跳来跳去的。后来我乖乖地坐在门边，直到最后我们终于出门了。当我们经过小屋时，我闻到了里面的猫的气味，但没有闻到猫妈妈的气味。

想到我们可能是要去医院，很快就会看到泰、史蒂夫和其他朋友，还有奥利维亚，当然，还有卢卡斯，我就很兴奋。可是，妈妈往另一个方向走了。我们走在一条从来没走过的道路上，一路上，我闻到了许多美妙的味道——活着的、死了的动物的气味和车道尽头成排的塑料箱散发出的食物的美味香气。空气中弥漫着花的芬芳，一条狗在篱笆后面对着我吠叫。我蹲在它前面的草地上撒了一泡尿，礼貌地让它注意到我曾到此一游。

妈妈很少带我走远，不过今天她很开心，所以我们继续前进去探索新的地方。就在此时，那辆有很多动物气味的卡车从我们身边驶过。气味太浓烈了，我想追上去好好闻一闻。看到它停了下来，我很高兴，因为它散发着芳香。但是妈妈放慢了脚步，我感觉到了她的不安。

卡车后面的铁笼子里关着一条小狗。它是条母狗，正盯着我看，对我挑衅地狂吠。不过我很乖，没有对它吠叫。

戴帽子的男人提了提裤子，从卡车里走出来。妈妈停了下来，我可以看出她越来越惊慌了。我盯着那个戴帽子的男人看，想知道他是否是个威胁。我会保护妈妈的，因为卢卡斯希望我这样做。

“我要没收这条狗。”男人关上车门，大声喊道。他说“狗”这个字的语气，让我觉得自己不乖了，即使我一直没有吠叫。

“不，你没有权力这样做。”妈妈冷静地回答道。

“众人皆知这是我的工作。如果你妨碍我，我会请求支援将你逮捕。这就是法律。”戴帽子的男人把手伸进卡车，拿出一根长长的棍子。棍子末端系着的绳子绕成圈状。当他走近时，我好奇地看着它。那是什么玩具？

“你不能带走贝拉，它是条疗愈犬。”

“从法律的角度来讲——它不是。”戴帽子的男人走到我们跟前，停了下来。我能感觉到他的焦虑，甚至比妈妈还要焦虑。“听着，我不想惹麻烦。”

“那你最好不要动手。”

“不要妨碍我工作，否则你会被拘留的。”

妈妈蹲下来，把手贴在我的脸上。我舔了舔她的手掌，隐约尝到一点儿黄油味。她解开我的项圈对我说：“贝拉，快回家！”

我只和卢卡斯玩过“回家”的游戏，原来妈妈也知道这个游戏，我很惊讶。

“回家！”她又大声说了一次。

我从没来过这里，这里离家门口我要躺下的地方太远了。但我知道该怎么做，我跑了起来。我能听到身后的笼子里有只小狗在叫，即使卡车的味道慢慢消失，我也还能通过小狗的吠叫声知道卡车还在后面追我。我不停地移动、奔跑，离卡车越来越远。我穿过了院子。我喜欢迈开腿狂奔，喜欢这种绝对的自由。一路上有许多狗对我吠叫，但我没有理会，因为我有任务需要完成。

当我回到前廊时，我气喘吁吁地蜷缩在墙角边的灌木丛里。我又是一条乖狗了。

我听见卡车刹车的声音，立刻嗅到了许多动物的气味，当然也包括那只小狗的气味。小狗已经不吠叫了。接着听见“砰”的一声关门声，我好奇地抬起了头。

戴帽子的男人站在卡车旁，拍着裤子说：“嘿，贝拉，出来！”

我感到很疑惑，因为“回家”游戏不是这样的。后来那个男人放了些东西在他脚边，我闻到了肉的味道。没错了！我完成了“回家”任务，现在可以得到奖励，游戏就是这样玩的。我从门廊里冲出去，狼吞虎咽地吃起了地上的零食。

“贝拉！”

是妈妈在叫我。她正在街尽头的拐弯处向我跑来。这里也不一样了，每次完成“回家”游戏躲在墙边时，卢卡斯和妈妈都没有试过边跑边叫唤我。

我紧张了起来，不知道是否应该跑向她。我刚想跑过去，一根绳子突然套在了我的脖子上。我瞬间就被戴上了最差劲的皮带，又硬又紧。我挣扎了起来。戴帽子的男人说：“不要动，贝拉。”

“贝拉！”妈妈又大声叫道，声音充满了痛苦和绝望。

男人用一只手将我抱起，紧紧地握住那条僵硬的皮带，把我放进小狗旁边的一个笼子里。它现在离我很近，不敢再向我挑衅了，正默默往后退缩。他关上了笼子。我们现在是在做什么？妈妈需要我！我叫了起来。卡车轰隆隆地开上街道，我既害怕又疑惑，不明白发生了什么。

我在笼子里没有吠叫。卡车走远了，而妈妈还在后面追着跑。在我们拐弯时，我看到她双手捂着脸跪倒在地上。

戴帽子的男人将卡车停在一间房子前，房子里面散发出强烈的猫、狗和其他动物的味道。我隐约听到有狗吠叫出了我的心声，那是一种面临灾难的恐惧。

男人牵着皮带，先带小狗进到房子里，然后再带我进去。我进去的时候，吠叫声更加响亮，味道更加浓烈。我能追踪到小狗的去处，但我被带到了别的房间。房间高高的笼子里关着许多大狗，它们正悲伤地吠叫着。我不想待在这里，只想回到卢卡斯身边。

男人解开了我的项圈，把我单独关在一个笼子里。关着我的笼子比我见到的其他笼子都要大许多，里面为我铺了一张舒服的床，还放了一碗水。我喝了点儿水，想做些寻常的熟悉的事。

周围的狗无休止地喧闹。我也被带动了，想与它们一起吠叫起来。不过我没有这样做，因为我知道我不可以吠叫，而是需要乖乖坐好。我必须在力所能及的范围内当一条最乖的狗，这样卢卡斯才会过来把我放出去，带我离开。

不久之后，一个年轻一点儿的女人过来带走了我。她也有一条那样僵硬的皮带。我不明白他们为什么要留着那种东西，不让一条乖狗舔东西、抓东西。

她把我带到一间散发着化学药品的味道的房间，戴帽子的男人和一位女士在里面。那位女士像兽医一样友善，轻轻地触碰着我，把一样东西按在我的胸膛上。“我不认为这是一条比特犬，查克。”我轻轻地摆了摆尾巴，希望检查结束之后卢卡斯就会来接我。

“格伦、阿尔贝托和我都认为它是比特斗牛士，已经签名盖章了。”戴帽子的男人说道。

“阿尔贝托正在度假。”那个友善的女人飞快地说。她似乎生气了。

“我发了张图片给他看，然后他把它上传到了声明书上。”

“无稽之谈。”她抱怨道。

“不，我告诉你这是怎么回事。每次我们带回一条比特斗牛犬，你都要反驳我们，不是吗？”

“因为你们搞错了！你们三个签署的比特犬认证书比机构里别人认证的总和还要多。”

“因为我们在这里工作了足够长的时间，知道孩子被咬的后果有多严重！”戴帽子的男人声音很刺耳。

女人发出一声疲倦的叹息：“这条狗不会咬人的。看，我可以把手放进它的嘴里。”

她的手指有肥皂、化学物品和狗的味道。

“我做我的工作，你做你的。给它做好标记。如果我们在丹佛再遇到它，就可以处理它了。”

“我知道该做什么，查克。”她回答得很干脆，“我做完就会以文件的方式提出异议。”

“又来？我真是被吓到尿裤子了。”戴帽子的男人冷笑道。

最后我还是回到了笼子里。我从来没有觉得如此痛苦过。其他狗的恐惧、绝望和焦虑影响了我，于是我气喘吁吁地躁动起来。我能想到的只有卢卡斯，想到他过来接我，带我回家。我保证以后都会乖乖的。

每次门打开了，来的人都不是卢卡斯。有些狗为了靠近那些人，紧贴着笼子的门不停地抓铁丝网，摆动尾巴，发出“呜呜”的哀叫声。有些狗则是害怕地往后躲。而我——除了摇摇尾巴，没有什么别的反应。通常那些人都会带着一条狗离开，或者带着一条狗进来。

我们都在做些什么？

后来一个好心的男人来把我接走了，但不是带我回到卢卡斯身边。他反而给我套上一个非常奇怪的口套，一下子将我的嘴巴完全圈住了。

“你是条可爱的狗，你很乖。”他轻轻地抚摩着我对我说道。我摇了摇尾巴，很激动能离开笼子。我希望他能带我回家。

好心的男人带我穿过一扇铁门，走进了一个院子里。突然改变的味道刺激了我的嗅觉。我脚下的泥土僵硬且凹凸不平。院子里每一寸地方都散发着狗的味道，浓烈地充斥在每一口呼吸中。

“我叫韦恩，”男人对我说，“很抱歉给你戴上了口套。听说你是一条非常凶猛的狗，会咬断我的四肢。”

他的语气犹如他的双手一样温柔。他把手指放在我的鼻子上方，我的舌头尽可能地穿过奇怪的口套去舔他。我们绕着院子走，走在一条围着高高的围栏的小路上。很明显，在我之前有很多很多的狗在这里散步过。我感激地蹲在围栏旁边大便。我不想在笼子里做这件事，即使那是一个大笼子，很多狗都在里面便便。

男人没有像卢卡斯和妈妈一样跟在我后面收拾，而是说道：“你继续拉吧，贝拉，不用担心。我等下再出来把这里的大便都清理干净。这算是我特殊的工作吧。”

他富有同情心，会抚摩我，却不带我回到卢卡斯身边。虽然我一直

坐在地上抗议，但他还是把我牵回之前的笼子。

“走吧，乖狗，”他轻声对我说，“回到你的窝里去。”

我非常不愿意回到里面去，但被他拉扯着滑过光滑的地板，最后还是回到了笼子里。我蜷缩在床上发出哀叫声，看着他把笼子的门关紧。我的头趴在两只爪子之间，听着所有不乖的狗的吠叫声，我的心都碎了。肯定是因为我太坏了，卢卡斯才会把我送到这里来。

这就是我的新生活吗？每天都有人拉我在院子里遛几圈。有时是一位叫格莱尼斯的友善的女人带着我，有时候是那位叫韦恩的男人带着我，他们总是给我戴上那个会将我的牙齿挤压在一起的不舒服的口套。无论是白天还是黑夜，那些狗都会一直吠叫。有时候韦恩会带着一根软管进来冲洗房间。每次一冲洗，狗便便的味道都会弥漫在潮湿的空气中，然后慢慢地散去，这间放满狗笼子的房间也就更没趣了。

我非常想念卢卡斯。我是一条不吠叫的乖狗，虽然有时我会克制不住自己。我睡着时像是能感觉到他的手在抚摩我的毛发，但当我醒来时，他并不在我身旁。

我记得我们在街上发现的松鼠，那只被压扁了的松鼠。它和一只活着的、精力充沛的松鼠是多么不同。它不是一只完整的松鼠，因为它已经死了。

我也觉得我已经死了。

我不吃东西，只是静静地躺在床上，当韦恩或格莱尼斯打开笼子想带我去围栏很高的院子散步时，我也一动不动。我甚至也不在乎其他狗在外面留下的美妙痕迹。我只想要卢卡斯。

直到一个陌生的女人进来给我套上那奇怪的口套，将我带到一条过道时，我才挣扎着站起来，感觉自己的双腿僵硬无力。我愿意跟着她走，但是没摇尾巴。我垂着头，冷静地把空气中所有狗和猫的气味都记住了。

她把我带到一个小房间里，说道：“来吧，贝拉，把这个戴上。”

我戴上自己的项圈，脖子感受到了一种熟悉的垂感，这样我的声音听起来又像我自己了。地板上有一块软垫子，我走到过去围着它打探一番，叹了口气躺下了。“我马上回来。”她对我说。那个女人离开了。我不知道自己在哪里，也不在乎自己在哪里。

然后门开了，是卢卡斯！我连忙站了起来，在他进门的那一刻，跳到他的怀里。“贝拉！”他激动地叫道，走进房间里坐下了。

我边喘气边抽泣着，想穿过那愚蠢的口套去舔他。我把头揉进他的胸膛，在他的大腿边盘旋，把爪子放到他的胸口上。被他搂着，一股幸福的暖流涌上心头。卢卡斯是来找我的！卢卡斯确实是爱我的！我再也不想和他分开了。我是如此快乐，如此释然，如此感激。我的主人来这里带我回家了！

陌生的女人也来了，是她为我找到了卢卡斯！

“我可以把这曲棍球面具摘下来吗？”卢卡斯问道。

“对于比特斗牛犬来说是不可以的，不过，它显然没有威胁。”

卢卡斯解开了我嘴巴上的东西，我可以很好地亲吻他了。

女人举起一些文件对卢卡斯说：“好的，我知道你已经签署了这些文件，但我必须重申一遍里面的内容。如果贝拉因任何原因在丹佛市内再次被抓获，它将会被关押三天，然后杀死。这是比特斗牛犬一次警告的机会。你只能通过法院上诉。我提醒你，法官是非常相信 ACO 机构的认证的。这里大多数的工作人员都是非常关心动物福利的爱心人士，但是捕获贝拉的人……只能说我对查克没什么好感。他有几个伙伴，遇到任何事情都会互相掩护。你明白我说的话吗？这样的制度，对你很不利。”

尽管我们重逢了，卢卡斯还是很伤心：“我不知道该怎么办。”

“你必须带它离开丹佛。”

“我不能这样做……很多原因让我不能马上离开。我妈妈……状况不好。”

“那我也不知道该说什么了，祝你好运。”

当我们离开房间走到外面的时候，奥利维亚在等着我们！我兴奋地叫了起来，开心到想一直绕着他们打转。她蹲下来给我宠爱，拥抱我，让我舔她的脸。

一个男人走近了我们，他是韦恩。我在想现在是不是要跟全部人一起到院子里散步……

“你是卢卡斯？”韦恩问道。

“韦恩？”他们的拳头撞到了一起，但不是在打架。“奥利维亚，这是韦恩·盖兹，我的高中同学。韦恩，奥利维亚是我的司机。”

“我是他的女朋友。”奥利维亚说道。

“真不错。”韦恩笑嘻嘻地说道，“嘿，贝拉是你的狗吗？它很酷的。”

我摇了摇尾巴。

“谢谢，是的，它很乖。”

我又摇了摇尾巴。

“你是在这里工作吗？”卢卡斯问道。

韦恩耸耸肩说：“我在做社区服务，在商店行窃再次被抓。”

“噢。”

韦恩笑了，说:“不是你想的那样，我现在已经改过自新了，我保证。”

我迫不及待想要见到妈妈了，用鼻子蹭了蹭卢卡斯的手。

“你现在在忙什么？”韦恩问卢卡斯。

“我在医院工作，是几个主管的助理。奥利维亚也在那里工作，负责对人大喊大叫。”

“只会对卢卡斯那样。”奥利维亚说道。

“你一直想要去医学院就读的。”韦恩说道。

“现在还在计划当中，”卢卡斯点了点头，“要是一切顺利，我会在秋天入学。”

终于，他们停止了谈话，而我也坐上了奥利维亚的车。我坐在车后座，把鼻子伸出了窗外。

我知道我永远不能完全理解发生过的一切。我不明白他们为什么要把我关在有许多笼子和狗的房间里，也不明白卢卡斯为什么那么久之后才去接我。我只知道我们是家人，我永远不会再离开家了。

我们又回到了以前的模式，太阳升起前散步，天黑以后再次散步。

“只有这两个时间段能保证不会遇到捕狗的那些人。”卢卡斯对妈妈说。

“我们会搬出丹佛的。”妈妈信誓旦旦地说道。

“搬到哪里？奥罗拉市禁养比特犬，科默斯城禁养比特犬，隆特里禁养比特犬。”卢卡斯闷闷不乐地说。

“我相信总有我们能去的地方。”

“我们在这里违约后，还负担得起别的地方的房租吗？我们怎么拿回押金？怎么搬家？”卢卡斯道，“我们甚至没钱买辆车！”

“不要再说了！我不想听这么悲观的话。一个人只有自己放弃，才会真正被打败。”妈妈严厉地说道，“我们现在开始找房子吧。”

那天晚上，当卢卡斯带我散步时，我闻到了那辆有很多动物的味道的卡车，在我们身后很远的地方。卢卡斯没有转过身去看它，但我知道它在那里。

第二天早上我们出去的时候，天还没亮，地上的雪已经开始融化了。卢卡斯笑了笑，轻声说：“丹佛的春天到了，贝拉。”

路上人少、车少，环境非常静谧、祥和。空气中，各种各样的味道

都是淡淡的。我的爪子一下子就湿透了。这一切都太美好了。我在一张冰冷的毯子上滚来滚去，兴奋至极。卢卡斯站在旁边大笑。我哆嗦着直喷鼻息，喷嚏声不断。我想就这样一直玩耍下去，可是在我小便完之后，卢卡斯就牵着我回家了。

妈妈在门口等我们。我们走上台阶，快到门廊的时候，她问道："有没有遇到动物管理处的人？"

"没有，他们不会这么早上班的。"卢卡斯对妈妈说，"今天晚上我再晚一点儿带它出门。"

"可怜的贝拉，还要等这么长时间。"

"它不会介意的。除了这样，我也不知道该怎么办了。"

"我会继续在网上找新住处的。"

"好的，妈妈。"

"现在的房租都很贵了。"妈妈叹息道。

"你跟你的主管谈过了吗？"

"谈过了，不是没有可能，只是需要时间。一旦找到住处，我就可以提出申请。"

"我们缺乏的就是时间。"卢卡斯的声音很沉重。

"不要这么悲观，一切都会变好的。"

卢卡斯沮丧地叹了口气："我们永远都找不到一个既允许贝拉居住，又有公交车经过，还能符合你领补贴的住处。"

"不要再说这样的话，我保证能找到。"

卢卡斯抚摩着我的头对我说："你很乖，贝拉。我现在得去上班了。"

我一整天都跟妈妈在一起。即使只是静静地躺着，我也心满意足了。因为我不用再跟那些不停吠叫的狗待在同一个房间里，更何况我已经回到家了。卢卡斯也会带着奥利维亚的味道回家的。屋外，太阳温暖了空气。我能闻得出雪已经融化了。

那晚，卢卡斯拿着猫的食物出去又回来，没有带我一起去。“没看见捕狗的人。”他对妈妈说。他给我扣上皮带，我兴奋地跳来跳去，然后走到门边呜咽着，想要出门。

我能闻到猫妈妈就在栅栏另一边的小屋里，而且卢卡斯给过她和其他猫一些食物了。我还闻到了别的味道。那辆车后有铁笼子的卡车又回来了，就停在与我们隔着一条街的地方。我的心情突然变得很沉重，担心它是为了抓我而来。我不想坐上卡车回到那栋房子里。我抬头看了看卢卡斯。

“没事的，贝拉。我们很安全。”

我听到卡车在我们走着的这条街道上缓慢行驶时发出的“隆隆”声。它的味道变得更加浓烈了，但卢卡斯显然没有察觉到。

卢卡斯轻轻地拉了拉皮带，说:“我们走吧，贝拉。”那辆卡车在移动，离我们越来越近了。我按卢卡斯说的做了，走到他前面去，然后他突然僵住了。卡车轰鸣着开到我们前面，停了下来，戴帽子的男人从车里走了出来。

“我要以丹佛市动物管理处的名义，带走这只狗。”他宣称道。

卢卡斯蹲在旁边，整理了一下项圈。我紧张了起来，是要“回家”了吗？

戴帽子的男人抬起手来指着卢卡斯说：“如果你解开那条狗，让我看到它没戴皮带，我可以射杀它的。”

卢卡斯既害怕又愤怒。“不，你不会的。”他往家的方向走了一步。

“别把事情搞复杂了，孩子。”戴帽子的男人温和地说道，“看到你走在路边的时候，我就已经请求支援。你的轻举妄动只会让情况变得更加复杂。”

“你为什么要这样做？”

“我是按法律办事。”

“我们已经准备搬走了，这不正是你希望的吗？甘特到底想怎么样？

我们会搬走，不会再看到他推倒那些你说没有猫在里面的房子。我们只是需要时间找房子，好吗？你们赢了，请给我们几天时间。”

“办不到。每个人都是这样说的，你不知道吗？如果我们给每个养比特斗牛犬的人几天时间，那我们永远都抓不到它们，到时候这些狗就会泛滥成灾的。”

“求求你了。”

一辆汽车在我们后面停了下来，车顶闪烁着明亮的灯光。两个人从车里走出来，身穿黑色制服，腰间挂着金属物品。她们两个都是女人，一个比另一个高很多。她们是警察。

“这是条比特斗牛犬，之前已经被捕获过一次，它的主人在反抗。”戴帽子的男人解释道，“我需要你逮捕他，因为他没有遵守法律规定。”

“这是比特斗牛犬？你确定吗？”那个高个子女人问道。

戴帽子的男人点了点头，说：“已经有三个动物管理处的员工认证过了。”

“可能是吧。”女人用怀疑的语气说道。

“那个认证与我们无关。”另一个女人说道。

“我看它不像比特斗牛犬。”高个子女人说道。

“你的想法不重要。”戴帽子的男人生气地说。

两个女人面无表情地看着他，紧接着高个子女人转身问卢卡斯：“你叫什么名字？”

“卢卡斯·雷。”

“好的，卢卡斯，你需要把狗交给动物管理处。”她亲切地说道。

“他们想要杀了它！这不公平。它昨天才被放出来，才过了一天。”卢卡斯回答道，“我们已经准备搬出丹佛了，只是需要时间。”

我感觉到卢卡斯的痛苦、戴帽子的男人的愤怒和两个女人的紧张，不安地打了个哈欠。

“你不能给他几天时间搬家吗？”那个高个子女人问道，“这似乎是一个合理的要求。”

“不能，我现在在工作，而你需要逮捕这个拒绝交出动物的小子。”

“请不要用手指着我。”高个子女人冷冷地说道。

戴帽子的男人把手放了下来。

“一旦接到逮捕请求，我们就会处理。我们首先关心的是如何缓和冲突，你在这里花言巧语是帮不到忙的。”

“什么？”戴帽子的男人唾沫飞溅。

我蹭了蹭卢卡斯以求安慰，希望没有坏事发生。

另一个女人转过身去，悄悄对着肩膀的方向说了几句。然后又走了回来，对她的同伴说：“头儿叫我们快点儿结束。”

两个女人走近我们，我能感觉到她们的友好。那个矮个子女人有意地碰了碰卢卡斯的胳膊。“你或许可以找个律师，不过现在必须让他带走这条狗。”她礼貌地说道，“否则，我们会给你戴上手铐然后拘留你。你也不想这样吧？”

“拜托你们不要这样，我们支付不起律师的费用。”

“我很抱歉，卢卡斯。”

卢卡斯蹲跪下来，把脸靠在我的身上。我舔了舔他脸上咸咸的泪水，无穷无尽的悲伤狠狠将他包围。“但它不会明白的，它只会觉得是我抛弃了它。”他抽泣着说道，非常痛苦。

“一起在路边上演一场好戏吧。”戴帽子的男人冷漠地说道。

“请你让开，先生。”高个子女人的话语很简洁。

“跟它说再见吧，以后你会庆幸自己说了再见的。”矮个子女人在卢卡斯耳边轻声说。

卢卡斯俯身对我说：“我很抱歉，贝拉，我不能保护你。这是我的错。我爱你，贝拉。”

戴帽子的男人走过来，挥舞着那条异常僵硬的皮带。“你没必要用那个东西！”卢卡斯厉声说道，怒气冲冲。

“你们两个就这样看着他对我大吼大叫吗？”戴帽子的男人对那两个女人说。

“是的，我们正打算这样，有什么问题吗？”矮个子女人不耐烦地回答道。

“让他自己把狗带过去放到笼子里。”高个子女人命令道。

卢卡斯把我抱到边缘的一个笼子旁，戴帽子的男人把门打开，然后卢卡斯轻轻地把我放进去。“我爱你，贝拉。”他在我耳边轻声说，“我真的非常非常抱歉。”

我知道无论发生了什么，我都会没事的。因为卢卡斯还在这里，让我觉得我很安全。在他解开皮带的时候，我摇了摇尾巴。他亲吻我的脸，依然非常伤心。我想要回家，和卢卡斯一起躺在床上，依偎在他的身边，就像我跟他去上班时给麦克提供安慰一样，然后和他一起吃奶酪，这样他就不会这么难过了。

戴帽子的男人关上了笼子的门。

“再见，贝拉。”卢卡斯以一种撕心裂肺的声音对我说，“我会一直记得你的。”

卡车开走后，卢卡斯站在街上擦眼泪。

我知道我不应该吠叫的，但是我突然非常害怕，控制不住自己。我现在大概明白会发生什么了。

很快，我回到了那间有很多笼子和狗的房间，彻底陷入了痛苦之中。卢卡斯需要我，我需要我的卢卡斯。他为什么要把我送到这个地方来？我并不属于这里。

我蜷缩在柔软的垫子上，把头埋在尾巴里，想要逃避那些无知的狗发出的吠叫声。它们的声音和气味中夹杂着恐惧、孤独和绝望。我努力

不受它们的影响，但是我很快就“呜呜”地叫了起来。

我能意识到时间的流逝。白天的时候房间里非常明亮，夜晚的时候也不完全是黑暗的。那些狗无休止地吠叫着。我在笼子的角落边呕吐，而韦恩将其冲洗干净。他和那位友善的女人格莱尼斯仍然会给我戴上口套，牵我到围着高栅栏的院子里散步。院子里的泥土上深深地印着许多狗的脚印。

“这太不合理了，贝拉。”格莱尼斯对我说，纵容我沿着栅栏仔细地嗅味道。那些狗的气味极其容易令我分心。“你是一条温驯的狗，没有咬过任何人，但动物管理处的大多数员工都不愿意再确认一次你的品种。你只是运气不好被一个坏家伙捕获。大家都知道查克不安好心。”

我没有听见她提起卢卡斯的名字，也没有在她身上闻到卢卡斯的味道。

我回到了同一个笼子里，但感觉一切都变了。格莱尼斯垂头丧气，周围的狗看起来也特别伤心。

我喘着气爬到床上躺下，然后又不安地站起来，如此反复着。我再也不能忍住不吠叫了，像一条不乖的狗一样大声叫了起来，哭喊出心中的哀求、悲痛和疑问。但是我得到的回应只不过是来自其他狗相似的嚎叫。

第二天晚上发生了一些奇怪的事情。我闻到韦恩走进房间里，不过我看不见他。过道尽头有一个柜子，过来取东西的人多了，我自然而然就熟悉了柜子开开关关的声音。现在我听到了那种声音，接着韦恩的味道发生了变化。味道还是原来的味道，只是更加微弱、沉闷。韦恩走进柜子里去了。其他的狗也能闻到他，从它们的吠叫声中我能听得出，它们也知道韦恩在柜子里面。

以前从来没有人进过柜子里。现在他在里面待了那么久，我已经等得累了。我焦躁不安，没有办法熟睡。当听到柜子的门小心翼翼地打开时，我立即醒了过来。韦恩走到我的笼子旁，打开开关。“贝拉！”他说，

“出来！”

其他狗现在都在发狂，可能是因为韦恩来到了我这里，而不是到它们任何一个的笼子旁边。他把一个陌生的项圈套在我的脖子上，扣上皮带。皮带是普通的皮带，不是套住嘴巴的那种。“走吧！”

我被他牵着经过其他狗的笼子，穿过小路，走到院子里。韦恩从来没试过这么晚带我散步。我立刻蹲了下来，还没等我小便完，他就拉紧了皮带。韦恩跑了起来，我要吃力地飞奔才能跟上他的步伐。格莱尼斯从来不会这样，她知道我想要探寻一些味道，容许我走走停停。韦恩牵着我走得太快了。我们一路跑到院子的尽头，那里漆黑一片。

“韦恩！”我听见有人小声呼唤道，然后闻到了他的味道。卢卡斯在这里！

我和韦恩径直冲到栅栏边。我抓着栅栏，想要碰到卢卡斯，想要去舔他。奥利维亚和卢卡斯站在栅栏的另一边，她伸出手，所以我能吻到她了。“把它举起来！”卢卡斯急切地说，“我们把毯子举到铁丝网上方，这样可以不碰到顶端的刺。”

我被韦恩从地面举起来，哼叫了起来。当他把我举过头顶时，他的双腿摇摇晃晃的。我很害怕，却又使不出力气。“它真的很重！”他压低嗓音抱怨道。

“扶稳梯子！”卢卡斯对奥利维亚说。他把我的毯子铺在栅栏顶端，然后双手在毯子上方向我伸了过来。他用手抓紧我，将我抱到了过去。

“不要动，贝拉。我抱稳你了。”

他紧紧地抓住我，像抓住小时候的我一样，爬下金属台阶。我舔了舔他的脸。奥利维亚的双手也一起扶着我。“好样的，贝拉！”她轻声表扬道。

终于到达了地面。我猛烈地摆动着尾巴，忍不住呜咽了起来。我希望卢卡斯能够躺下来，这样我就能爬到他身上去。他摸了摸我的脖子，说：

“项圈拿错了。”

韦恩盯着我看：“哦，是的。我刚刚随便从架子上拿的。”

奥利维亚轻轻拉起项圈看了一下，说：“这有什么关系吗？”

“应该没事。”卢卡斯回答道，“只是上面有写着它名字和我的电话号码的标签。”

奥利维亚抚摩着我的耳朵说：“我们会给你刻个新标签的，贝拉。”

我摇了摇尾巴。

“嘿，卢卡斯，我觉得一百美元太少了。”韦恩低声说，“我偷的是一位正在度假的工作人员的工作证，记录会显示所有的门都是他打开的。他们肯定会查清楚是怎么一回事的。”

“我只知道，你说好了只要一百美元的。”卢卡斯说道。

“我想说的是，这比我想象中的还要冒险。”韦恩说道。

“你有没有在电脑上删掉贝拉的记录？”奥利维亚问道。

“删了，那很简单，我只需要坐在前台点击删除键。它还在系统当中，但这次访问不会被显示出来。系统不会显示有人来见过它。”

“谢谢你，韦恩。”奥利维亚说道。

“我没有更多的钱了。”卢卡斯走上台阶，取下了我的毯子。他把毯子扔在地上，从台阶上下来站在它旁边。“我只带了一百美元，这是你说好的。”

“我只是害怕，如果被发现了，后果很严重。”

“那就不要被发现，钱给你。”卢卡斯把一些东西塞进栅栏，然后韦恩拿走了。

“你这个家伙。”韦恩失望地说道。

“谢谢你，韦恩。你救了贝拉的性命。”奥利维亚说道。

“好吧，我不介意跟抓住贝拉的那个浑蛋作对。大家都对他恨之入骨。”

卢卡斯牵着我的皮带说：“走吧，贝拉！”

我们坐上了奥利维亚的车！我很高兴能和他们在一起。我坐在车后座，把头探到前面的两个座位之间。他们两个都在抚摩着我的耳朵。

可是，尽管我们又回到了一起，卢卡斯看起来却很悲伤。如果是因为我做错了什么，那我保证以后再也不会犯同样的错误了。我再也不想回到那个有许多狗吠叫的房间。

“你没事吧，宝贝？”奥利维亚轻声问道。她摸了摸卢卡斯的脖子后面。

“没事。”卢卡斯声音嘶哑地说道。

奥利维亚叹了口气：“你知道我能照顾它一段时间的。”

“当然，但还是在丹佛范围内。”

“每个人都考虑过了吗？一个能收留它的人都没有吗？”

“朱莉姨妈住在伦敦。奶奶太老了。几乎所有的朋友都住在丹佛市的范围内。我的兄弟蔡斯已经有两只狗了，他女朋友不让他再养了。”

“我很抱歉。”

妈妈在家里。她蹲下来的时候，我举着爪子扑到她身上，她被我扑倒在地，我就顺势舔了舔她的脸。“贝拉！”她笑了起来，不过她的内心仍然有些难过。

卢卡斯的另一个朋友也在家里。她的味道很熟悉，但我记不清她是谁了，直到她伸出手来抚摩我的脸，我才想起来。“你好，贝拉。”她向我问好。猫的气味和她自己的香味混合在一起，使我想起了我遇见卢卡斯的那天，是她爬进夹层想要抓住猫妈妈的。

“有好消息，奥德丽说那些猫会没事的。”妈妈说道。

“没错，”奥德丽说，“我们董事会中的一位委员，帮了很大的忙。甘特的拆迁日期被拖延了，直到他同意让我们进去，我们才得以把那些还没救的猫抓住。”

“太好了。”卢卡斯说道，“但这不能帮助贝拉。”

“是的，它不在同一个制度当中。”

“谢谢你的帮忙，奥德丽。”奥利维亚说道。

“不用客气，我很高兴能帮忙。这种事一直都在发生。既然有这样的法律，就会有许多狗被无辜杀害，即使它们不会咬任何人。只要贝拉离开丹佛，就安全了。”

“你要带它去哪里？”奥利维亚问道。

“杜兰戈市，”奥德丽回答道，“那里有个寄养家庭一直都在接收这样的比特犬。”

“我一找到没有限制令的地方马上就去接它。”卢卡斯说道。

“噢，你知道大概需要多长时间吗？”奥德丽问道。

“不会太快，”妈妈应答道，“我们必须经历一些荒谬的官僚主义的流程，加上很多公寓对狗的大小有限制，这显然是一个问题。”

“我明白了。”

妈妈看着她说：“有什么问题吗？”

“噢，我想我误解了你的意思。我原本以为你们只是想找个安全的地方寄养到有人收养它为止。”

“哦，不是的。”卢卡斯说道，“我们只是想在搬家之前，让它待在安全的地方。”

“我知道有问题，直接告诉我们好吗？”妈妈问道。

“好吧，事情并不像你们所说的那样。贝拉住进寄养家庭，就意味着它会被其他家庭收养，这样才能给别的狗留出空位。我们需要让狗尽快被收养，这样是救助它们唯一的方法。动物太多，槽位太少，机构已经不堪重负了。如果贝拉在寄养家庭待上几个星期或者几个月，那么其他狗就会因为没有容纳它们的空位而被实行安乐死。”

“听着，”奥德丽继续说，“我知道这对你们来说很困难，当然，如果你们能马上找到一个地方，完全可以送它去那里。但请考虑一下怎样做对每个人，包括对贝拉来说才是最好的。从你说的话中我能听得出，动物管理处的人正在追杀你的狗，他们是不会放弃的。他们几乎所有人都很正直，到那里工作是因为想要帮助动物，但是和你们打交道的那位却臭名昭著。”

“这是它被拘留三天的最后一天了。”卢卡斯说道。

“那么我建议，不能冒险让它在这个城市多停留一分钟。我很惊讶他们会同意把贝拉放出来，以前从没听说过他们这样做。”奥德丽说道。

奥利维亚和卢卡斯互相看了看对方。我希望每个人都能拿个球或者拿些零食出来，那么我们就可以开开心心地待在家里玩耍了，而不是像现在这样紧张，站在一起不停地说话。

“可以给我多长时间？”卢卡斯干脆地问道。

“哦，既然你都这么说了，我会把你的计划告诉寄养家庭的人。相信我们至少可以等一个星期的。你可以告诉我新住处的进展情况吗？”

“我正在找了。”妈妈回答道。

卢卡斯蹲跪在地上，双臂环抱着我：“我向你保证，我会尽最大的努力去寻找一个新住处。如果有必要的话，我会做两份工作。我会尽快去接你的，贝拉，真的很对不起。”

卢卡斯、妈妈和奥利维亚都哭了，真让人困惑。我有一种要去安慰他们的冲动，却不知道该怎么做。

“它不会明白的，它会觉得是我抛弃了它。”卢卡斯哽咽道，声音非常痛苦。

几分钟之后，奥德丽将皮带扣在我的项圈上，而令我大吃一惊的是，她竟然把我带到一辆车上。奥利维亚和妈妈站在门廊前，拥抱着对方。“再见，贝拉！”她们这样喊道。

卢卡斯将我放进奥德丽车上的笼子里，把我的毯子铺在里面让我可以舒服地躺着。他弯下身来，把手指伸进笼子里。他给了我一小块奶酪！

虽然不明白为什么，但是当一条乖狗的感觉太好了。我很感激，轻轻地吃下那块奶酪。我吃完了之后，他的手指还没伸出去，我舔了舔，感到很疑惑。我能感觉到他的悲伤。他们的行为都太奇怪了。“这可能是最后一次见面了，贝拉。如果再也见不到你，那么我真的很抱歉。我希望你能知道，在我心里，你永远是我的宠物。我只是没有其他办法可以保护你了。”

他关上车门之后，我能透过车窗看他的脸。他的脸是扭曲的，脸颊都湿了。车开远了之后，我“呜呜”叫了起来。

我又觉得自己是条不乖的狗了。

奥德丽很友善，她对我说我是很好的，可是她为什么要将我从卢卡斯身边带走呢？汽车摇晃地移动着，发出“嗡嗡”的声响。我能感觉到卢卡斯离我越来越远了。他的味道深深地渗透在我的毯子里，我小心翼翼地嗅着，吸到我的身体里。这是我亲爱的卢卡斯的毯子。

汽车在路上行驶时，我闻到了另一些味道。这是各种气味的盛宴，有车子的味道、人的味道、烟的味道，还有那些混杂在其中的熟悉的味道。篱笆、门、灌木丛、妈妈、卢卡斯，还有我。汽车越开越远，熟悉的味道逐渐分离，越来越清晰。随着汽车前进，那些味道逐渐变得统一，在风中清晰可辨。对我来说，那些味道合在一起就是我的家。我们沿途能闻到许多相似的气味，但我可以不费吹灰之力地将它们与我家的味道区分开来。当好心的奥德丽放我下车小便时，我还认得出家的方位。我朝着那个方向望去，心想着，那就是我的家吧。

卢卡斯也在那边，但我们没有往那边走。奥德丽把我带到了另一个

地方。我和一个叫作洛蕾塔的女人、一个叫作约瑟的男人、一条大狗、一条小白狗、两只猫和一只鸟一起，在一间房子里待了很多天。小白狗的名字叫作罗斯科（意思是小调皮），没人教过它“不能吠叫”。大狗叫格鲁普（意思是坏脾气），毛发是浅棕色的。它行动缓慢，已经衰老了，从来不叫，整天都无精打采的。两只狗的体形都比我小，两只猫习惯对我视而不见，而小鸟在我嗅它的笼子时会盯着我看。

我很悲伤，第一天我什么也没吃，第二天也是。后来我意识到，卢卡斯送我来这里是为了让我等他，于是我开始像其他狗一样认真吃我的食物。我要做的，就是尽我所能表现得最好，这样卢卡斯才会来接我。

他们给我的床散发着许多狗和至少一只猫待过的气味，浓烈得刺鼻。我把沾满了卢卡斯味道的毯子拉到床上，这样在我睡觉时，就好像有他陪在身边一样。

约瑟大多数时候都是坐在他那张又大又柔软的椅子上。他喜欢用碗吃东西，趁洛蕾塔不在的时候，他会偷偷给我一小块咸咸的食物。我经常在约瑟的椅子旁边乖乖坐好。我知道他给我零食吃是因为我表现好，就像卢卡斯给我奶酪一样。

洛蕾塔对我很好，会跟我说我是个“好女孩儿”。她房子后面有一个很大的院子，四面围着木头做的篱笆。早上，她带我们到院子里散步，我们会在那里大小便。罗斯科还会对着篱笆吠叫，而格鲁普则会躺在阳光底下晒太阳。如果下雨了，格鲁普很少会去院子里淋雨，总是回到门边，躺在那儿的小毯子上。罗斯科也会跟着快跑回来，然后站在格鲁普旁边，对着门叫，直到洛蕾塔把门打开。

后院中间堆着许多松散的木片，我喜欢在那里排便。那里还有许多木头做的我不认识的东西，我知道其中有一个是秋千，还有一个是有台阶和斜坡的滑梯。

洛蕾塔和约瑟都不会将球扔到滑梯上，不会让我在球弹到另一边之前将它咬住，这使我更加想念卢卡斯了。如果他来接我，肯定会那样做的。我们会在后院一起玩耍，他把球扔上滑梯，而我将球接住。然后他会对我说："好样的，贝拉！"我能想象到那时的他会露出的笑容，以及他的手抚摩我的毛发的感觉。

每次去后院，对我来说都是一次探索味道的机会。奥德丽载我到洛蕾塔和约瑟家的路上，我学会了如何区分气味。空气中各种房子、狗、车的气味都清晰可辨，我尤其熟悉其中潜藏的那股家的味道。每次约瑟驱车前往城镇，沿路都是这些味道，正是这些味道，使我能够辨认不同的城镇。整片土地上布满了许许多多的城镇，其中一个就是我的家。

在这里经历的所有事情都使我更加确信，我不属于这里。我应该与卢卡斯和妈妈生活在一起的，而不是与约瑟和洛蕾塔在一起。我的使命是去医院看那些宠爱我的人，给痛苦、惶恐的病人提供安慰。每天早晨我来到后院，嗅到外面的空气时，总希望能闻到卢卡斯的味道；他应该过来接我，就像当初他带我离开那满是笼子和不停吠叫的狗的房间一样。

"我原以为贝拉只是在我们这里停留几天，它的主人就会将它接走。"有一天约瑟这样说道。那时我已经睡着了，不过听到自己的名字时还是竖起了耳朵。我轻轻地站了起来，像应该得到奖励似的乖乖坐好。"可是已经过去两周了。"

"我知道。"洛蕾塔耸了耸肩说，"他们下周会过来的。"

"好吧。"约瑟这时候没有给我任何咸咸的食物，不过等洛蕾塔走进厨房之后，他塞给了我好几块。约瑟和我达成了一种共识，虽然有时候会被洛蕾塔发现，然后对他说"不要那样做"。虽然她看起来主要是对约瑟感到不满，但我还是会趁她不注意偷偷溜走。有时候，做一条狗会比较轻松自在。

后院的篱笆外面是草坪和树。当风从一个方向吹来，我能闻到来自那边城镇的人、狗、食物和车的味道。风吹过后，周围的风景就像是一

个公园，有花草、树木和溪流，不过这里比公园宽敞多了。有时候约瑟和洛蕾塔会带我到篱笆后面的小路散步，那里没有其余的房子，不过我们经常会遇到许多人和狗。他们把散步称为“小路漫步”。

“我喜欢住在森林附近，感觉非常好，对吗，贝拉？”在小路漫步的时候，洛蕾塔有时候会这样问我。我能感觉到她是非常开心的，但她用皮带牵着我，所以无论怎么样，对我来说都不是太美好。

只有在天气好的时候，我们才会散步。我想起了和卢卡斯一起散步的日子，花草吐露着芬芳，小动物见到我靠近，会立马钻到地里或者爬到树上。卢卡斯肯定会来接我的！

“我去放些新的木片到游戏区。”散步回来之后，约瑟对我和洛蕾塔这样说道，“那些已经腐烂了，夏天即将来临，那些动物会想要玩耍的。”

“太好了，谢谢你，约瑟。”

我们留在后院，洛蕾塔自己回到房子里去了。“我们一起翻新这里吧，贝拉。”约瑟说道，“你知道你的主人明天就要来接你了吗？我会想你的，你是我们的好伙伴。”

我打了个哈欠，挠挠自己的耳朵后面，打算小睡一会儿。

约瑟从车库里推出一个有轮子的东西。他嘟囔了一声，把秋千、滑梯和所有木头玩意儿都从木片上移到篱笆旁边的一个地方。“唷！今天就先做这么多吧。”他对我说，“进来，贝拉。”

我躺在壁炉前的软枕头上，闭上了眼睛。我想起了卢卡斯，想起了奥利维亚，想玩“去上班”和“回家”的游戏。

我想回家。

我一直乖乖的，可是卢卡斯并没有来接我，也许他不会来了。

或许我应该自己跑回去。

那晚约瑟让我独自走到后院去小便，我闻到了许多味道，唯独闻不到卢卡斯的味道。我知道他在哪儿，我能感觉到他，就像感觉到皮带的拉力一样，只是这种感觉非常微弱，比他下班走在人行道上的感觉要微弱太多。但我知道我该往哪个方向走才能回家。

我爬不上篱笆，它太高了，也跳不过去。我需要离开院子。约瑟和洛蕾塔带我散步时，我能离开，可他们总是给我套着皮带。

如果卢卡斯在，他会扔一个球到滑梯上，等球弹起，我就跳起来将它咬住。滑梯正对着篱笆。我想象着卢卡斯将球扔出，球滚上滑梯越到篱笆外面去了。我肯定会去追球，我也会跑到篱笆外面去。

我不需要球。我在院子里跑了起来，冲上滑梯，飞跃到篱笆上方，在一块柔软的泥土上顺利着地。现在我可以回家找卢卡斯了。

我把房子和狗抛在身后，朝着树林和一股岩石、泥土和溪水混合的味道跑去。带着回家的目的奔跑，我感觉自己变得强壮了起来，感觉很刺激，恍若新生。

我整晚都没有睡觉，第二天白天也没有。我发现了一条许多人经过的小径。每当听到有人靠近，我都会躲开，与小径保持一段距离，直到人们走远。沿途有一条小溪，我在溪边喝过几次水。

我开始感觉到饥饿了，这种饥饿感并不熟悉。我的胃空空的，有点儿痛。想起卢卡斯喂我小块奶酪的场景，我的口水不自觉地流了出来。我一边回忆着，一边舔嘴唇。

当空气开始变冷、天空变黑时，我已经筋疲力尽，知道自己需要睡觉了。我在岩石下方挖了一个洞，就像猫妈妈在木质平台下挖的另一个窝那样。

直到那时我才想起，我忘记了一样非常重要、非常宝贝的东西——那条沾满卢卡斯的味道的毯子。

我蜷缩着，感到非常寒冷，内心又无比难过、孤独。

闭上眼睛不久，一阵尖叫声将我惊醒。我立刻站了起来。不知道是

什么发出来的叫声，不过它就在附近。

一阵沉寂过后，叫声再次响起。我僵住了，第一次感觉人类的声音是如此原始，充满野性。如果不是人类，还有什么动物会发出这样的叫喊声呢？叫声又一次出现，我听不出痛苦和恐惧，但依然受到了惊吓。我犹豫着，不知道该怎么办。跑开？还是去探究？

我再次听到那种声音的时候，它变得更加响亮刺耳了，像一条狗吠叫了一声，停顿一下，又吠叫一声，不过附近没有狗。我想知道是什么动物用尖锐的吼叫声划破了黑暗，所以悄悄地爬了出去。

听到周围的动静，我放慢了脚步，知道它就在附近。微风徐徐，我闻不清它的味道。

我看到它了。它是一只大狐狸，正坐在一块大石头上，嘴巴张开，胸部收紧，发出一声尖叫，填补了夜晚的空虚。片刻之后，它又叫了一声。后来它转过身来，盯着我看。

我感觉脖子后面的毛发竖了起来。我与卢卡斯和奥利维亚一起远足的时候看到过狐狸，它们的外表有点儿像松鼠——被我追赶时钻到地下的动物。这只大狐狸也是那样，不过，我倒不想去追赶它。一条狗和一只野生动物就这样静静地互相注视着对方。我闻到了它的野性。它觉得我是怎么样的呢？一条体形庞大、性格乖巧，戴着项圈和人类一起生活的狗吗？

它轻轻地跳下石头，很快消失在树林之中。看着它跑远，我想起了第一次见到狐狸的情景。当时我信心十足，跃跃欲试想要去追赶它，不过卢卡斯不希望我那样做。现在情况不一样了，是我闯进了狐狸的世界，而不是狐狸突然出现，而且没有人类陪着我。突然之间，我感觉自己势单力薄。

在这黑暗的树林里，还有什么生物徘徊在我的周围呢？

第二天早上，我感觉很饥饿、心慌意乱，又有一点儿害怕。我知道回家是正确的选择，但是我脚下的小径并不直接通往卢卡斯所在的地方。

可是如果不走这条路，我要么被石头绊脚，要么被茂密的植物挡住去路，难以前行。继续沿着这条路走似乎更容易些。

走了一会儿就是下坡，人类的味道越来越浓烈。我知道我应该跑开的，但是那种想尽快与人类在一起的感觉驱使着我靠近。我想起了当初人类闯进小屋的时候，我也有过同样的感觉。那时候猫都很害怕，而我却渴望走近他们，与他们在一起。也许人们会像泰和其他人那样接受我，带我去见卢卡斯。

我听见了两个男孩儿的声音，毫不犹豫地朝他们的方向跑去。风吹打在我的脸上，我还没看到他们，就已经闻到了他们的味道。正当我快步走向他们的时候，突然响起一声响亮的爆破声。听起来有点儿像关门时的"砰"声，不过我从没听过这样的声音。一股刺鼻的烟雾向我飘来。

"打得不错！"我听到其中一个男孩儿喊道。

我被那一声巨响惊吓到了，可是想要与人类见面的欲望太过强烈，我不甘愿就这样离开。我走上一块隆起的地方，看见他们并排站着，望向别处。其中一个男孩儿手握一根长长的、管状的东西，那股刺鼻的味道就是它散发出来的。另一个男孩儿身后背着一个背包，类似卢卡斯带我去远足时背的那种。他们对面有一棵倒下的树，上面放着几个瓶子，瓶子里传来一些微弱的气味，那正是约瑟喂我吃零食的时候喜欢喝的东西。一想到这些，我的口水就流出来了。

伴随着一小股浓烟和一声巨响，其中一个瓶子破碎了。

"好样的，兄弟！"那个背着背包的男孩儿欢呼道，他手上没有拿着管子。接着他无意间抬起头来，看到了我。我摇了摇尾巴。

"快看，有条狗！"

另一个男孩儿转头看向我。"哇哦！"他惊叹道，然后把管子搭在肩膀上，指向我。

管子被背包男孩儿一把推开，指向了别的方向。“喂！你想干什么？”他厉声问道。

管子击向天空。管子男孩儿说：“不过是条野狗。”

“我们不能开枪打它，那是犯法的。”

“兄弟，我们持枪就已经犯法了。”

“你不能因为它迷路了就打死它。它是有主人的。你不会开枪的，对吧？”

面对这种情况，我开始犹豫要不要再走近他们。两个人看起来不像是生气，不过气氛十分紧张。管子男孩儿放下管子，不耐烦地说：“沃伦，你究竟怎么了？我不知道，很可能不会吧。”

“去你的，我是说我们是出来打瓶子的。”

“你刚刚朝那只乌鸦开枪了。”

“是的，但那是乌鸦，不是狗，更何况我没打中。”

“我也有可能打不中那条狗。”

“过来，大家伙，来这里！”背包男孩儿拍了拍腿。

“是条母狗。”管子男孩儿说道。他的手和衣服上残留了管子散发出来的刺鼻的味道。

“好吧，我看到了，兄弟。”背包男孩儿说，“你好呀，你是个姑娘，对吗？你在这里做什么，迷路了吗？”我小心翼翼地嗅着他的手。他的口袋里没有零食，不过手指闻起来像是在不久前抓过香气扑鼻的肉。我试探性地舔了一下。没错了，这个男孩儿的手的确抓过肉。他有零食！

“现在怎么办？”管子男孩儿问道。

“我车上还有些牛肉干。”

“等一下。”管子男孩儿把管子举到肩膀上，用头压住。我好奇地看着，管子端口发出一声爆破声的时候，我被吓了一大跳。空气中弥漫着一阵刺鼻的味道。

“没事的，姑娘。”背包男孩儿对我说，“枪法不错。”

后来我们沿着小径走下去。我没有被皮带牵着，行动自由，当看到一些小动物留下来的痕迹时，会去嗅一嗅。两个男孩儿跟在我身后，不停地说话，鞋底间发出平稳的摩擦声。那一刻我明白了我跟他们是一起的，就像暂时与约瑟和洛蕾塔在一起一样。或许，我还要与许多陌生人短期在一起，才能回到卢卡斯身边。

背包男孩儿的名字是沃伦，另一个男孩儿叫作杜德。不过，有时候杜德也称呼沃伦“杜德”（与“哥们儿”同音），这让我很困惑。我们穿过柔软的绿色草坪，走到一辆小车跟前。沃伦打开车门时，里面散发出一缕美味的香气。我们找到零食了！就在车里面！

“想吃点儿牛肉干吗，姑娘？”

我兴奋得直转圈，不过很快又在地上坐好了，因为我要让他们知道我可以很乖巧的。我从沃伦手里接过一块非常有嚼劲儿的熏肉，很快就将它吞咽了。

“它真的饿了，”杜德说道，“肯定是很饿了，连那干巴巴的东西都吃。”

“我看见你也吃了。”沃伦说道。

“我吃了不是因为它好吃，而是因为它能吃。”

“还要吗？”

“要。”

两个男孩儿都吃了一些零食，我觉得很奇怪，惶惶不安。世上有那么多美味的食物供人类享用，他们为什么偏要与一条乖狗争抢零食？

“你觉得它是什么品种？”沃伦问道。

“哥们儿，我不知道。”杜德回答道，“有什么关系吗？你现在养狗了？”

“不是的，当然没有。”沃伦回答道，“我妈妈不会允许我养狗的。”

我盯着沃伦看。妈妈？她认识妈妈？

“我们接下来该怎么做？”杜德问道。他抬起头，眯着眼睛看太阳。

“嗯……我们不能就这样留它在这里，”沃伦说，“它很可能是别人的宠物。我的意思是，它脖子上戴着项圈，可能只是跟主人走散了。”

“那怎么办？”杜德问道，“我们要带它走吗？”

“要不要报警？”

“难道你想对警察说‘我们在科罗拉多小径上射啤酒瓶的时候，发现了一条体形庞大的狗，你能来接走它吗’？”

“好吧，不能。”

“不能打电话，还是不能那样说？”

沃伦笑了笑，说：“暂且忽略打瓶子的事。你想，或许我们可以拿到报酬呢。我们应该打电话的。”

“要等多长时间？”

“我也不知道啊，哥们儿，我只是提个建议。”

“我四点半要上班。”

“我甚至不知道他们会不会派人过来，或许我们可以把它放在车后座，直接送到锡尔弗顿警察局，他们知道怎么处理的。”

“你是想要我自投罗网吗？”杜德冷冷地说道。

两个男孩儿都笑了起来。我的注意力集中在沃伦手里一个褶皱的袋子上，里面还有一小块零食。不知道他有没有发觉，我已经乖乖坐好了，现在正尝试站起来，用一只爪子吸引他的注意，想让他知道我良好的表现值得奖励我最后一块肉。

“过来吧，姑娘！”沃伦打开车后门，呼唤我过去。我喜欢坐车，但

感觉好奇怪。我犹豫了，他想把我带到哪里去呢？后来沃伦捣鼓一下手里的袋子，把最后一块零食扔进了车里。我知道自己该怎么做了。我跳到车后座，男孩儿们坐在前面，于是我们开始了一趟汽车旅程。

我们与卢卡斯相隔很长一段距离。我能闻到家的味道，它在一个遥远的地方，不过男孩儿们可能就是要带我回到那里。

车窗打开了一道缝，我把鼻子凑上去嗅窗外清新的空气和清晰的味道。我猜测我们是在前往一个城镇的路上，因为城镇的味道越来越浓烈了。同时我也闻到了动物的味道，大多数闻起来都很陌生。

这次的汽车旅程不如奥利维亚开车时的有趣，我不是很喜欢。两个男孩儿都没有再说过“妈妈”这个词，也没有提起过任何一个我认识的人。有些人就是这么无聊，放狗在车上，只是觉得有狗的陪伴会让一切显得更有意思。很久以前，我就已经被载到陌生的地方，那些地方都不是家。

“你知道的，我跟圣胡安警察局关系不好。”杜德对沃伦说道。

“我们又不是要去录指纹，只是把一条狗交到里面而已。”

“如果他们发现了车上的枪怎么办？”

“杜德，他们怎么会无缘无故检查我们的车？不要疑神疑鬼的。更何况，宪法修正案没有禁止私人持有枪支。”

“可国家公园是禁止开枪的。”杜德忧心忡忡地说道。听出他语气里的焦虑，我抬起头来，好奇地看着他。

“他们怎么会知道我们开枪了？你可以冷静一点儿吗？我的天哪！”沃伦轻蔑地说，“你觉得他们会去找那些瓶子取证吗？我们现在开车去见警察，是因为有事要解决。如果你不想进去，你可以陪着狗在车里等我。”

大家都沉默了，车子继续向前行驶。车内弥漫着陈腐的尸骨味，所以我一直把鼻子凑到车窗的缝隙上。后来车放慢了速度，转了几圈，最后停住了。马达停止运转，所有的震动和噪声也随之消失。我从一面车窗跑到另一面车窗，看不出是什么理由令车停下，旁边只有几辆车，没

有狗。

“我们要带它进去吗？”杜德问道。

“不知道，不带了吧。我们先进去告知他们，看他们怎么回复。或许悬赏已经公布了呢！”

“好吧，这可是你说的。”

“一切皆有可能。”

车窗突然慢慢打开，我可以把整个头都探出去了。

“为什么要开窗？”杜德问道。

“因为今天出了太阳，我们不能让警察看到我们把狗关在密闭的车里。”沃伦不紧不慢地说，“那是虐待动物。即使是今天这样凉爽的天气，他们也会多虑的。”他伸手过来抚摩我的头，我舔了舔他带有肉香味的手掌。“好了，姑娘，你乖乖待在里面，可以吗？没事的，我们很快就会回来。我们会帮你找到家，一切都会好起来的。”

我听不懂他说的话，但声调很熟悉。当人类即将离开他们的宠物狗时，声调往往带有同样的变化幅度。卢卡斯去上班时，说话的语气与他的很相似。回忆起那些，我不自觉地悲痛起来。

“如果没有人报失呢？”杜德问道。

“肯定有人报失了，它那么漂亮。”

“如果没有呢？”

“我猜……我也不知道。也许它会被收养？”沃伦满怀希望地说。

“或者被杀掉。我们像是把它送到了毒气室。”

“那好，你有什么更好的主意吗？你早就想开枪打死它了。”

“我不会向它开枪的。”

男孩儿们下车了。“我们会回来的，我向你保证。”沃伦对我说道。

我透过车前面的窗户，看见他们走到一幢大楼前，打开门，走了进去。他们打开的那扇玻璃门，让我想起有很多笼子和狗的那栋楼的门，它们很相似。

我现在明白了一些事情。许多人都很友善，但这并不意味着他们会带我回到卢卡斯身边，反而有些人甚至会把我从卢卡斯身边带走。他们会喂我，带我坐车，但我最想要的是回家。

我把头探出窗外，然后伸出前爪摇摇晃晃地向地面延伸，扭动着屁股向前钻，直到脚悬在半空，鼻子够到地面。最后我爬到了车外，身上没有系皮带。我抖动一下身体，抬高鼻子，朝着食物的味道小跑而去。

我周围都是汽车、人和各种建筑，所以我知道自己是在城镇里了，不过不是约瑟和洛蕾塔所在的城镇。我走在路上的时候，有些人从车窗内向我呼喊，并且打开车门。他们看起来很友好，但我不相信他们会把我带回卢卡斯身边，所以没有靠近他们。我在人行道上闻到了一些甜甜的、黏糊糊的东西，很快便“嘎吱嘎吱”地嚼了起来，附近还撒了些干面包碎。多么好的一个地方啊，能找到如此好吃的零食。

尽管我需要回家，但饥饿的肚子使我一直专注于寻找食物。我搜寻味道，希望能在人行道上遇到更多的食物。我隐约闻到了许多狗的气味，每一股味道都是独立的，没有混淆在一起。我也听见了吠叫声，看到一条狗被锁在链子上。后来，我感觉到附近有几条狗同时移动，所以改变了路线，走向它们。我在拐角处看见了它们。

一共有两只公狗和一只母狗。其中一只公狗体形庞大，另一只体形娇小，它们的毛发颜色都非常深。母狗身上长着长长的毛发。它们坐在一家商店后面，紧紧地盯着散发美味香气的商店；当感觉到我靠近时，它们向我转过头来。

小公狗径直朝我跑来，然后猛地停住，举起了鼻子。我转弯走过去，我们彼此闻了闻。大公狗也在我的尾巴后面打探着我。我僵硬地移动着，不准备对它们吠叫，而是友好地摇了摇尾巴。大公狗在一根柱子旁撒了一泡尿，小公狗紧随其后。我礼貌地对它们的行为表示赞赏。母狗没有

从商店的门后面走过来。

大公狗在方便的时候，小公狗对我吠叫了起来，于是我们扭打了一会儿。直到大公狗快步走过来，我们才停止嬉戏，因为它一来气氛就变了。

门打开的时候，一股肉香味飘散了出来。一个女人站在门槛处，说：“你好呀，漂亮的狗！”

两只公狗跑到女人的脚跟前坐下，于是我也效仿了，不过我稍微向后退了一点儿，小心不要挤到其他狗身上。我不知道接下来会发生什么事。我能感觉到母狗警惕我的存在，但它还是目不转睛地注视着女人。女人手里拿着一张非常油腻的纸，当她伸手进去取出几块熟牛肉的时候，纸张沙沙作响，散发出肉质的香气。她向我们这一排狗弯下腰来，从母狗开始，给每条狗都分了一大块牛肉。我们都期待地舔着嘴巴，几乎无法抑制内心的激动。“你是新朋友吗？叫什么名字？”她给了我一片肉，然后问道。我优雅地从她手里接过肉片，快速咀嚼起来，以免其他狗想要把它从我身边抢走。

“今晚我就只有这么多食物，亲爱的狗狗们，要乖！”

女人把门关上了。我们继续嗅着地面，希望能发现遗漏的肉末。母狗走到我身边怀疑地打探着我。小公狗摇摇尾巴，吠叫了起来。我们互相围绕着走了一会儿，非常喜欢对方嘴角边的肉香味，接着就成群地离开了。我成了它们中的一员，与它们走在一起。跟狗待在一起的感觉太美好了。

我们在建筑物后面一条狭窄的街道上走着。路上没有汽车，虽然有几个大的金属容器，里面装有一些我想去探索的可食用的东西，但是除了公狗们抬起腿来撒尿做标记外，我们这群狗没有停止前进的步伐。

我们最后停在一个方形的塑料垃圾箱旁边，里面散发着诱人的气味。大公狗把它的盖子打开。我深深地吸了一口气，如饥似渴地闻着奶酪味、油脂味和甜味。

母狗身手敏捷，突然跳起的动作吓到了我。它的前爪在箱子周围乱抓，鼻子凑到垃圾箱里去了。它往后退了退，从垃圾箱里咬出一个盒子，侧漏出夹肉的面包。每条狗都找到了一些食物，从狗群中退出去，迅速吃完。我钻到垃圾箱里搜寻，发现里面的食物都裹了一层刺鼻苦涩的“酱汁”，让我直打喷嚏。

好几次，母狗咬出更多的纸张。有时候她从纸张里取出来的是些没营养的蔬菜，或者刺鼻的食物残渣，不过大多数时候还是有许多食物的。我是新来的，两只公狗抢夺母狗找到的食物的时候，我总是畏缩在后面，不敢挤到它们的行列当中，只是静静地等待母狗放下食物，然后再与它们一起共享。这是狗群里的规矩。

不知道根据什么信号，公狗们都走开了。只剩母狗在舔着一些纸张，它盯着我的眼神告诉我，如果我走近它，它会冲我吠叫。所以我选择跟在其他同伴身后，与它保持足够的距离。

我们走到了另一扇散发着美味香气的门前。它是由一种金属物质制造的，虽然关闭着，但透过它我可以看到人们在建筑物内走动。在某种程度上，它使我想起了卢卡斯用来捕捉小屋的猫的那层薄薄的毯子，虽然完好无损，但并没有挡住照进小屋里面的光线。

我与母狗保持一段距离。大公狗尿尿做记号的时候，我跟小公狗玩起了摔跤。建筑物内响起了一些噪声，于是我们满怀期待地跑到门前坐了下来。我坐在大公狗旁边，看见它舔嘴巴，我也学它舔了舔嘴巴。

门开了。“哇，你们好呀，来这里是为了食物吗？”一个男人说道。不像那个女人，他不是将食物递给我们，而是扔过来，一次给一条狗。他投掷过来的食物打在我的鼻子上，弹了起来，不过我一跃而起咬住了它，咸咸的，非常美味。是培根！我们每条狗都有机会享用更多的食物，虽然我想像同伴那样在半空中将食物抢走，但每次我都没有那样做。

那个人把门关上了，我们仍然能听见并看到他走到里面去。“今晚我

就只有这么多食物。现在回家吧，回家去吧。”

我惊愕地瞪着眼。他怎么知道我要回家呢？

狗群快步离开了，我跟在后面，男人的话一直在我脑海中回响。我距离卢卡斯很远很远，可是刚才有人命令我回家。

我们走在一条街道上，两边都是房子。灯光透过窗户照射出来，我闻到有食物、人、一些狗和猫的气味。

母狗离开了我们。刚刚它还在狗群之中，突然就转身快步走在一条朝向前廊的走道上。我停下来看着它，但是公狗们没有停下脚步，我急忙赶上去。

接着是大公狗与我们分开。小公狗在一棵树下尿尿做了记号，而大公狗则直接走向一扇金属门。它用尾巴向门扫去，我听到了一声响亮的摩擦声。过了一会儿，一个小男孩儿打开了门，一道光线照到大街上，然后大公狗进去了，门关上了，光线也消失了。

小公狗嗅了嗅我，然后转身朝向一所房子，回头看着我摇了摇尾巴。我知道它希望我跟它走。

现在我明白了。它们是听了男人说的话，回家去了。它们都有家可归，家里有宠爱它们的人。狗群是临时组成的，就像公园里的狗有时也会成群结队一样。一个主人喊名字，一只狗离开了公园。如果我和卢卡斯停留在公园的时间够长，狗群会缩小到只有我自己。一条狗不成群。

小公狗希望我留在它的家里，可是我不能跟它走。因为我的主人不在这里，我的主人是卢卡斯。

我学到了一些我原本不知道的东西。哪里有楼房，哪里就会有好心人分发食物，就会有桶和装满食物的垃圾箱。从桶和垃圾箱里面很容易就能找到食物。城镇意味着有食物。

但是我不能待在这个镇上，我得回家。

我朝着我知道能找到卢卡斯的方向转身。那条路上没有城镇，没有

楼房，只有山丘，有小溪，有树，我能闻到那条路上还有雪的味道。如果我想回家，就不能与其他狗结群，而是要走在荒无人烟的山路上。

小公狗站在院子和家的路中间望着我。我心里在一定程度上是渴望跟它回家的，因为它的毛发残留着不止一个人的气味，而且睡在柔软的床上会很舒服，被小公狗的家人们抚摩和喂食的感觉肯定很美好。

我在这里感到很安全，这里有许多汽车，有用手喂食狗狗的人类。我在小径上度过的几天，使我相信那里会有许多我意想不到的危险，有我从未见过的动物，还可能找不到食物。在这里与小公狗一起，我能得到照顾；在那里，只有我自己，将面临许多危险。

我既不能和我的主人在一起，也不能和小公狗在一起。我转身走了，深深吸了一口夜间的凉气，继续前进去寻找我的卢卡斯。

身后城镇的灯光渐渐黯淡，气味慢慢消散。我忐忑不安，心里一点儿着落也没有。月光洒在地面上，照亮了道路，我却脆弱得不堪一击。与狗群在一起的时光提醒了我结伴而行是多么安全。我现在也明白了，自己已经漂泊了许多天。利用滑梯跳过栅栏的时候，我坚信自己很快就会回到家的。可是现在，即使我不停地走下去，家的味道仍然非常遥远。

我在河边度过了一个夜晚，地面有个铲出来的小坑，形状很像狗窝。有好几次，我在一些从来没遇见过的小动物的叫声和味道中惊醒，不过它们没有接近我。

我脚下的小路蜿蜒曲折，向不同的方向延伸，不过兜兜转转最终还是会指向家的方向。只要沿着它前行，我就能离家更近一点儿。虽然小路弯曲，却是一条更为便捷的道路。如果我只朝一个方向走下去，就必

须翻越岩石或者其他挡道的障碍。小路弥漫着人和动物的气息，让我能轻易找到方向。

我能从谈话声和响亮的脚步声中得知有人正向我靠近，所以总是可以在适当的时候躲避他们，等他们走远。我不想再被人类放到车里带走了。

夜幕降临时，我发现一片平坦的区域，那里充满了人的气味。几张木桌子四散开，其中一些桌子的周围有一桶桶插着金属棒的灰烬，金属棒的顶端很可能是诱人的熟肉。我用后腿支撑自己站起，想确认上面到底有没有食物，可用尽全力也才刚刚够到灰烬上方的金属棒，在金属棒上面舔到了一点儿肉的味道。

更有可能找到食物的地方是一个圆形垃圾桶，它类似之前的母狗爬进去觅食的地方，不过这个是金属的。母狗能够一跃而起，用前爪钩住桶边支撑起自己，使得嘴巴与爪子同样高，然后用后腿攀爬，一头扎进桶内。我想要模仿它的本领，可是当我跳起抓住桶边的时候，一下子将整个桶都打翻了。想起以前在家打翻厨房的垃圾桶时，卢卡斯对我的训斥，我不禁感到内疚，但我并没有放弃。我找到了几块鸡肉、厚厚的一片甜食和一些饼干，只是它们看起来不太新鲜。我把鸡骨头嚼得嘎吱作响，舔食从垃圾桶里拖出来的塑料瓶里的美味果汁。我和几天前一样肚子饱饱的了，心满意足地蜷缩在桌子底下过了一夜。饱餐一顿给我带来了安全感。

第二天，我沿着小路走上了陡峭的山坡，累极了。不久之后，我又感觉到了饥饿。在家的时候，妈妈和卢卡斯会将零食扔到楼梯下，引诱我跑过去吞食，然后再爬上厨房，以此锻炼我的身体。现在，我后悔自己不曾喜欢那样的训练，如果他们还想锻炼我，我会乐意配合一整天的。

突然，一个单调、响亮的声音划破空气，我立刻朝声音传来的方向跑去。那或许是杜德和沃伦用管子发出的声音。虽然我不会坐上他们的车，但我会欣然接受他们给我的肉块。

很快，我听到了一些谈话声。他们都是男人，声音听起来好像很兴奋。

“它有150磅重！”有人大声说道。

我在树丛中小心翼翼地观察，前面是一片山脊。现在我能闻到他们的味道了，他们并不是杜德和沃伦。我爬到山脊上往下看。

我站在山脊高处，下面有条小溪。溪水掠过岩石潺潺流淌。狭窄的峡谷对面，是一座高一点儿的山丘，上面零零星星长着一些小植物。我抬头一看，两个男人正跌跌撞撞地从山上跑下来，手里都拿着管子。他们走在陡峭的山坡上，无暇四处张望，否则很容易就能看见我。空气中弥漫着刺鼻难闻的味道，我怀疑是那些管子伴随着刚才的巨响散发出来的。

“跟你说了，我们今天会有收获的！”其中一个人上气不接下气地对另一个人说道。

他们气喘吁吁的，疾步走向小溪。我蹑手蹑脚地走在山脊上，好奇地看着他们，就在那时，风发生了微妙的变化，带来了一种动物和其他东西的强烈气味——是血的味道。

我朝着血的味道走过去，忘记了两个男人的存在。“至少值500美元！”其中一个人说。我继续追踪那股味道，不用走多远——仅仅几步就看到了一只动物一动不动地躺在岩石上。我战战兢兢地向它走近，它一点儿反应也没有，已经死了。它就像我们在一次散步时卢卡斯指给我看的松鼠一样，身体虽然是温暖的，却松松垮垮的，毫无生气。

我嗅了嗅它胸口上的血迹。这个动物闻起来像猫，看起来却不像我遇到过的任何一种猫。它的体形太庞大了，甚至比我还要大一些。它是只雌性动物，乳头上的奶臊味让我想起了猫妈妈。一股强烈的烟熏臭味注入了它的体内，溢出鲜血，味道和管子发出来的味道是一样的。杜德和山丘上的两个男人都持有那样的管子。

我不太明白眼前看到的这一幕。

我能听见身后两个男人的喘气声，声音的高低起伏告诉我他们已经到达峡谷底下，开始慢慢爬上山坡了。

“我需要休息一下！”其中一个人喘着气对另一个人说道。

“我们得回去把它取回来，离开这个鬼地方。”另一个人紧张地说。不过，我能听出他们已经停下脚步。

“这里没人，放心吧。”

“该死，怎么能放心，你知道被人发现我们偷猎美洲狮，会有什么下场吗？”

“我只知道我们可以将它卖个好价钱。”

我决定不让那两个男人发现自己。我敢肯定，就算他们看到了我，也不会给我任何食物的。就在这时，灌木丛中的动静吸引了我的注意，我转头看过去——有只动物躲在里面，可是风带走了它的气味，我什么也闻不到。我擦亮眼睛，竖起耳朵，静静地凝视着它。它的身体几乎淹没在灌木丛里了，不过我依然能看出它像一只巨大的猫，比很多狗都要庞大许多，是我遇见过的最大的猫。它的目光锁定在我身上，当意识到我也在看它时，它轻轻地低下了头，似乎是故意躲避我的视线。但既然我都知道它在那儿了，我能区分它和那只躺在石头上已经死去的动物的气味。它是母的。

它的样子令我想起了小洞里的猫。当初人类钻进小洞的时候，它们也一样身体僵硬，双眼瞪视，嘴唇微微收紧。它被吓坏了。

其中一个男人大喊一声：“该死的！”它便畏缩着后退到灌木丛里，然后飞快地跑了起来。它奔跑的动作轻盈得像只小猫。我明白了，它虽然体形不像猫，可它就是一只猫，是一只和一条中型狗差不多大的“大奶猫”。

它只往后跑了一小段距离就停下来了。我不知道发生了什么，但从它紧张的举动中可以看出它想逃走，然而它并没有走远。难道是因为我

脚下这只已经死了的猫？那是它的妈妈？

声音和气味告诉我，手持管子的两个男人很快就会爬到山脊上面，所以我也必须要离开了。

大奶猫跟在我的身后。

一路上都是大奶猫和它死去的体形庞大的妈妈混合在一起的味道，我们重拾它们曾经一起走过的足迹。我走得并不顺畅，路线却与那两个愤怒的男人截然相反。现在我能闻到他们和血的味道了。风吹得我的鼻子凉凉的，不过还是没有尾巴下面的风吹得那么冷。

刚才目睹的一切让我忐忑不安。我坚信大奶猫妈妈的死亡和手持散发恶臭的管子的男人有关，却想不明白这其中到底存在什么样的联系。我记得有一次妈妈邀请她的朋友进家里，后来她的朋友变得很狂躁，妈妈就把他打倒在地上。我从那件事中得到的可怕结论是：世界上是有坏人的。我知道有许多人会阻止我和卢卡斯在一起，不过这完全是另一回事了。

如果狗不信任人类，那么生活还怎么继续？

大奶猫在我身后不声不响的。我能闻到它的气味，能感受到它的孤独绝望和担惊受怕。我一停下脚步看它，它就快速躲起来，身手敏捷得如同一只正常体形的小猫。

过了一会儿，我感觉大奶猫停下了脚步。我回过头看它，只见它坐在地上，用无辜的眼神凝视着我。即使我们已经距离那两个愤怒的男人很远了，我还是想继续前行，缩短与卢卡斯之间的距离。走了几步之后，我又回过头去看它。它稍微往其他方向挪了挪，然后停住。它往别的方向看了看，似乎是想朝那边走，然后又转过头来，带着一种期待望向我。

大奶猫受到了惊吓，它需要我的帮助。回想当初我遇到危险的时候，猫妈妈挺身而出保护我，现在，这只大奶猫激起了我强烈的保护欲。它似乎是感觉到了我会跟它走，所以动身走开了。我跟在它身后，震惊地

看着它灵活地从岩石和其他障碍中找到出路。

不久之后，我们走到了树下的一个地方，那里充斥着强烈的大奶猫妈妈的气味。我还闻到了鲜血和肉的味道。一个几乎完整的鹿的遗体被草和泥土覆盖着，上面有大奶猫和它妈妈的味道。

我一点儿也不明白这是怎么回事，只知道自己已经饥肠辘辘了，贪婪地吃起了鹿肉。过了一会儿，大奶猫也开始吃了起来，仍然是不声不响的。

那天晚上，我躺在草丛中的时候，大奶猫径直向我走过来嗅我的脸。我舔了舔它，它紧张了起来。不过，当我头趴在地上的时候，它放松了警惕，小心翼翼地嗅着我身体的上上下下。我一动也不动，容许它继续搜寻。它开始“咕噜咕噜”地叫了起来，在这之前我就知道它是想用头在我身上摩擦，就像我的猫兄弟姐妹那样。最后它蜷缩在我的身边，已经不再惶恐不安了。

这类似我在玩“上班”游戏时头枕在麦克胸口上的情形。我在提供安慰，不过不是向人类，而是向失去了妈妈的大奶猫。

卢卡斯照顾小洞里的猫，给它们喂食。我要向他学习，照看好这只大奶猫。

我相信这是卢卡斯希望我做的事情。

我和大奶猫依靠鹿的遗体度过了几天，把能食用的部分都吃掉了。我们不是在进食，就是在玩耍。它喜欢扑向我，我喜欢敲它的背，轻咬它的头，直到它扭成一团，然后落荒而逃。一天之中，它大部分时间都用来睡觉。但是当太阳下山，我只想蜷缩着入睡的时候，它却能保持异常的警觉和清醒。它会悄悄离开，走到树林里去。有一次它带回了一只小老鼠，我很惊讶。后来我们共同享用了那只老鼠。

我终于还是忍不住继续前行了，大奶猫与我一同前行。它似乎不喜

欢空气中残留的人类的气味，无论走到哪里，总是将自己隐藏起来。一天中大部分的时间我都看不见它，不过可以闻到它的味道。它不会离我太远。当它的味道变得微弱，我不能准确判断它的位置时，我便会停下脚步，而它总是会追上来。

我知道如果我不那么关心大奶猫，会走得更快些，可我总是不自觉地想要确保它的安全。

离开猎杀现场，走了两天路的我深受饥饿折磨。我很担心大奶猫，该喂它吃什么呢？

第三天晚些时候，我停下来找水，后来决定躺下，等大奶猫赶上我。我闻到它藏在岩石后面，几分钟后，终于露面了。它低下头去，安静地喝小池里的水。猫显然不喜欢大口大口地喝。而狗就不一样了，狗喝水的时候是很兴奋的，会发出许多声响。

一股血腥味掠过鼻间，我感到很意外，连忙抬起头。口水不自觉地流出，我毫不犹豫地朝那美味的香气走去。大奶猫跟在我身后，不过它似乎没有闻到。

接着我看见了一只狐狸。它悄悄地移动着，嘴里叼着一只软弱无力的兔子，鲜血的味道正是兔子散发出来的。狐狸似乎不知道我在它后面。它奔跑着，但是嘴里猎物的重量使它慢了下来。

狐狸看到我的同时，大奶猫也警觉到了它的存在。有那么一瞬间，我们三个都静止了。随后，大奶猫以一股令我吃惊的速度向前冲去。我们两个都追赶狐狸，但我很快就被它甩在身后了。狐狸敏捷地跳过倒下的树，突然改变方向，试图逃走。但大奶猫很快就跳到了狐狸上空，吓得它放下兔子就跑了。

大奶猫停止追捕，嗅了嗅被遗弃的猎物。我加入了它的行列。我们一起享用狐狸的猎物，像一个团体一样，成员只有我和大奶猫。

走在寻找卢卡斯的路上，饥饿一直伴随着我们。在我的理解里，饥饿意味着需要人类，因为他们有许多美味的食物。幸运的是，夏天似乎把人们都吸引到了山里，他们在哪里停下，就会在哪里吃东西。我可以灵敏地嗅到他们的营地，但是大奶猫一闻到人类的气味就躲开了。

一天，我看见有一家人坐在木桌旁，不远处的火堆正燃烧着由木棍架起的铁锅。一个男人把一大块肉放进锅里，随之而来的是一阵浓郁的肉香味，香得我迷迷糊糊的。趁着男人转身走向木桌，没有留意的时候，我从树林里钻出去，小心翼翼地把肉从锅里取出来而不灼伤自己，然后跑回了树林。唯一看到我的人是一个小婴儿，他坐在一张塑料椅上踢着腿，什么也没说。

我原本以为我会觉得自己是条坏狗，但是并没有，这就像是在猎食。我与我的大奶猫同伴分享了这一餐。

又有一天，我看见一个人站在小溪里，岸上放着一个装满鱼的袋子。我把整袋鱼都带走了。他对我大声嚷嚷，没有说“坏狗”这个词，但说了许多我听不懂的话来表达愤怒。他还追在我后面，用靴子“嘎吱嘎吱”地磨着泥土和石头。我几乎提不动装满鱼的袋子，但我仍然坚持带着它继续前进。那个人气喘吁吁的，被我甩得远远的，最后停止了追赶，却还在原地继续冲我大叫。

我和大奶猫一起吃掉了所有的鱼。

当我跟随气味走到有人的地方时，大多数时候人们都已经离开了。我明白了一种情况：野餐的桌子距离道路越近，我就越有可能找到装有残余食物的垃圾桶。我现在可以熟练地爬上垃圾桶，或者将它打翻，在纸张和塑料之中搜寻人们丢弃的食物残渣。通常，这需要我远离小径，并且要躲避开汽车，才能找到一个能成功觅食的地方。大奶猫从来不陪我一起，不过它会等我回去。

第一次在垃圾桶中找到一块面包残渣的时候，我很快就吃掉了它。

饥肠辘辘的肚子让当时的我毫无选择。我还吃了许多别的食物，填饱了自己的肚子，却没能给大奶猫带回些什么。

我接近它时，心里很内疚。它走到我面前嗅我的嘴巴，舔了舔。让我觉得不可思议的是，过了一会儿，我居然吐出了一部分刚刚狼吞虎咽吃下去的东西。这就成了我们分享人类留在垃圾桶里的食物的方式。我很少能找到足够大，并且能完好无损携带回去的东西。有一次，我在路边发现了一只死了的小鹿，它的身体软塌塌的，但是还有温度。大奶猫不知怎么感觉到我挣扎着想要把小鹿带回去，过来帮我的忙。它几乎能将整只小鹿叼离地面，看得我目瞪口呆。

我们距离卢卡斯又近了一点儿，只是速度不快。小径兜兜转转，无限弯曲。通常，我们在白天会听见许多人类的声音，每次都会躲藏起来。我觉得大奶猫比我更不愿意坐上人类的车。

我常常能闻到狗的味道，可我不认为大奶猫想认识它们。我渴望与它们打招呼，可是它们总是和主人在一起。总有一天，我也能和卢卡斯这样在一起。

我感觉到有狗过来,但是没有人。我汗毛直立。它们的味道不同寻常，从中隐隐约约能嗅到一丝狂野，让我不得不警惕起来。我能闻出它们从来没有洗过澡，短期内没有吃过任何狗粮。我能肯定它们是在跟踪我们，并且距离我们越来越近了。大奶猫似乎没有察觉到异常，像往常一样昏昏欲睡了，但它还是坚持跟我一起行动。

当我意识到追踪我们的到底是什么东西的时候，我们正走在一片周围只有一些岩石和几棵小树的平地上。它们是郊狼，看起来像是娇小、狡猾的狗。我以前和卢卡斯去远足时遇见过。一共有四匹狼，分别是一匹母狼和三匹小公狼。它们跟踪我们不是出于好奇，而是想猎食我们。

我停了下来，大奶猫也发现了它们。它们快速溜过这片开阔的土地。大奶猫的眼神变得深邃起来，嘴巴张开，露出了牙齿。它现在的体形已

经和我差不多大了，但即使这样，我也清楚仅靠两个庞大的身躯是很难击退四匹狼的。

我们需要逃走，但是无路可逃。身后是一面拔地而起的峭壁，我们不可能翻越它。山脊前的几棵树又不够宽大，不足以藏身。

我发出一声低吼。一场战斗不可避免。

郊狼四散开，慢慢地向我们逼近，看起来既奸诈又谨慎。毫无疑问，它们是想将我们杀死，然后吃掉。面对危险，我又咆哮了起来。

一股不明所以的狂怒将我控制住，激起了我内心深处本能的凶猛。我的脑海里充满了与这些动物搏斗的血腥画面，那是从来没有发生过的，却如回忆一般闪现。我必须要上前去啃食它们的脖子，撕咬它们的身体，直到将它们杀死。因为它们是我的敌人。

尽管我已经被熊熊怒火侵蚀，但仍然能感觉到大奶猫的恐惧。它肌肉紧张、面部僵硬，皮肤和气息表露出了一切情绪。它的腿部肌肉紧缩，明显是打算要逃跑了。

可逃跑不是个好办法。我们面前的是一个狼群，狼群是不会轻易放弃猎物的，它们会穷追不舍，而身后又是高不可攀的岩壁。所以如果它想逃走，只能沿着岩壁左右的一个方向跑下去，总会被狼群追上的。

它真的跑了，沿着岩壁飞奔。狼群见状，立马全体追击。它们距离大奶猫有很长一段距离，但是移动迅速，想要半路拦截。

感觉到大奶猫的无助，我拔腿就向逃亡的它追去。这样就算它被抓住了，也不会孤单太久。

狼群以迅猛的速度向大奶猫逼近，很快便赶上了。它们一跃而起，

几乎就能将大奶猫捕获。不过大奶猫从它们的身体底下逃了出去，以一个惊人的飞跃跳到一棵树上，敏捷地抱住树干往上爬，爪子插入树干的声音清晰可辨。

郊狼混乱无序地停了下来，它们看似迷惑不解，却依然保持警戒。我趁机向大奶猫躲避的树走去，寻思着要站在树下保护它。气喘吁吁的狼正吐着舌头，望向树枝上的大奶猫。它们往后退了一些，像是担心大奶猫会越过它们头顶，从树上跳跃下来。郊狼拥有厚实的尾巴，尖尖的耳朵和冷峻、丑陋的面容。当它们察觉到了我的举动时，不约而同地转头凝视着我，用邪恶的眼神打量着我。它们是一个狼群，而我势单力薄。

我缓缓走向那棵树，闻到大奶猫就在树上面。我知道它在害怕，但是我没有害怕。我想要战斗。

三匹小公狼向我走了过来，拦住我的去路。等到足够接近，只需跳几步我就能触碰到它们的时候，它们又退了回去。母狼依旧站在树的那边，虎视眈眈地盯着大奶猫。

小公狼想来阻挠我，却畏畏缩缩的。我明白它们是在假装懦弱，设计引诱我扑向它们，这样它们就能围捕我了。

我背靠着石头，愤怒地叫了起来，由之前的低吼变成狂吠。我一往前，他们就后退，只有一匹狼飞蹿到一侧。当我转头直视这匹挑衅的狼时，另一匹狼也从另一侧蹿了上来，而且最前面的狼也虎视眈眈地看着我的咽喉。但是它们很快又退回去了。

我不明白它们在打什么坏主意，为什么要分开两边向我走来，而不是直接发起正面攻击。我有一股冲动，想去追赶离我最近的那匹狼，但又觉得应该留下来保护大奶猫。我不愿留它独自蜷缩在树上，它总要下来的。卢卡斯肯定希望我能解救它。

我应该先对付迎面而来的几匹小狼，再去接近蠢蠢欲动的母狼。

郊狼们还安安静静、无动于衷，而我吠叫得疯狂，龇牙咧嘴，牙齿

碰撞出“咯吱咯吱”的声音。我身后的岩壁似乎妨碍了它们进攻。

一匹狼从侧面向我猛扑过来，我转身撕咬，却落了空。此时另一匹从后面进攻的狼已经咬住我的尾巴，我立刻掉头扑向它。这次我没有失败，前牙咬进它的身体，尝到了鲜血的味道。它尖叫着逃脱了。

三匹小狼在我周围踱步，而我以一种挑衅的姿态站立着，继续吠叫，宣泄愤怒。

接着，我闻到了一股人类的气味。郊狼们似乎没有察觉，但我能感觉到有人正在靠近。他们的出现或许会影响这场战斗。

我看着被我咬伤的小狼摇摇晃晃地往后退，倒在地面上，尾巴和耳朵都下垂了，而剩余的两匹小狼还在继续战斗。它们向我冲来时，我一口咬向距离我较近的那匹狼，扯下了它的一点儿毛发。在它退回去的同时，另一匹狼扑了过来，牙齿在我耳边咔咔作响。

突然，四匹狼都僵住了，扭过头去。它们明显嗅到了人类的气味，并听见了他们的声音。“嘿！”一个男人吆喝道。

几个男人走出树林，穿过平地一路向我们冲过来。郊狼们放弃了自己嗜血的欲望，灰溜溜地逃跑了。母狼是最后离开的。我追在它后面，不过跑一会儿就停了下来，我还是觉得不能抛下大奶猫。于是，我转身朝大奶猫躲藏的那棵树走去。

几个男人上气不接下气地跑过来，速度渐渐放慢。他们身后都有个大背包，跟卢卡斯去远足时背的一样。“它受伤了吗？”我听见其中一个人喘着气说道。他边说边放慢脚步，用身上色彩鲜艳的衬衫擦拭着汗淋淋的脸。

“嘿！看这里，小狗，快看向这里，狗狗！”另一个人大喊道。他的脸上长满了胡子，使我想起了我的朋友泰。

头顶上方响起了轻微的刮擦声，我知道是大奶猫在紧张兮兮地抓树枝。

他们陆陆续续停止了奔跑，走得很慢。其中的两个人双手按在屁股边，大口大口地喘着气。看着他们不断靠近，我提高了警惕。我已经花费了许多心思避免与人类接触，而现在一大群人正向我走来。大奶猫肯定会被他们吓到的，即使他们身上有食物。

可他们毕竟是人类啊！因为期待被他们的双手抚摩，我的尾巴不由自主地摆动了起来。

“看！看那棵树，树上！”那个穿着鲜艳衬衫的男人兴奋地喊道。他举起手，一根手指指向空中。

“那是只野猫吗？”满脸胡子的男人问道。

“不，那是一只美洲狮，年幼的美洲狮！”

另一个男人拿出了手机，将它举在鼻子前方。我听见大奶猫在树枝上移动，便抬头看向它。它正看着那些人，眼睛睁得圆圆的，耳朵扁平。

我看到一只吓坏了的猫。有些猫害怕人类，当人类接近的时候，它们就会设法逃跑。现在，那些人已经足够接近了，近到可以把球扔到我身边的距离了。“你拍到了吗？”穿鲜艳衬衫的男人问道。

“拍到了！”将手机举到鼻子前方的男人回答道。我不理解他们在做什么，但能看出他们继续在靠近，即使速度放慢了许多。他们所有人都看着树上的大奶猫。

“天哪，它太漂亮了！”满脸胡子的男人感叹道。

“我从来没见过，你以前见过吗？我从来没在野外看见过。”

“它在害怕。”

大奶猫的恐惧太明显了，连空气都变得紧张了。它毛皮下的肌肉在抽搐，突然，它从树上跳了下来，飞一样地轻轻落到岩壁上，几乎没有发出一点儿声响，然后立刻飞奔到山丘上，消失在巨石之中。

大奶猫逃走了！我跑到岩石边，但岩壁太过陡峭，我翻不过去。我想起猫妈妈从卢卡斯身旁飞奔而过的情形，便觉得大奶猫可能只是走到

某个地方藏了起来。

“太不可思议了！”穿鲜艳衬衫的男人惊呼道。

“狗姑娘，你受伤了吗？你还好吗？”一个头戴软帽子的男人询问道。他距离我最近，友好地向我伸出了双手。

我迟疑了片刻。与大奶猫在一起的生活给我注入了一种野性，我被它的气味吸引着，险些就跑去追向它。但是在戴帽子男人的声音中，我听出了仁慈。我舔了舔他伸过来的双手，在手掌上尝到一些鱼油和泥土。

“它很温驯。”

男人从口袋里取出几小块肉喂给我。我乖乖坐好，吃了起来。

“你在这荒山野岭做什么呢，狗姑娘？”像泰一样满脸胡子的男人边挠我的耳朵边问道。我闭着眼睛，头靠在他的手上。

“我觉得是有人在捕杀美洲狮，这是其中的一条猎狗。”

“那是合法的吗？”

“当然不是，那不合法。美洲狮正濒临灭绝。但一些道德败坏的人会付高价购买一只，将它关起来喂饱，再吹嘘着要杀掉食用。或者只是单纯想要美洲狮的爪子、牙齿或身体的其他部位。”

“所以是这条狗把它赶上树了？只有一条狗？”

“它看起来是只漂亮的幼年美洲狮。”

“然后郊狼出现了。”

“没错。”

“可怜的狗，险些就被那几匹郊狼捕杀了。”

“是啊，幸好你说了要来看看狗吠声是怎么回事。”

“听声音就知道它遇到麻烦了。”

“你叫什么名字啊，狗姑娘？”

穿鲜艳衬衫的男人抚摩着我的头，我的尾巴摇摆了起来。“你想在这里等人来认领这条狗吗？”男人们互相看着对方，看了好一会儿。我能

闻到他们的背包里有食物的味道，希望他们是在商量要不要多给我一点儿零食。

“不知道，我无法想象一个偷猎者高高兴兴地看着我们的样子，即使我们确实是救了他的狗。”

“猎杀美洲狮的人，身上肯定有抢。”

“持枪也是违法的，不是吗？”

“不一定，起码在这里不是。”

“我总觉得，这条狗什么都不在乎。”

“很好，但如果哪个手里拿着枪的家伙因为我们吓跑了他的猎物而生气怎么办？”

地上放着一个背包，我直截了当地走过去嗅了起来，希望这样能够引起他们的注意。背包里的零食值得拿出来与我分享。我又坐下了，安安分分的，好让他们快点儿做决定。

“这条狗怎么办？就这样让它自己走吗？”

“你想跟我们一起走吗，狗姑娘？”戴帽子的男人把手伸进口袋里，取出了一块零食。

“或许我们应该曝光这件事情。”

“你想走回圣路易斯山口吗？有对夫妇住在那里，人多，挺安全的。”

“算了吧。”

“我们就这样继续走吧。”

“这条狗怎么办？”

“看它会不会跟着我们走。”

“如果它不跟我们走呢？”

“那它会回去找主人的。”

“我觉得我们应该带上它一起走。”

“好吧，我们去见他，你们去抓获捕猎者。”

“它看起来很饿。”

“你要给它一袋金枪鱼吃吗？”

“是的，正想这样。”

穿鲜艳衬衫的男人蹲跪在背包旁边，我直勾勾地看着他。他拿出一小包东西，轻轻地撕开包装纸，一阵沙沙声响过后，一股鱼的油香味随之飘了出来，与我在戴帽子男人的手掌上闻到的味道是一样的。他把一大块鱼肉放在石头上，我狼吞虎咽地吃了起来，很快就吃完了。吃完后，我还舔了舔嘴唇上的油。

“你觉得我们距离 149 号公路还有多远？”满脸胡子的男人问道。

“大概还有十英里[1]没走吧。”

“我们快点儿赶路吧。”

他们把背包拿起，背在身后。对我来说，那意味着不再有鱼吃了。人类太厉害了，总是能找到食物，可是有时候好狗狗都还没吃饱，他们就结束了晚餐。

他们没有给我套皮带，也没有呼唤我，但是他们看我的样子，像是希望我能跟着他们走。我跟在他们后面，很快又走回到小径上了。可是他们走在相反的方向上，这样只会离我要去的地方越来越远，离卢卡斯越来越远。

我犹豫了。我是要回家的，可是他们给我的鱼尝起来出奇的美味，我还想吃。

我们穿过了一条小溪。走在溪水里的时候，徐徐的微风掠过水面给我带来了大奶猫的气味。男人们对此没有什么反应，不过人类似乎总是察觉不到不远处的味道，甚至不会为一些值得注意的味道停留，毫不犹豫地就走了。这就是为什么每个人都应该养一条狗，因为狗不会错过那

[1] 一英里约等于1.6千米。

些味道，即使被皮带牵着，也可以停住脚步留意周围的动静。

这时候，我明白了大奶猫已经停止逃跑，并且就躲在小径的上坡。我也明白，它不会再离我们更近。

“我想我们应该带着这条狗一起回杜兰戈。”其中一个人说道。

“然后把它送到动物管理处吗？”

“或许吧。”

“它会不会被杀死？”

“不知道。它这么漂亮，看起来像是牧羊犬和罗特韦尔犬的杂交品种。”

听到“狗”这个字，我抬起了头，以为他们要给我东西吃。可是大家都在走路，没有人将手伸进背包里拿食物。

“你确定吗？你有没有见过？我觉得它更像一条斗牛犬，不是脸像，是体形。”

“米奇，它可以睡在你的帐篷里。”戴帽子的男人笑着说。

当天色开始变暗的时候，他们用布搭建了几间小屋。他们取出一个小金属盒子，用它煮了些食物，我也吃到了一些。我最喜欢的是奶酪酱，不过我什么都吃。为了鼓励他们喂我吃更多东西，我甚至吃了我不喜欢吃的蔬菜。

“它吃四季豆会放屁吗？”其中一个人问。

“所以我说，它睡你的帐篷。”

我们坐着等待夜幕的降临。大奶猫的气味越来越浓烈了，我知道它就在附近。看到我躺在那么多人的脚下，它会怎么想呢？夜晚是它在一天当中最好动的时候，那时候我只想睡觉，而它想扑到我身上玩耍。如果我实在太累了，它就会安安静静地走到黑夜之中。我的鼻子能闻到它走路的方向。

我正迷迷糊糊地听着人们交谈，希望可以听到我能理解的话，最好与食物有关。突然，一股刺鼻的血腥味掠过我的鼻间。肯定是大奶猫成

功捕获了什么，即使我没有在它身边帮忙。我想起了它最近捕获过的一只小动物，味道闻起来是一样的。

大奶猫一定会带回猎物与我分享，可是我不在。

我已经休息够了，轮流走到他们面前摆动尾巴，希望他们能抚摩我。我在玩“上班”游戏的时候也是这样做的。有狗陪伴，人们总会感到更加安慰。他们也不例外，当我走到他们面前时，他们都变得精神了许多。

他们对我很好，给我食物吃，可是他们属于那种乐善好施却把我从卢卡斯身边带走的人。我跟着他们，是因为我有一种强烈的想与人类在一起、想吃晚饭的欲望，但是现在我必须要离开了。我要回家。

“真乖。”戴帽子的男人抚摩着我的胸口对我说。我舔了舔他的脸。

在他们忙着把东西从背包里拿出来的时候，我转身走进夜色当中去寻找大奶猫。

在接下来的几天里，我和大奶猫都没有遇到有人类给我们食物。不过，我们常常经过小溪和池塘，所以可以避免口渴。饥饿成为一种持续的痛苦。我深深地吸了一口气，竭力想嗅到醉人的肉香味，虽然我也明白这样做没有用，因为没有人的地方是不会有肉香味的。

大奶猫跟在我后面，但它经常想停下来在树荫下打盹儿。空空的肚子越来越频繁地削弱着我的体力，我也要休息了。如果不睡觉，我没办法继续前行。

我们捕猎，但大奶猫并不擅长。它似乎闻不到明显的小动物的气味，只能辨认出我什么时候是在追踪猎物，然后紧跟在我身后。每当我找到猎物时，它都不会帮忙追赶。它通常都只是躲在石头之间，蹲着看我与

猎物斗争，隐藏得几乎见不着它的身影。那是很令人恼火的，绝不是一种良好的团队行为。团队成员应该一起合作捕捉猎物的，可是它不明白这一点。

它也很怕水。浅浅的小溪对我们两个来说非常有希望找到食物，水面下朦朦胧胧地摇曳着鱼的身影。可是在一阵吠叫之后，我们除了把自己弄湿了，什么也没抓到。大奶猫一气之下，纵身跳进小溪里。它跳得太远了，被水淹没了一会儿，之后便惊慌失措地退了回来。一场捕猎行动就这样结束了。

我能闻到城镇的味道，但感觉那里太远了，对我们没有什么好处。我想起了垃圾箱里被人丢弃的肉，想起了有人打开后门拿出培根和袋装的零食，想起了一碗碗的食物。而家在一个更远的地方。我虽然嗅不到它独特的味道，但已经清楚地确认了方向，所以知道自己什么时候要直走，什么时候要拐弯。

我变得越来越虚弱，白天经常小睡，晚上睡觉的时候也感觉不到大奶猫什么时候离开、什么时候回来。

我已经筋疲力尽了，看见兔子跳动时几乎反应不过来。我冲过去的时候，兔子撒腿就跑，转身径直逃往大奶猫的方向。大奶猫伸出一只爪子就抓住了它。

我们并排站着，狼吐虎咽地吃了起来。

兔子让我变得振奋。但小餐一顿之后，莫名其妙地好像更饿、更难受了。第二天一早醒来时，我恢复了一点儿体力，然后惊讶地发现微风吹拂的鲜血味道中夹杂着大奶猫的气味。它回到我们睡觉的小窝时，带回了一只奇怪的动物，一种我从未见过的大型啮齿动物。第三天早上也是一样，几天之后，它又带回来了一只兔子。

我不知道它是在哪里找到的猎物，又是如何设法抓住它的。但我很感激它的帮助。我想卢卡斯肯定希望我能为大奶猫找到食物，就像他为

小屋里的猫提供食物一样。但是这里没有人类，我无能为力。

当大奶猫走过来与我玩摔跤的时候，我发现它已经变得比我更大、更重了，但仍然服从我。我才是团队的领导者。它是如此快速和灵活，能够敏捷地闪开，然后猛地伸出爪子袭击我。有时候我会因此而生气，在它躺下的时候啃它的脖子，但不会咬下去，只是想让它知道就算它变得更大，也是要服从我的。它就温驯地躺着，直到我放开它的脖子，然后再轻轻地敲打我的背部。

以我的经验来看，猫只是不知道怎样好好玩耍罢了。

即使偶尔可以吃上小动物，我的饥饿感也从来没有停止过，我越来越虚弱。有些日子，我连站起来都相当费劲。有一个早上，天气寒冷干燥，没有风。大奶猫躲躲藏藏地跟在我的后面，突然在两棵倒下的树之间停住了脚步。我转身走过去，不是为了催促它，而是在它旁边躺下了。我呻吟着放松了自己，打算在睡觉中度过一天中剩下的时间。

忽然之间，空气中飘来一股刺鼻的血腥味。我从中也闻到了动物的气味，马上就清醒了过来。附近一定有动物在流血。我看向大奶猫，它感觉到我的躁动，也睡眼蒙眬地看着我。我站起来，把鼻子凑到风中。不管是什么在流血，它离我们越来越近了。大奶猫突然警觉地站了起来。

我们沿着空气中的血腥味走到了一片树木繁茂的草地，很快便看见很大的一只鹿一动不动地躺在树下面的草丛中。它的脖子上插着一根长长的木棍，那奇怪的物体上面散发着强烈的人类的气味。鲜血就是从木棍刺入的地方流出来的。而鹿现在已经不再动弹，停止了呼吸。它逃到这个地方之后，就再也跑不动了，刚死不久。

大奶猫的反应完全出乎我的意料。我以为它会去吃那只鹿，可是它没有，而是用爪子抓住鹿的脖子将它拖走了。这是一种游戏吗？我跟着它，对它的行为感到非常疑惑。

大奶猫走到大石头旁边的一片沙地时才止住脚步。等它把鹿放下，我们终于开始吃了。但是它奇怪的行为并没有就此结束——吃完之后，它在沙土里又抓又挖，最后用沙子、树叶和草将鹿的残骸填埋了。

它似乎对自己的行为感到很满意，走到一块大石头旁边躺下了，将自己隐藏在干草之中。而我也感觉到了饱足和慵懒，躺在它旁边伸了个懒腰，之后就在它“咕噜咕噜”的叫声中睡着了。

我们在那只鹿身边停留了好几天，除了进食、睡觉和走到小溪边喝水之外，就没做别的什么事了。虽然我也坐立不安，想要继续赶路回家，但这里足够饱腹的食物是个极大的诱惑。

终于，我们离开了。大奶猫仍然不走小径，但我能闻到它的味道，也能闻到沿着小径走过的人类的味道，尽管人的味道已经是很多天以前的了。我总是知道大奶猫什么时候停下，通常我都会走到小径外去找它，然后在它隐藏的地方发现它正昏昏欲睡地趴着。在我们没有东西吃的日子里，我经常蜷缩在它旁边。

时间是用饥饿感来衡量的。每隔几个晚上，我的猫伙伴就会带回一大只足够我们吃饱的动物。接下来的一两天，我们走了好长的一段路。但饥饿越来越严重，终于成了一种无法摆脱的欲望。这时我会跟着大奶猫去捕食，即使远离了回到卢卡斯身边的道路。有时候，我们甚至会往回走双倍的路程。等它成功捕猎之后，我又会继续启程回家。

每当闻到狐狸的味道，我就会停止赶路去寻找它，但我们再也没遇见过有兔子可以抢夺的狐狸。每当闻到郊狼的臊臭味，我都会带大奶猫远离它们，以保安全。

后来有一天，一件影响一切的事情发生了——下雪了。

漆黑的天空才刚刚开始透露微光，我就醒了，猛地意识到我入睡时大奶猫躺下的地方已经是一块冰冷的空地。我深深地吸了一口气，努力

去追踪它。渐渐微弱的气味告诉我，它已经离开我们的小窝一段时间了，不在附近。

我闻到的不是同伴的行踪，而是风景的变化。地上覆盖了一层厚厚的雪，比狗床还要厚。潮湿的碎片不停地从天空中飘落下来，发出听不太清的响声。大地、昆虫和动物的芬芳都已经被这种清澈、洁净的冬日精灵所掩盖。整个夏天都充盈在我鼻腔中的各种各样的气味都被抑制，家乡的味道自然变得更加浓烈，现在它们就像一股强大的力量一样随风飘来。

刚踏进这样一个新的世界，我的爪子就被淹没了，消失在视线中。如果我想继续前行，就必须用前腿开出一条路来。我想起了以前和卢卡斯在一起时，我在雪地里滚动、追球的情形。但是曾经纯粹的快乐现在感觉更像是一种障碍。走在无痕的雪地上，我的进程既缓慢又单调乏味。我沮丧地看向看不见的前方，一座座小山几乎已经被持续飘落的雪花遮蔽。山那边是通往卢卡斯身边的路，可是我要怎么翻越过去呢？

当太阳完全从黑暗中升起，阳光在雪景当中闪耀的时候，我感觉大奶猫正朝我走来。在大地的白色外套的隔音效果下，它的移动变得更加悄无声息。我走回了我过夜的地方。当它终于从一座小山背后出现时，吓了我一跳。我疑惑不解地看着它轻快地向我走来，爪子几乎没有陷入雪地里。它的步态很奇怪，后腿完美地踩在前爪留下的印记处。我从来没见过其他猫这样走路。

它仔细地嗅了嗅我，好像感觉到了我的沮丧，然后习惯性地用头摩擦我的脖子以示问候。它可能不知道我们正长途跋涉走回卢卡斯身边，将来有一天它要么和我们住在一起，要么和街对面的猫妈妈住在一起，但是它心甘情愿地跟着我走了那么远。它肯定知道我要么是回家，要么是有其他目的，才选择走脚下的这条路的。

这一天，直到夜幕降临我才尝试着违背大奶猫的作息规律去睡觉，下雪的时候我不会这样做。

当白色的雪花飘落在我们身上时，我们给了彼此温暖，最后雪花像一张厚厚的被子一样将我们覆盖。

光线在乌云密布的天空中变得微弱，此时大奶猫打了个哈欠，抖掉毛发上的雪，随意地离开了我们睡觉的小窝。我跟着它走了一会儿，即使走在雪地里它踩出来的小路上，也跟不上它的步伐。在它只下陷一点点的地方，雪已经淹没了我的胸膛，我感觉被困住了。

那天晚上它回来时，闻起来像是成功捕猎到了食物，但没有给我带回任何东西。它转身离开，在某种程度上，我知道它是想要我跟它走。我挣扎着往前扑，努力跟在它身后，沿着它的足迹开出了一条难看的小路。小路尽头埋着一头年轻的麋鹿。诧异的是，它竟然打败了一只体形比我们两个都庞大的生物，这令我难以想象。

我们狼吞虎咽之后，回到了临时的小窝。我本想和倒下的麋鹿待在一起的，但是大奶猫走了。我也跟着走了，因为不知道还能做什么。雪的到来似乎重整了我们这个团队，现在它才是我们两个当中的领导者。

一种既定的模式总是这样没有规律地中断。大奶猫不知道以什么方式能在晚上成功捕获猎物，虽然不是每一晚，但足够我们不挨饿。如果捕获的是鹿或麋鹿，它会将它们埋在雪地里；如果捕获的是兔子或其他更小的哺乳动物，它会将它们带回小窝。

我能闻得出大奶猫并不是在开阔的地方捕猎，而是坚持在绵延的森林或者受到阳光的照射和风的吹拂的地方，那里大部分的雪已经融化。每当置身于那样的地方，我就觉得自己像是刚被卢卡斯解开皮带一样自由。在森林中，雪的厚度是不同的。我已经学会如何找到雪层最薄，能够奔跑的地方。大奶猫可以优雅地踩在沿途倒下的树干上，漫步前行，而我却做不到。当然，它白天都不愿意走太多的路。我不明白它为什么想要把所有的体力都消耗在看不见任何东西的夜晚。

对于回到卢卡斯身边，我们几乎没有取得进展。大奶猫为了捕食，

会把我带往任何它觉得有猎物的方向，而这些方向通常都是我不想走的。我们经常沿着弥漫着鹿的浓郁香味的小道走，上面的雪已经被踩碎，非常容易走过。但那通常漫无目的，完全偏离了家的方向。我想念卢卡斯，想要和他在一起，因为渴望他的抚摩而痛苦难耐。我想听他夸奖我，想吃奶酪。我因为过于想念我的主人而无法入睡。

我们走的路往往是高低不平的。下坡时，有时候我能闻到人类、器械、烟尘和食物的味道。不远处或许有一座城镇，或者只是一群坐在火堆旁边的人。下坡总会有人。上坡闻到的仅仅是岩石和冰块那纯净、原始的味道。道路总是大奶猫选择的，而我总是跟着它。

当闻到我们自己的气味时，我更沮丧了。我和大奶猫选择走曾经走过的路上，不是为了回家，而是为了捕猎，即使那意味着我们是在同一个地方徘徊。

不知什么原因，在风雪中它似乎更容易捕到猎物。吃饱之后，我对我们所处的位置进行观察。我们正处于高山之中，树木稀疏，地势陡峭地向下延伸，看不到尽头。大奶猫回到小窝一天了，而我却在无痕的雪地上跋涉，走在树木之间，决心证明只要环境更加有利一点儿，我也可以成为一个优秀的捕猎者。

然后，我在寒冷的空气中隐约嗅到一股气味，怔住了——附近有狗。

我毫不犹豫地向它走去，尽管这需要我挣扎着走到上坡。起初，狗的踪迹难以捉摸，然而在寻找的过程中，我又嗅到了一股人类的味道。这让我停了下来。自从初雪来临，我就再也没有见过人类，已经过了很久了。大奶猫对一丝丝人类的气味都存有戒心，这让我本能地觉得不能接近他们。那些给我食物的好心人总是企图把我从卢卡斯身边带走，这也加强了我对人类的戒心。

但是为了看那只狗，我不得不靠近人类。人和狗的味道是从高处飘下来的。另一边，我还闻到了另外两个人的味道，它们都是属于男性的。

当我走出树丛向上看时，我看到的是一面拔地而起的雪白峭壁。就在山脊上面，一条狗和一个人正吃力地走在大雪中。一层厚重的雪覆盖了山脊表面，盘旋在一个巨大的悬臂上。那个人穿着一双很长的鞋，手里握着一根杆子。我能闻得出那条头高到男人臀部上方的狗是雄性的。我不知道为什么会有人把自己的狗带到这么远的一座山上，但人是狗的主人，我相信远处的那条狗是很开心的。其实，从它跳跃的步伐中我能看出一种喜悦。

“嘿，等一下！”有人喊道。我惊呆了，转头向斜坡的另一边望去，那边没有山脊，只是一个圆圆的山顶。另外那两个人正把手放在嘴边，他们远在山的那边，显得很小。

“快离开！”一个人喊道。

“那里不安全！”另一个人喊道。

“雪崩区！”

“回去！”

他们的声音听起来既担心又气愤。峭壁上的人继续走着，但他的狗停住了脚步，转过身去。我知道是因为它听见了那些声音。然后，它朝我这边看过来，因为它也感觉到了我的存在。虽然它离我很远，但这种狗和狗之间的互动使我不由自主地摇起了尾巴。我每天都是和大奶猫一起玩，现在很想和狗摔跤。

“快走！”那两个男人一起大喊道，他们往我这边走远了。

那只狗吠叫着，朝下坡路猛冲了几步。我下意识地扎进雪堆里朝它那边走去，尾巴摇摆得更猛烈了。

“达奇！”狗旁边的男人喊道，“回来。”

狗回头看了看自己的主人，然后又向前跳了几步。斜坡太陡了，它只能在适当的范围内走一小段距离。它的尾巴也在摇晃。男人抬起他的长鞋子，又踩到雪面上。“达奇，回来！”他命令道。

“小心！”

这时，上方响起了一阵奇怪的、低沉的声音，好像卢卡斯扔向我的枕头砸在墙上的响声一样。山脊上的积雪瞬间支离破碎，塌陷下来。男人猛地回过头去，惊恐地看着崩塌的雪山发出卡车一样隆隆的响声，连空气都颤动了。随着脚下的雪块在移动，他摔倒了，像小溪里的流水一样滑落下来。雪的浪潮追上了那条狗，把它撞倒在地上。然后，他们挣扎着，一起向我这边滚落，速度比我见过的任何东西都快，甚至比大奶猫还快。

雷鸣般的咆哮和雪片崩落的陌生景象顿时使我感到害怕。我必须要离开了。我转身冲向树丛，大步飞跃着，身后的隆隆声越来越响亮。有东西“砰”的一声把我震到了半空中。我失去了所有的方向感，翻滚着往下掉落，什么都看不清，爪子也找不着地面。当被东西击中头部的时候，我的脑海里只有一个念头——卢卡斯，你在哪里？

我倒下了，感觉一阵麻木，什么也闻不到、感觉不到、看不到，连呼吸都觉得困难。就这样，一切又恢复了平静。我甩了甩头，让自己变得清醒，尝试着去理解发生了什么，可怎么也想不明白。我现在身处树丛之中，但是不知道自己是怎么走进来的。

厚重的雪堆压住了我的后腿，感觉像是卢卡斯正躺在上面一样。如果他在这里就好了，如果卢卡斯在这里，他会知道该怎么办。我喘着气，竭力想要挣脱。我想起了卢卡斯从韦恩手里接过我，把我举到栅栏另一边的情形。我现在需要的就是我的主人能够将我抱入怀里，把我拉出雪堆。我呜咽了起来，被埋住的后腿无法动弹，所以我只能用力伸出前腿，将自己往外拱。我出来了一点儿，只是一点点。我继续拉扯，一条腿稍微能移动了，接着另一条腿也没被压得那么紧了。现在，我的两条后腿都可以活动。我一鼓作气，终于挣脱开来，抖掉身上的雪花后，已经筋疲力尽。

不久前的天空还回荡着强大得足以摧毁一切的声响，而现在却是出奇的沉静。我环顾四周，想弄清楚是怎么回事。

那条狗在我的上坡，它被一股强烈的恐惧包围着，正在抽泣。我虽然跟它不是一伙的，却本能地想帮助它，毫不犹豫地朝它跑去。脚下的雪突然变得紧实起来，好像是那些声响不知怎么的把一切都压牢固了。

它就在林木线的上方挖掘，被刨起来的雪在它身后飞入空中。它的体形很大，比我还大，身上长着浓密的黑毛。我走近时，它甚至没有看我一眼，好像我不存在一样。从它挖掘时的叫声中，很明显能听出悲伤。发生了什么不好的事情呢？它为什么要如此疯狂地挖雪呢？

我不明白为什么，可是过了一会儿，我也站在它旁边极其慌乱地刨了起来。我只知道，有东西很不幸被埋在雪里了，而我们正在翻寻。

不久之后，我闻到了人类的味道——是那两个气愤的男人。

“在那里，上面！”其中一个人大喊道，“看到了吗？它们在挖雪！”

我继续挖掘，尽最大的努力将紧实、稠密的雪层刨开。我的鼻子终于嗅到是什么被埋在下面了——一个男人，那条公狗身上有他的味道。原来我们挖雪是为了救他。

我一心想将他救出，当那两个男人踩着长长的鞋子滑上来的时候，我瞥了他们一眼。其中一个比另一个更高、更黑一点儿。他们把奇怪的鞋子踢开了。

“这两条狗应该是他的！”

那两个人蹲跪在我们旁边，两个人和两条狗一起挖了起来。他们用戴着手套的拳头猛击雪，修长的手臂帮助他们将雪一大把一大把地刨起来。

“看到他的衣服了！”两个男人移动到公狗挖掘的地方。公狗挪开了，但还在继续挖。

“他的嘴巴已经僵硬了，天哪！”

“还活着吗？”

其中一个人抽掉了他的手套：“还有心跳！”

“没有呼吸了！”

那两个人从男人的脸上拂掉一大层雪。我能感觉到他们的慌乱和恐惧。很快，男人的手臂露出来了。他们站起来，一人抓住男人的一只手往后拉。

“我的天！”

“继续拉！”

两个男人倒下了，被埋在雪里的男人稍微从雪坑里出来了一点儿。公狗呜咽着，舔了舔他的脸。

高一点儿的男人举起了手机：“这里没信号，我要回小木屋求救。你会做人工呼吸吗，加文？”

“会！”于是矮一点儿的男人开始亲公狗的主人。

高一点儿的男人焦急、快速地把他的大鞋穿上：“我会尽快回来的！”

矮一点儿的男人上下摆动，不停地深呼吸，把嘴放在昏迷的男人嘴上，然后说道：“还有心跳！”

穿着大鞋的高个子的男人捡起杆子，推了推，以一种我从来没见过的步态在雪地上快速地滑走了。

公狗像是终于注意到我了，虽然只是看了我一眼。它的舌头伸了出来，眼睛睁得大大的，全身都在发抖。它没有抬腿，也没有嗅我的尾巴，只是呜咽着往前挤到半埋在雪地里的人身边，几乎踩到了他身上。

亲吻的男人几次深呼吸都没有发出声音，接着躺在雪里的人开始呻吟了。

“噢，终于有反应了，感谢老天爷。”亲吻的男人跪着说道。他转过身来看向我，“他现在可以呼吸，应该会没事的。”

躺在雪地里的男人没有睁开眼睛，不过确实是在咳嗽和喘息。公狗不停地舔他的脸。

我和呻吟的男人、公狗及矮个子的男人待在一起，没有离开。矮个子的男人很友善，给我们两条狗都喂了一块面包。后来我听到了山下从远处传来的响亮的机器声，但我仍然没有离开——不是因为面包，而是因为我觉得自己必须留下，就像当初必须帮助泰和其他一些有时会伤心、希望得到陪伴的朋友一样。这是我的职责。给我面包的男人心急如焚，而呻吟的男人似乎什么也不知道。

“达奇，达奇是你的名字吗？”面包男人看着公狗的项圈说道，“你好呀，达奇！”

从公狗的反应中我可以看出，人们平时就是这样叫它的。

面包男人伸手摸我的项圈时，我嗅了嗅他的手，只闻到达奇和面包的味道，没有闻到别的什么味道了。“你叫什么名字？为什么你的项圈上面没有标签？”

我摇了摇尾巴，以为很快又有面包可以吃了。

当喧嚣的机器到达时，每台后面都载着两个人，还拖着一个扁平的雪橇。上面一共有三个女人和一个男人，他们小心翼翼地将公狗的主人抬起，放到雪橇上系住。那个男人被人抬起来时呻吟得很大声，但仍然没有醒过来。

“他会有事吗？”面包男人问其中一个女人。

“这取决于他大脑缺氧了多长时间。不过，他的心脏没有停止过跳动，这是个好迹象。你做得对。”

“我从来没这样做过，我指的是……人工呼吸。”他回答道，“哇！”

“你还好吗？”她亲切地问道。

“说实话吗？不好，我还在颤抖。”

“你救了一条命，应该感觉到自豪才对。”

“我得去喝一杯马丁尼酒，这样或许会好一点儿。”

女人笑了。听着他们的声音，我又摇起了尾巴，而达奇却忧心忡忡地看着人们把它的主人绑在雪橇上。我嗅了嗅它，确实能感觉到它身上的焦虑。

“他的狗怎么办？”面包男人问道。

“嗯……”女人回答道。

“你会找人来接它们吗？”

“这不行，我们不负责照看狗。”

“好吧。”男人摘下一只手套抚摩我的头。我在他手里摩擦，就像大奶猫迎接我那样。“可这些是你要带到医院里的那个人的狗。”

“很遗憾，我们高山救援还没接收过带着狗一起的受害者。”

“我明白。”他又拍了拍我的头。我摇了摇尾巴。“那它们会怎么样呢？”

女人在手里揉了一团雪，用来掸掉大衣上的雪花：“我想，那就要看你会怎么做了。”

机器又开始发出隆隆的轰鸣声，我们看着他们爬上去。然后，一个踉跄，就开走了，后面的雪橇拖着那个男人。达奇大叫一声，追了上去，一种被人遗弃的恐慌驱使着它跌跌撞撞地在雪地上奔跑。“达奇，回来！”喂我们面包的男人在它身后大喊。机器停下来了，他穿上长鞋子向他们滑了过去。达奇焦急地绕着机器打转，把脚放到他主人躺着的雪橇上。

我就这样看着他们，一动不动。面包男人没有呼唤我，没有叫我“贝拉”。他不认识我，可他认识达奇。达奇在他身边会很安全的。我深吸了一口气，虽然闻不到大奶猫的味道，但知道它肯定在这周围的某个地方。我跟它还会相遇的。更重要的是，我能感受到家乡的气息，能感受到卢卡斯在等我，是时候要赶路回家了。

面包男人抬头看向我，把手放到嘴边吹哨子，那尖锐的声音几乎和卢卡斯发出来的一模一样。我惊呆了，他怎么会做这个？“过来，狗姑娘！”

我犹豫了。面包男人拍拍大腿向我示意，我知道那是要我走过去。我也认得“狗姑娘”这个词，这是卢卡斯常常对我说的话。我要跑向他吗？

我的内心深处明白他可能是那种会把我从卢卡斯身边带走的人，可是感觉到他的友好，我就抑制不住向他跑去的冲动。我已经很久没有听过人类的呼唤，很久没有被人夸我乖。我向他跑了过去。

面包男人取下肩上的背包，我想知道他是不是还有面包。他确实有！当他扔给我一小块面包的时候，我乖巧地坐好了，眼睛直勾勾地看着他手里剩余的面包。达奇还紧紧地守在雪橇上的男人身边，所有的面包都将会是我的了。

面包男人再次向我伸手时，手里还拿着别的东西。当我还在吞食他手套上的食物时候，他另一只没戴手套的手将一个东西系在了我的项圈上。一种下沉的感觉让我意识到那是一根绳子一样的东西——我被皮带拴住了。

我不想被拴在皮带上。

女人握住了达奇的项圈，面包男人从背包里取出第二根皮带，他一边将其中一块我的面包递给达奇，一边将皮带扣在它的项圈上。达奇不以为意地吃了起来。给一只冷漠的狗喂食物简直是种浪费，我还在这儿眼巴巴地看着呢。

“谢谢！”面包男人说道。

“祝你好运！”女人喊道。机器轰鸣着离开了。

达奇立刻发狂了，它的耳朵竖了起来，嘴流着口水，眼露白边。它扯着皮带猛地向前冲，险些拉倒了面包男人。“停下！冷静，达奇！坐好，不要动！”

我安安静静地坐好了，因为我是听话的狗狗，此外，背包里面还有一些面包的味道。

达奇哀叫着，扭动着，拉扯着。面包男人对它说了些安慰的话：“他

不会有事的，达奇。你要冷静，达奇。”

当达奇最后看向面包男人的时候，它的眼神里除了绝望，什么也没有了。

“好了，过来，狗姑娘。”男人说道。我还能闻到那嘈杂的机器的味道，即使他们已经转弯，在一个山坡上消失了，合并在一起的雷鸣般的声响也突然间变得微弱。

面包男人每只手里都拿着一根长长的、足以触碰到地面的杆子，脚上仍然穿着那巨大的鞋。他收了收肩膀，把背包的带子套在肩上。我看向达奇，为了使它和我贴在一起，它的皮带被拉得紧紧的。我不知道我们在干什么，达奇也不知道。它正努力表现良好，坚持不动，并因此而微微颤抖。我知道，他想追向那辆雪橇。

“好了，我们试一下这样行不行得通，但是要慢慢跑。你们准备好了吗？可以了，出发吧！”

面包男人穿着他的长鞋子突然从我们身边滑过，皮带被一股力量拉扯着发出窸窸窣窣的声音，我被吓到了。达奇和我都被拉动了起来。我尽量靠近面包男人，好让皮带松一点儿，而达奇却扯着皮带飞奔了起来。

“嘿！”面包男人大喊道。他一个趔趄，狠狠地摔到雪面上。我摇摆着尾巴向他走去，想着可不可以停下来，是时候多吃点儿面包了。达奇猛地拉扯着皮带。“达奇，不可以！停下！”

面包男人在雪里挖了几下之后，挣扎着站了起来。他看向我们，我摇了摇尾巴，达奇发出“呜呜”的叫声。“这比我想象的要难。别那么用力拉，好吗？我好久没滑雪了。准备好了吗？我们走吧，出发！”

我似懂非懂，开始向前跑了起来。我们这是要去散步吗？地面上的雪照样是奇奇怪怪的，很紧实，方便前行。达奇又飞奔起来了。“达奇，慢一点儿！”男人吆喝道。达奇低下了头，看得出它很内疚。

“太好了！”过了一会儿男人感叹道，“这样真的行得通！”

当我们到达一个斜坡的时候，雪层突然变得又厚又重，对我们三个来说都很难爬上去。男人不停地用杆子扎向雪地，呼吸急促。我和达奇的皮带都被拉紧了。

很快，我闻到面包男人的朋友来了。“加文！”他的朋友被挡在了小山丘的另一边，大喊道。

面包男人抬起头来：“泰勒，在这里！”

面包男人停下了，弯下腰来喘着气。而刚刚呼喊的那个人则爬到了山顶，滑到我们面前。他也在大口地喘着粗气。

“发生什么事了？”高个子男人刚做完一个深呼吸，问道。

“他被高山救援的人带走了。”面包男人回答道。

“你觉得他会有事吗？”

“很难说，他整个过程当中都没有恢复意识。他们说他还有心跳，那是个好迹象。是我们救了他，泰勒。”

高个子男人摇了摇头：“他在想什么？这里到处都是雪崩警告啊！”

“是的。他应该把雪鞋放在边绳下面的。”

“我们可能破坏了‘适者生存’的规律。”高个子男人若有所思地说道。他笑了，牙齿被黝黑的皮肤衬得闪闪发亮。然后他看向我，我摇了摇尾巴。“我想我不能假装看不见你身边有两条大狗。”

“是的，他们本来想给动物管理处打电话的。”

“他们没有打电话是因为……”

“他们要把那个家伙带到山下，空运送往医院。”面包男人耸了耸肩说道。

“你还有什么没跟我说呢？”

“尼克来的时候，我留了些狗粮。”

“噢……”男人点了点头，“我们给它们食物，然后怎么办？”

“不要再问了。我们明天载它们去大章克申市，再想想该怎么办吧。”

“为什么‘再想想该怎么办’听起来很像‘留它们在家照顾’？”高个子男人问道。

“好吧，如果那个家伙死了会怎么样呢？我不想在不能确保它们安全的情况下，就将它们送到收容所。”

高个子男人用手套擦了擦脸：“这两条狗看起来像是两吨狗。”

面包男人大笑了起来。

高个子男人摘下手套，弯腰摸了摸达奇。达奇焦急地舔了舔他的手。“这条是伯恩山犬吗？还是什么熊，大灰熊？”

“它的名字叫达奇。”

“啊哈。”高个子男人伸手到我的身上。我闻了闻他手指上达奇的味道，闻到了它的忧伤。我知道达奇最想做的事就是挣脱皮带，追向它的主人。每条走失的狗都应该这样做。“这条是斗牛犬吗？我不清楚，它像头奶牛。它有奶牛那么大啊，加文。”

“但是你看它的肋骨，它一直吃得很少。”

“它的兄弟吃得很好，需要节食了。”

“好，我们之后就这么办吧。”

“我们就这么办？”高个子男人重复道，“我们……让这条不属于我们的狗节食？”

“那家伙把所有的食物都给了公狗而不给母狗。过来牵这条公狗，你滑雪滑得比较好，它跑得像辆快艇一样。”

我和达奇很快就记住了面包男人的名字叫加文，黝黑的高个子男人叫泰勒。好吧，我知道达奇根本不在乎这些，它的心思都在它的主人那里。两个男人牵我们回到一间很小的房子，墙上有个洞，里面的火在燃烧，让整间屋子充满了刺鼻的烟雾。加文把干粮倒进两个碗里；我吃了一碗，达奇没吃，所以我把它的那碗也吃了。

我很感激他给我食物，但也明白一件很明显这两个人都不明白的事

情：他们房间里的两条狗都不想留在这里。

达奇坐在门边，满心期待地看着门，显然是希望门能够打开，而它的主人会走进来。可是，正如我知道的，生活从来不会那么容易。门不会为你打开，给你自由；相反，你必须要靠自己翻越篱笆。

第二天下午，泰勒载着我们驶了很长很长的一段路。我听到了“家”这个词，但我可以肯定我们走错方向了，家其实在我们身后的那边。

我闻不到大奶猫的气味。早知道搜寻达奇的味道意味着会与大奶猫分开，我就把机会留着看其他路过的狗了，而不管达奇的诱惑有多大。我想念大奶猫，而且很担心它。没有我的照顾，不知道它会怎么样。

“你们两个在后面还好吗？”加文扭过头来问道。我和达奇尴尬地坐在后座上，座位不够大，坐不下我们两个。“天哪！泰勒，你看它，有多少条肋骨我都能数清楚了。怎么有人可以这么做？达奇这么胖，而它都快饿死了。”

“可能他比较喜欢公狗吧，这我可以认同。”泰勒笑着说。

“我没有开玩笑，他这是虐待动物。”

我和达奇最后达成了一个共识：当其中一个坐着的时候，另一个就躺下；如果感到不舒服了，就调换过来。开了这么长时间的车，我们来到了一个有硬地板和几个房间的大房子。其中一个房间的墙上有一个敞开的洞，里面装满了烧焦的木头，我仔细地闻了闻，但达奇忽略了它。房子里面有一个围着金属栅栏的宽敞的后院，那里没有雪和滑梯，只有草和一些别的植物。在干燥刺骨的风中，我闻到了狗和在远处的一只猫的味道，没有其他动物了。

泰勒把枕头和毯子放在地板上。我看明白了，那应该是我和达奇睡觉的地方。我们现在与泰勒和加文待在一起，就像当初我与约瑟和洛蕾塔待在一起一样。

我不明白人们为什么就不能让我自己找路回家。

第一次去大房子的时候，泰勒和加文坐在我旁边，跟我玩了一个我不懂的游戏。

“莫莉？卡莉？米茜？”他们这样问我。我不知道自己要做什么，摇了摇尾巴，寻思着只要集中精神，到最后可能会有奖励。

“黛西？克洛伊？贝利？布兰奇？”加文问道。

“布兰奇！你是认真的吗？”泰勒倒在沙发上，拿枕头按着他的脸。

“怎么了？”两个男人都笑了起来。

“谁会给自己的狗起名字叫布兰奇？”泰勒询问道。

“我妈妈以前的狗就叫布兰奇。”加文嘟囔着说。

“好吧，这能说明一切。”

“嘿！”这两个人扭打在一起了。我和达奇大眼瞪小眼了一会儿后转移了目光。很明显，他们忘记了要给我们奖励。

不过，他们后来又回到了游戏上。“这是最受欢迎的狗的名字的清单。”泰勒说道。他坐在桌子旁，用手指在玩具上弄出“咔嗒咔嗒”的响声，只是单纯地这样玩着。卢卡斯和妈妈也经常会这样，我又渴望回家和他们待在一起了。

“达奇这个名字在里面吗？”加文问道。

“嗯……好像不在。”泰勒回答道。

“所以那个家伙在给狗起名字时并没有看过这个清单，”加文猜测说，“我们可能会白费力气。”

“这些是最受欢迎的名字，意味着当人们起名字的时候，常常会想到这些。他们不需要看过这个清单，随口就能说出来。”泰勒说。

“好啦，开始吧。”

“好的。”泰勒专心地看着我说，“第一个，露西？”

我也看向了他。“露西”是一种零食吗？

“下一个。”加文说道。

“马克斯？”

“马克斯不是女生的名字。”

“那玛克辛呢？”

“噢，拜托。”加文不以为然地说，“这没什么区别。”

“你妈妈的狗不也叫布兰奇嘛！”泰勒冷冷地回答道。

“只有你才会喜欢随意的名字。”

“贝利？”

“我们叫过了。”

“贝拉？”

我抬起头。这是他们第一次说出我的名字。

“玛吉？”

“等一下，”加文说，“上一个，它好像有反应。”

“贝拉？”

他叫我的名字做什么？我打了个哈欠。

“贝拉？”加文叫道。

我转头看着他。

“太好了！”他跳了起来，“喔！它叫贝拉！是贝拉！”

我不由自主地也跟着跳了起来。当加文喊着我的名字围绕桌子跑来跑去的时候，我吠叫着追在他身后。达奇从它的狗床上看向我们，一脸厌恶的样子。

第二天，泰勒捣鼓了一下我的项圈。我一动，它就会叮当作响。“现在你们两个都有标签啦！”他对我们说。

从那一刻开始，我们就是贝拉和达奇，是与加文和泰勒住在一起的两条宠物狗，可我们两个都渴望回到真正的主人身边。

每到夜晚蜷缩入睡的时候，我就会想起大奶猫。我想知道它正在做什么，是不是也很想念我。我希望它不是在被郊狼攻击，希望它不会觉得冷。

我耐心地等待着回家的机会，想着可能会在路上遇到大奶猫。我被带出去散步很多次了，通常都是在晚上，每次都被皮带拉着。每当达奇小便做记号的时候，我就会礼貌性地嗅一嗅，可它做得太频繁了，所以最后我决定去嗅别的气味了。我们现在就在散步，加文牵着达奇，泰勒牵着我。加文说了我的名字："贝拉重了一点儿，好看多了。"

听到他的认可，我抬头看了看他。

"那个新编辑怎么样？"泰勒问道。

"我觉得很好，她喜欢我的稿子，不过这并不意味着我不需要做很多修改。"加文回答说。

"想不到你居然不生气。每次他们希望你修改的时候，你都会生气的。你是一位了不起的作家！"

他们沉默了一会儿。我能闻得出这附近有一只松鼠，一直对它保持警惕。

"需要多久？"加文终于平静地问了一句。

"什么？"

"我发现你每次出远门之前，都会问我关于书的事情，好像是在提醒我，你将要一个人去旅行。"

泰勒叹了口气："看起来大概需要两个星期。系统的兼容性不如我们想象的好，许多遗留代码必须重写。我的团队很优秀，但他们需要我在那里。"

"不管那是什么意思，我听到了两个星期。两个星期通常指的是四个星期。"

“我会想你的。”泰勒说道。

他们在一棵树下停下来，拥抱对方。我和达奇都感到很困惑，在他们周围打转，直到皮带扯得我们的鼻子撞到了一起。

几天之后，我学会了“手提箱”这个词。它指的是一个有手柄的箱子，里面装有泰勒的衣服。箱子摊开在地上的时候，我和达奇过去嗅了嗅。我知道达奇那时候是在想到底要不要抬起腿在箱子上面小便，因为上面明显沾有户外的味道。它最后决定只留下一个模糊的记号——一点点那两个男人都没有注意到的尿液。

加文和泰勒一起离开，之后只有加文独自回来。有些规矩变了，他允许我们在床上睡觉了！我睡在加文旁边。如果加文坚持的话，达奇也会爬到床上，但这样会让它感到不自在，总是在夜里跳下床。

达奇很忧伤，它花费很多时间去嗅门底下的缝隙，边嗅边叹息。它不太喜欢跟我玩。加文有时候会坐在地板上，双臂环抱着它。“你还好吗，大家伙？你会变得开心起来吗？”他会这样轻轻地问。每当加文这样做的时候，我能感觉到达奇心中的痛苦减缓了一点儿。加文是在给达奇提供安慰。

他还会给我们玩具，有发出“吱吱”响声的玩具、柔软的玩具、骨头玩具和球。从加文给我们的鸡肉奖励到我和达奇撕烂的柔软玩具，这一切都让我想起了卢卡斯。加文很善良，可他不是我的主人。

后来泰勒回家了，他还带回了零食！“哇，贝拉，你胖了！”他给我一块耐嚼的肉时，开心地对我说。“你看起来不错，达奇，还是有那么一点儿……圆圆的。”

“我不能只给贝拉食物而不给达奇，这样不公平。”加文辩解道。

两个人都在家了之后，我们经常去散步了。

“我觉得在我们去中国之前，应该最后去一次山上的小木屋。”泰勒在一次散步时这样说。

“上面还有积雪呢，我还是比较喜欢夏天去。”加文回答道。

“你会掌握越野滑雪的诀窍的，只需多加练习。”

“我不想掌握那些诀窍。”

“它们会吃了你？”泰勒问道。

“你打算什么时候告诉我你和高山救援的人打听了它们的主人？我看到语音邮箱里有一条消息。”

两个人都安静了。我和达奇朝远处一只吠叫的狗那边望去。达奇的反应是在一根柱子上小便做记号。

“他们留下他的名字了吗？”泰勒终于开口问道。

“没有，她只是说她知道你想要他的联系方式，但她需要知道原因。泰勒，我也想知道为什么。”

“因为它们不是我们的宠物啊！我们必须还回去。”

“如果他想要回这两条狗，不应该早就给我们打电话了吗？”加文问道。

“我不知道他为什么没有打电话，这正是我想问他的问题。你这是在否认整件事情，我们不能留着这两条狗。”

加文突然转身，而达奇小跑着跟了上去，疑惑地往回看我和泰勒。我们被扔下了。我坐了下来，不知道发生了什么。

“加文！”泰勒大喊道。

加文继续走路，没有停下。

不久之后，他们把一些东西放到车里，然后开到了小木屋。我立刻就知道我们是在哪儿了。从雪里挖出那个人之后，我们就是在这间狭小的屋子里一起吃了第一顿饭。我们到达时，达奇激动得发抖，但在院子里跑来跑去之后，它突然平静了下来。当然，它在好几个地方都做了记号，只是没那么兴奋了。它知道了自己的主人不在这里。

到了小木屋，就离卢卡斯更近了，我能感觉到这一点。我在篱笆四周嗅了嗅，想找一座滑梯，但是找不到。篱笆又太高了，我跳不出去。

在小木屋的第一个晚上，就在男人们睡觉之前，他们把我和达奇放到后院去大小便。达奇抬起腿小便了好多次，而我蹲下小便一次之后，就走到了篱笆的拐角处举高鼻子，因为闻到一股熟悉的味道而兴奋不已——大奶猫就在附近。

我满心期待地等着，但它并没有走近。后来，我想起了猫妈妈是如何走近卢卡斯，却从来不愿意被触碰到的。于是我明白了，在距离人类这么近的情况下，它是不会过来看我的。连大奶猫这样大只的猫都害怕人类，这大概就是一些猫的本性吧。

当我们回到屋里的时候，我和达奇都感觉到有让加文愈加担忧的事情发生了。达奇走过去关心加文，加文抚摩了它的耳朵。“我没事，达奇，”他低声咕哝道，“泰勒在跟你们的主人讲话。”

泰勒手里拿着手机。讲完电话之后，他走了出来，递给加文一杯闻起来很刺鼻的水。

“怎么样了？”加文问道。

“丘奇接不了电话，我跟他妹妹谈了。”泰勒回答道。

“等下，丘奇？”

“我猜这是他的名字。”

“和‘教堂’同音？”

“是的。”

“那是怎么拼的，”加文问道，“是 C-H-U-R-C-H 吗？”

“好了，我能感觉到英语专业的你对这个名字的纠结，但我没有说错，那就是他的名字。还有，开头字母是 K。”

“丘奇。”

“我知道是丘奇，加文。”

“我不敢相信我们居然要把我们的狗交给一个叫丘奇的人。”

“我们的狗？不过确实……那应该是历史上最蠢的名字了。”

“丘奇的妹妹说了什么？喔，她叫什么名字，穆克[1]？科帕索[2]？”

“不是。你准备好了吗？她叫苏珊。”

“他们的父母给儿子起名叫丘奇，给女儿起名叫苏珊？”

“不过，那家伙还挺厉害的，”泰勒继续说，“我猜他身体里的每一根骨头都摔断了，正在服用止痛药。他妹妹听到我们打电话的原因之后很惊讶，她甚至不知道他有养狗。”

“他们真亲密呵。”

“我能感觉到，她把丘奇看成一个负担，而不是福赐。”

“可能是拼作 K-I-R-S-C-H。”加文略带希望地说。

“不可能，我表示疑问的时候，她是那样拼的。”

“可能她并不知道怎么拼。”

“你说得有道理。”泰勒回答道，表示同意。

“那我们什么时候带它们走？”

“我告诉她我们下个星期把它们送回去。”

“我会想念它们的，泰勒。这将是我做过的最令我难过的事情。”

“我理解，可它们不是我们的宠物。”

“也许他会卖给我们呢。”

“这不是个好主意，”泰勒温柔地说道，“我们去中国之后它们怎么办？”

达奇发出一种只有非常无聊的狗才会发出的呻吟声，让我意识到我是多么疲惫了，然后我在自己的床上蜷缩了起来。

“我们可以找个地方将它们运过去。”加文说。

“送过去六个月？你真的会这样做吗？”

“不会，你说得对。我只是……我看得出，达奇好不容易才开始接受我们。你不知道你离开时，它有多么想你。”

---

[1] 与“淤泥”同音。

[2] 与“血细胞”同音。

“你没有让它爬上床，对吧？”泰勒问道。

“当然没有，不过我让另一条狗上去了。”加文感叹说，“好吧，那就送它们走吧，只能这样做了。下个星期二怎么样？”

“星期二，可以。”

“星期二，贝拉。”加文用一种愉快却透露着悲伤的语调说，“我们要把你送回到主人身边了！”

生活发生了一些变化，有些规则不一样了。泰勒不想让狗躺在沙发上，可是加文喜欢。我们发现，当加文独自在家时，我们随时可以坐在沙发上，但如果泰勒也在，他会拍手大喊“下来”。我知道他的意思是让我们马上跳下沙发，可达奇总是不相信，继续躺在上面直到泰勒将它拖到地板上。然后，达奇会慢悠悠地朝已经躺在狗床上的我走来，委屈地嗅嗅我，最后发出一种夸张的呻吟声并躺下。

当我们躺在沙发上正好被外出回来的泰勒撞见时，我总是会内疚地愣住，但总是在他命令我们下去之后，才会攒够能量跳下去。

但后来情况又不同了。泰勒和加文一起坐在沙发上，泰勒拍拍他旁边的垫子呼唤达奇。达奇轻轻地走过去，毫不犹豫地跳上沙发躺下去，把头放在泰勒的大腿上。它看起来并不明白这是规矩上的一个巨大逆转。

“过来，贝拉，你也上来。”加文说，“快来！贝拉，快过来！”

真的可以吗？

我成功蜷缩到了泰勒旁边的沙发上，虽然有点儿挤。我想知道我们现在是在干什么。

从他们抚摩我的方式当中，我能感觉到他们两个都很伤心。

“这将是我做过的最令我难过的事。”加文叹息道。

“我们都清楚，照顾这些狗只是暂时的。”

“我不想承认这个事实。”

“它们想念自己的主人，”泰勒轻声说，“也许是吧，特别是达奇。它们只想回到丘奇身边。”

听到这句话，达奇眨了眨眼睛，好像听懂了些什么我没有理解的重要信息。

“我明白。”加文说道。

“我可以推迟几天出差。”

“这很贴心，但我知道你要尽快到西雅图。我会没事的。”

“回到家没有这两条大狗欢迎，我不习惯。”泰勒说。

“我总觉得心里空落落的。幸好我们快要去中国了，换个环境，或许不会太过思念它们。”

还有些事情变得完全不一样了。一天晚上，泰勒居然呼唤我们到床上跟他们两个待在一起。我们尝试着入睡，但是太热了，上去不久之后就跳了下来。

人类很难理解，他们定下规矩却又改变规矩。我很高兴我们现在可以睡在沙发上，希望我们这样做不会让加文和泰勒太伤心。

第二天早上，泰勒拖着他的箱子离开了。加文喂给我们一份加了培根的早餐，然后牵我们出去散步，走了很远。达奇到处小便做记号，而加文总是不紧不慢地等着。那是我们最悠闲的一次散步。

加文很伤心。我希望他能够躺下，这样我才可以依偎在他身边履行我的职责，给他安慰。但是他没有躺下，他先是走向沙发上的达奇，然后走向狗床里的我，给了我们一个紧紧的拥抱，好久都不放开。“我会很想念、很想念你的。”他轻声对我说。我摇摇尾巴，舔了舔他湿湿的、咸咸的脸。我不明白人类行为上的这一切变化到底意味着什么，但总觉得有不好的事要发生了。

“好了，大家伙们，是时候要出发了。”加文感叹道。

要坐车了！达奇坐在前面，我坐在后面。加文在车窗上方给我们留了点儿空间，这样我们就可以把鼻子凑到风中。达奇和我轮流打喷嚏，加文一只手不停地抚摩达奇。

达奇突然挺直腰身。我看了它一眼，能感觉到它在慢慢变得兴奋，但一点儿也不明白是为什么。它打了个哈欠，稍微有点儿喘息；当加文向它伸手时，它舔了舔加文的手指。达奇在座位上跳来跳去，紧紧地盯着窗外，像看见了松鼠一样兴奋。我什么也没看见，但因为它的警觉而变得警觉起来。

“是的，大家伙们，你们快到家了。”加文伤感地对我们说。

车停下的时候，达奇抓着车窗发出低沉、兴奋的叫声。显然，它认为有事要发生了，可我什么也不知道。当加文伸手到对面开车门让它出去时，它径直跑到了一间小房子的门前。加文过来给我开门时，我跳下车，伸个懒腰，甩了甩身体。

我们来到了一个陌生的地方。院子里有几台机器，停在干巴巴的地面上。地上的泥土混杂着废纸和塑料罐。我饶有兴趣地嗅了嗅，发现其中几个罐子里面是甜的。加文站了一会儿，我蹲着看达奇，它正摇摆着尾巴在门前踱动。

“破烂不堪。”加文嘀咕道。

我跟着他走到门前，达奇正激动不已地等待着。我们这是在哪里？我们要在这里做什么？加文敲了敲木门，然后等待回应。达奇把一只爪子放到加文的膝盖上。“不用担心，达奇。”加文安慰道。他又敲了敲门。“有人吗？”他喊道。

他把门稍微推开了一点儿：“丘奇？你在吗？”

“在里面！”一个男人在屋内的某个地方大喊道。

达奇用鼻子把门推开，穿过我们身边，跑到房子里面去了。“你到家了，贝拉。”加文对我说。

“啊，天哪！达奇，下去！”一个男人的喊声从里面的走廊传出来。

屋子里面黑漆漆的，袜子、衬衫、纸巾和残余食物的盒子散落在地板和家具上。我好奇地嗅了起来。加文走向达奇跑过的方向，我也跟着走过去。

“丘奇？你在里面吗？”加文问道。

“你能不能把这该死的狗从我身上拉开？”

房子里屋的床上躺着一个男人。他穿着一条又厚又硬的白裤子，一只胳膊和半边胸膛裹在同一块硬质材料里，其中一只手被白布缠绕着。达奇正压在他身上摇摆着尾巴舔他。虽然他浑身散发着汗酸味，但我还是能确定我以前见过他。

“达奇，下来！”加文命令道。

达奇极不情愿地回到地面上。显然他认为泰勒规矩的改变对我们遇到的每一张床都适用。

“我的天哪，这愚蠢的狗！”男人说，“是想把我送回医院吗？”

达奇乖乖坐好，全神贯注地看着汗酸味的男人。

加文环顾四周。“我是加文。”他终于开口了。椅子上的盘子里放着一块吃了一半的三明治。我走过去嗅了嗅，想知道这间陌生屋子里的规矩允不允许我稍微啃一点点。“我跟你妹妹谈过了。”

“我知道，她说你可能会过来。”男人咕哝着回答道。

“是我和伙伴把你……挖出来的。”

“我一点儿也记不起来了。”男人挥了挥他被白布缠绕的手。

“哦，好吧。很高兴见到你，我们当时都不确定你能不能活过来。”

“是啊，当然，我险些就死了，全身十一处该死的骨折。我的浑蛋妹妹昨晚对我说‘我想透口气’，就这样走出了这扇门。这算什么家人？说

得好像我可以照顾自己一样！”

达奇还坐着，认真地看着床上的男人。我像它那样认真地看着那块三明治。

“听到你的处境，我感到很遗憾。”过了一会儿，加文说。

“她只会为自己考虑。”

“哦，这样啊……”

两个人安静了一会儿。我最后放弃了对三明治的非分之想，躺在地板上，叹了口气。

“不管怎样，我把你的两条狗带来了。”

“是啊。你好，达奇。”男人垂下那只被缠绕白布的手，放在达奇的头上。达奇歪过头去由他抚摩，半闭着眼睛。那一刻，我更想念卢卡斯了，那是我在很长一段时间里最想念他的一次。我慢慢将自己的身体缩回，想要离开那里，回到山上，找到小径，然后回家。“等下，”男人突然说，“你说两条狗，两条？”

“是的，我说我把你的两条狗都带来了。”加文平静地说。我能听出他的语调越来越不耐烦了。

“那条不是我的。”

加文看了看我，我也看向了他。是要坐车了？然后他又转头看向那个男人。“不是你的？”他吃惊地说道。

“没错，我从来没见过它。”那个人淡淡地说。

“可是……我们找到你的时候，贝拉是和达奇在一起的。它们两个都在挖雪救你。我们看到它们才发现你的。”

“嗯……这个，肯定是个巧合。”男人耸了耸肩，赶紧又收了回去。

“是个什么？是个巧合？所以，贝拉真的不是你的？”

多次听见自己的名字，我稍微摇了摇尾巴，满怀希望地瞥了一眼那块三明治。

“不是。”

他们沉默了许久。

“我想不明白，”加文说，“我以为我送回来的两条狗都是你的。我们从来没想过它们的主人不是同一个人。”

“送回来？你什么意思，送回来？”男人问道。

加文眨了眨眼睛：“是的……我们……你的意思是不希望你的宠物回到你身边吗？”

“我现在这个样子，看起来可以照料一条成百磅重的狗吗？我连自己都喂不了，去厕所小便都要花一个小时。”

“你的意思是？”

“我的意思是我现在没办法留达奇在家，抱歉。”

“抱歉？你觉得抱歉？达奇可是你的宠物。”

“我的半个身体都上着石膏，你看不出来吗？我才经历了该死的雪崩。”

“那是因为你踏进了禁区！到处都是标牌，看不到吗？”加文大喊道。我走过去蹭了蹭他的手。

“算了，都怪我受伤。没有一个人关心我。我下个月就要去和哥哥还有他那刻薄的妻子一起生活，你想象不到那是什么样的日子。他们住在俄克拉荷马州，每到星期天都要去教堂做无聊的礼拜。如果我说‘我不去，没看到我受伤的样子吗’，我的亲哥哥肯定就会赶我走，他就是这么无情。”

“你是想告诉我，”加文用粗重、愤怒的声音说，“你拒绝承担责任？”

“拜托，你才是想把两条大狗甩给我的人。”

“我们要去中国六个月，照顾不了达奇。达奇是你的宠物。我会想办法安置贝拉，而达奇很明显是属于这里的，它应该和你在一起。”

男人叹了口气。达奇搔了搔耳朵背后的毛发，突然注意到了三明治。它先是看了看我，然后看向床上的人，最后看了看加文。从它的表情当中我可以看出来，它因为想吃椅子上的三明治而认为自己不听话，但总的来说我不知道它在想什么，也不知道发生了什么事。我只知道，加文和男人的谈话越来越激烈，他们语调紧张，汗水都从皮肤上渗出来了。

“因为要去中国而不能带走达奇，这个说法有点儿牵强，你不觉得吗？在我看来，无论你带着贝拉做什么，都可以带着达奇一起。”男人冷笑道。

加文的心情逐渐恢复平静：“我之前说不了解你，现在不一样了，我完完全全看透你了，丘奇。走吧，贝拉。达奇，走。”

达奇盯着加文看，已经忘记了三明治这回事，然后它又看了看床上的男人。

“走吧，达奇，赶紧离开这里。你让我觉得内疚了，虽然这不是我的错。走吧！”男人厉声说道。

我跟着加文穿过大厅走到门外，达奇远远地跟在我们后面。它不停地回头看向大厅那一边，它想待在这个破旧的、黑漆漆的地方。床上那个愤怒的男人虽然是达奇的主人，但是他已经崩溃了，不再爱达奇。

达奇有点儿不知所措。我们上车之后，加文用手臂环抱着达奇。我嗅到了加文脸颊上的泪水，可是我坐在后座，没办法上前安慰他。

“我很抱歉，达奇，这太残酷了。但我可以保证爱你，我和泰勒从此就是你的家人，我们会照顾你的。”加文从口袋里掏出一块布擦脸。他的手从座位上方伸过来，我舔了舔。“你也是，贝拉。我爱你，我们从此就是一家人了。”

达奇没有像之前在路上那样把鼻子伸出窗外了。

那晚，我和达奇陪着加文坐在沙发上，加文正拿着手机讲话。我们从有一块三明治的奇怪房子回来之后，达奇就频繁地用鼻子蹭加文的手，而加文每次都会抚摩它，对它说些安慰的话。

“简直糟透了，那家伙是个十足的浑蛋。”加文说。他又生气了。“他一点儿也不关心达奇，像对待狗屎一样对待自己的宠物。他的表现能把我们将他从雪中挖出来的热情扑灭掉。我想告诉你，我在重新考虑旅游

的事。如果我们等到春天，对大家都有好处。”加文挠着达奇的耳朵。“不是，这真的很奇怪。不知道贝拉当时在那里做什么。如果是上天派它去的，那真是白白浪费了一个奇迹。”

听到自己的名字，我懒洋洋地看向他。

“我们当然还要去中国。不是我不想去，只是我不知道怎么安置这两条狗。相信你也知道，我正在想办法。”

加文安静了好久。

“谢谢你！”他的声音微微发颤，“我很感激你能这么说，泰勒。我知道这件事情对你来说或许比我更困难，而你却愿意做任何我想做的事……对我来说，这就足够了。我爱你。”

过了一会儿，加文放下手机。他用口袋里的同一块布擦了擦湿润的眼睛。“好了，大家伙们，现在我们手上有个问题需要解决。”他对我们说。

第二天早上，达奇从床上跳下去，以一种异于寻常的热情跑到门边。它努力克制住自己，让加文为它扣上皮带。它推开门冲出去，把我和加文也一起拖到了车旁边。

“不是的，达奇。我们是去散步，不用开车。我们不会再去那个破旧不堪的地方了。”

我们漫步在人行道上，达奇小心翼翼地在其他狗的记号上做记号。就在前面，我看到了一只猫！它是只笨重的黑色母猫，正慢悠悠地走过前院。我想上前认识它，所以拉紧了皮带，而这引起了达奇的注意。

猫和达奇几乎同时看到对方。加文蹲下来用塑料袋清理达奇留在院子里的大便。达奇猛冲向前去看那只猫，我跟了上去。

“嘿！”加文跌跌撞撞地喊道，“停下，不要跑！”

我知道那个词是什么意思。我停了下来，看向加文，想知道自己做错了什么。然而达奇太过专注于猫，没有听到命令。加文突然跌倒，拉紧了我的皮带，放开了达奇的皮带。

达奇追在猫后面，而我乖乖坐好了。“达奇，别跑！”加文喊道。

猫愣住了，眼看着达奇就要咬向它。我以为它会拱起背部，用爪子抓达奇的鼻子，但是它没有，反而突然蹿上一棵树，抓着树干像松鼠一样飞快地爬上树枝。

我只见过大奶猫爬树，还以为它是唯一一只会爬树的猫。达奇比我更困惑，它走到那棵树下，用前爪抓着树干站起，抬头往上吠叫。

我很乖，没有吠叫。“过来，贝拉，真乖。”加文表扬道。虽然他口袋里有一袋零食，但是他并没有给我一点儿食物当作奖励。

达奇盯着猫，猫也盯着它。“达奇，回来！”加文大喊。

达奇朝我们看过来，它浑身充满了野性，除了捕捉猫，好像什么也不记得了。

“过来，达奇！”

然后它的神情又发生了变化。我看见它歪下耳朵，眼睛眯成一条缝，在思考着些什么。

“达奇！”加文用警告的语气重复道。

达奇转身走了。它这样很不乖！

“回来，达奇！你快回来！”加文吆喝道。

达奇跑了起来。

加文急匆匆将我带回家。我们跳进了车里，这次我坐在前面。他把我身旁的车窗打开了一点儿，我探出头，呼吸着窗外的各种气味。

加文把他自己那边的车窗也打开了。“达奇！达奇！”他大喊道。

我们在街上驶来驶去。我丝毫没明白这是什么游戏。有时候，我们

明显是跟在达奇后面，但有时候又走在与它的味道完全相反的方向上。加文愁眉苦脸的。“我知道你永远不会像这样跑掉的，贝拉。”他对我说。我摇了摇尾巴。

我忍着不叫，但加文非常着急。达奇太调皮了，当车几乎开到它味道最浓郁的地方时，我再也克制不住自己，朝车窗外大声吠叫起来。汽车一个急转弯把我往座位后压，就停下了。周围房屋林立，达奇就在不远处！“找到你了。”加文如释重负地说道。

达奇就在我们眼前，它拖着身上的皮带一路小跑，埋头向前，尾巴也垂了下来。我立刻明白了，它是想回家，想回到那间黑漆漆的房子里，房子里面有三明治和穿厚重裤子的男人。

达奇嗅到我的味道，把头抬了起来。加文把车开到它的身边。“达奇！”他厉声说道。

车停了。达奇坐在地上，尾巴尖轻轻挥动，眼睛眨得很快。加文走下车。“过来这里，达奇。”他轻声说。

达奇几乎像爬行一样缓缓地走过来，样子看起来像是觉得自己是世界上最坏的狗。

“现在我才是你的家人，达奇。你明白吗？”加文蹲跪着，用双手环抱住达奇，“那里不再是你的家了，你现在和我们住在一起，你、我、泰勒和贝拉，现在是一家人。”

他抱着达奇晃了晃，我知道他在做什么——他是在安慰达奇。

在接下来的几天里，加文对我们更加关注了。他给了我们许多零食，还常常拥抱我们。渐渐地，达奇似乎没有那么悲伤了。

“我觉得它在慢慢适应，”加文对着我说，但他的脸被手机挡住了。我摇了摇尾巴。“在和我一起回到车上时，它好像知道自己是在做一个选择。不管结果是好是坏，它们现在是我们的宠物了，泰勒。”加文安静了一会儿，然后笑了。“好的，不过仔细想想，如果它们把沙发磨坏了，你

就可以买一套新的，到时你肯定又想买新的椅子和咖啡桌。不要假装你不喜欢这个点子！”他又安静了一会儿，脚揉在躺在沙发另一端的达奇身上。达奇惬意地呻吟了一声。

“是的，对于去中国旅游的事，我已经认真想过了。现在有一个办法，但在告诉你之前，你能保证不生气吗？好的，”加文深深地吸了一口气，“你觉得把它们交给希尔维亚怎么样？”

加文沉默了好长好长一段时间才又开始说话。“你说得对，我同意你的说法，可是我们还有其他选择吗？我不忍心把它们送到养狗场寄养半年。”他又安静了一会儿。“慢着，慢着，你反对把狗送到我妈妈家是因为你不喜欢她家的装修，你是认真的吗？”加文大笑了起来。“噢，说起丘奇这个家伙，他家的院子里有一辆雪橇和一台割草机，天知道还放有些什么东西。他的房间简直就是个猪圈。真的。好吧，不是虐待动物，不过差不多。好的，我知道了，我会尝试不去计较这件事。所以，你是怎么想的呢？不，这不是个十全十美的办法，但在这种情况下，十全十美不如实际一点儿。谢谢你，泰勒。我明天就给我妈妈打电话，我也爱你，再见。”

加文放下手机，我打了个哈欠。

“好了，大家伙们，”他对我们说，“生活很快就会变得非常有趣。”

几天之后，泰勒拎着手提箱回来了。他和加文开车载我们驶了好长的一段路。待在车里太久，我和达奇都厌倦了闻窗外的气味，后来泰勒把车窗关起来，我和达奇便在后座挨着躺下了。

过了一会儿，我感觉到了一种变化，猛地站起来。自从人们开始把我从卢卡斯身边带走，我不仅能感觉到卢卡斯在哪里，还能辨认出我们居住的城镇。家那边的气味和气味汇聚在一起，最后在风中形成一股独特的味道，这就是我的辨认标记，它与其他单独的气味或城镇的气味闻起来都不一样。但是现在，不管我们是去哪里，都已经足够遥远。家乡的味道已经变得非常微弱，很快就会无法察觉——我闻不到家乡的味道了。

空气干燥又多尘，我闻到了大型动物和开阔水域的气味，但也只能闻到这些了。我不知道在这里能不能找到回家的路。

他们把车停下，带我们去大小便。泰勒牵着我，加文牵着达奇。

“我不喜欢这个地方。”泰勒对加文说。

“这是你整个过程都会不开心的预兆吗？”加文问道。

“法明顿市的产业是什么来着？化肥？”

“主要是煤炭和天然气。这座城市有它自己的魅力，你会喜欢这里的河流的。”加文说。

“魅力，这正是我想要看到的东西。”

我们都回到了车里。我虽然喜欢坐车，但是希望现在就能返回他们的家或者小木屋。

“好吧，”泰勒冷冷地说，“我们去找希尔维亚吧。”

在路上，泰勒和加文变得焦虑起来，他们互相触碰、互相安慰。受他们情绪的影响，我和达奇在后面蜷缩起来，鼻子对着车窗。

终于，汽车停了下来。我们在一个几乎只有水泥的空荡荡的前院下车。达奇在它找到的一片小树叶上做了记号。门开了，一个女人站在门口。

“嘿，妈妈。”加文对她打招呼。我看着他，想知道他为什么会说出“妈妈”的名字。人类总是这样随意地提起他人，而我们狗是永远不会明白的。加文和泰勒时不时也会谈及杜德，那个喂我咸咸的肉并且带我坐车的男孩儿。加文走到门口吻了那个女人的脸，达奇走在他身后，我也跟了过去。

“你好，希尔维亚。”泰勒在车后面大声说。他正在拿他的手提箱，看来他真的很喜欢把那个东西带在身边。

“好久不见了，孩子们。”女人咳嗽着说。她叫希尔维亚，和一只名叫克洛伊的母猫生活在一起。房子里面闻起来是干燥的烟熏味，窗户几乎都被“毯子”遮住了，所以屋子里面非常昏暗。达奇四处嗅了嗅，因为闻到猫的味道而兴奋不已。我们后来才知道那只猫的名字。

后院围着木板制成的高栅栏，地面上什么植物也没有——除了栅栏另一边稀稀疏疏地长着一些干涸的灌木和草。里面大部分面积被一个装满清水的小池塘占据了，人们总是称这样的地方为“游泳池”，可里面的水味道刺鼻、口感强烈。就是在后院，我们第一次遇见了那只猫。

达奇对克洛伊极其感兴趣，一看见它就绷紧身上的皮带放声吠叫。可加文和泰勒都非常大声地说“不可以”，之后达奇就退缩回来，垂下了耳朵。

“你不能欺负克洛伊。”加文厉声说道，“不可以，达奇。”

我觉得，让达奇感到困惑的是，当有只猫需要追捕时，它却被制止了。

克洛伊弓起身体，紧闭嘴巴，正盯着达奇看。它尾巴上蓬起来的毛显得尾巴很粗大。

有些猫喜欢玩耍，有些猫不喜欢，而克洛伊属于不喜欢玩耍的这一类型，所以我决定不理会它。

“克洛伊自己会小心的，它不像麦克。但如果它生了自己的小猫，你的狗最好收敛一点儿。”希尔维亚懊恼地说。她说话的时候嘴里有烟冒出来，后来我才知道她手里燃烧着的东西叫“香烟”。

他们坐在游泳池旁边的椅子上。希尔维亚用一个高高的、装满冰块的瓶子喝了起来，而泰勒和加文手里拿的是装着黑色液体的玻璃杯。它们散发出来相似的气味。

“慢着，你说的是‘不像麦克’？”泰勒问，“麦克？”

“我用吸尘器打扫床底时，发现它躲在里面。”希尔维亚说。

“我好像错过了些什么，”泰勒说，“麦克难道不是你的男朋友吗？”

“不是，我指的是另一只猫，也叫麦克。麦克这个人已经不在了……他被车撞了。”希尔维亚挥动着香烟断然地说。

“什么？”泰勒脱口而出，声音听起来很哀伤。

“不会的，我知道叫麦克的猫是怎么回事。”加文笑了，“我指的是你跟麦克的关系，你们在商量结婚了吧？”

“他喜欢喝酒。”希尔维亚说，然后喝了一大口手里的东西。泰勒和加文交换了一下眼色。“我指的是酗酒，他变得很自私。”

达奇发出一声呻吟，躺了下来。克洛伊就坐在我们面前舔爪子，这让达奇感到很苦恼。

“我们真的很感谢你能照顾贝拉和达奇，希尔维亚。”他们停顿了很长时间之后，泰勒说。我和达奇听到自己的名字，都看了他们一眼。克洛伊特立独行，高傲地走开了。

“我无所谓，可能会更糟糕。还记得你妹妹带回来的那群黑帮摩托党吗？”希尔维亚问加文。

“还不知道他们到底是不是黑帮。”加文温和地说道。

“总之她男朋友搬进来了。”希尔维亚对泰勒说，“不过只是暂时的，因为他的活动房屋爆炸了。爆炸了也好，这样就能销毁所有的证据。跟他在一起的还有他的表弟，其他人我不认识，身上都布满了文身。麦克猫那段时间都吓坏了，一直躲在床底。必要的时候，我不得不撒谎说警察往这里打过电话。之后他们就离开了。你妹妹半年都没有跟我联系，直到后来她在加拿大的某个地方打电话回来，问我她是不是收养来的。”

泰勒站了起来：“还有人需要提神饮品吗？”

“我是这样认为的，妈妈，至少他们其中一个人有摩托车，你才能断定他们是摩托党吧。”加文一边伸出杯子一边说。

“不管怎样，”希尔维亚耸耸肩，“我不会说西班牙语。”

第二天早上刚刚天亮，泰勒和加文就起床了。看见他们把手提箱放进车里，我就知道他们是要离开。但是他们没有直接走，而是先和我们一起坐在游泳池旁边。

“大家伙们，我知道你们会很难受，但我们只是暂时离开。只需要半年时间，我们会非常非常想念你们的，”泰勒对我们说，“等到秋天我们就回来了。”

“我爱你们。”加文在我们身边低声说。他双臂环抱达奇，达奇靠进了他的怀里。

我听不懂这些话，但他们的语调使我想起了最后一次见到卢卡斯的情景，我突然意识到正在发生什么。两个男人都吻了我，抚摩我，而且加文在抽泣。当他们走到门口时，他们把达奇挡在屋内，不让达奇跟着。

我没有走上前去，因为我知道他们是不会带我们一起坐车的。

汽车开走之后，声音就逐渐变得微弱了。达奇吠叫着，伸出爪子抓木门。我能感觉到它的痛苦，只是我已经明白了人类并不如狗值得信赖。他们会去一些地方，有时需要很长一段时间，有时会将他们的宠物狗托付给其他人照顾。达奇可以尽情地抓门，尽情地吠叫，但这样并不能把加文和泰勒唤回来。如果它想留在加文和泰勒身边，可以自己去寻找他们，就像现在的我想方设法回到卢卡斯身边一样。

我想起达奇看见猫时险些把加文拉倒的情形，想起加文是如何放开了皮带。希尔维亚比加文娇小得多，当她把达奇的脑袋从放在附近椅子上的一盘食物中推开时，她几乎推不动它。我知道，如果我们跟她出去散步，只要我拉紧皮带，就能轻而易举地将皮带从她手里挣脱出去，这样我就自由了。

我感觉不到卢卡斯，但我能感觉到加文和泰勒走的方向。我会沿着那个方向走下去，直到能闻到家乡的那股气息，然后寻着气息找回家的路。

只要等到下一次散步——希尔维亚一带我们出去散步，我就回家。

可是，希尔维亚一直不带我们去散步。我们在后院的栅栏边大小便，也不可以离开院子。达奇似乎并不介意，大多数时候它都是坐在门口，

耐心地等待着。它不是像哨兵站岗一样站着，就是在木桌子的椭圆形影子里躺着，小苍蝇在它嘴边乱飞。

不能出去散步，又没有滑梯，我不知道该怎么办了。我感觉自己很糟糕。我应该回家去的，可我不确定要怎么做。

希尔维亚喜欢每天都躺在游泳池旁边，在阳光下休息。她会在那里吸烟、打电话、喝酒。在遮阳棚的阴影下，我有自己的地盘。克洛伊很少在炎热的天气下露面，就算它出现了，也会完全忽视达奇的存在。我注意到它在池边轻快地走动时，越来越频繁地盯着我看，但我没有理会它。最后它走到我面前嗅我的脸，我一点儿也不感到意外。我摇了摇尾巴，但不想跟它玩耍。达奇密切关注克洛伊，但当它在椅子底下堵住克洛伊的时候，却被克洛伊用爪子抓了鼻子。它似乎对此很惊讶。达奇显然不明白，虽然我们两个的体形都比猫更有优势，但最好还是不要去招惹它们。

等到太阳从天际滑落，希尔维亚就会醒来，把我们带进屋内。她不会叫克洛伊进屋，因为它总是走来走去的，不会像狗一样顺从，但只要它愿意，在门边自以为是地“喵喵”叫几声就可以进去了。

很少有客人来拜访希尔维亚。我们见到的第一个来访者是一个男人，他又矮又笨重，闻起来像腐烂的食物一样刺鼻，身上的烟味比希尔维亚身上的还要浓烈。

“嗨，亲爱的。”男人拿着一束花，低声温柔地说道。我们后来才知道他叫麦克。

鲜花摆在桌上的一个瓶子里，整间屋子都充满了芳香。他们两个人在日落之前就上床睡觉了。希尔维亚忘了喂我们。达奇在厨房里踱来踱去，到处嗅地板，一遍又一遍地检查它自己的碗，而我蜷起身子睡下了。我以前也是挨过饿的。我感觉到达奇用鼻子蹭我，我摇了摇尾巴，但是没有办法让它知道，一切都会恢复正常。

达奇是我的同伴，我知道它现在很苦恼。它想念加文和泰勒，它现

在很饿，它想不明白为什么我们要跟希尔维亚住在一起，它讨厌与猫待在同一个后院。

麦克和希尔维亚喜欢大吵大闹。我和达奇都被他们的声音透露出来的愤怒震慑到了。在他们争吵的时候，我和达奇只敢互相嗅一嗅、走来走去，不一会儿都打起了哈欠。

有一次，希尔维亚拿起杯子砸向墙壁，我们尤为害怕。伴随着一声响亮的杯子破碎声，刺鼻的气味顺着墙散落下来，闻起来是希尔维亚常常散发的味道。我们低下头，感觉像是做错了什么事情，而克洛伊沿着后院的过道走开了。

“你说你会付钱的！”希尔维亚大喊道。

“没有钱我怎么付，你个蠢货。”

“你骗我！”

“闭嘴吧！你总是这样胡说八道，你自己也是知道的，希尔维亚。你就是喜欢不停地动嘴皮子。”

“所以现在会怎么样，他们会派人来收回我的车吗？”希尔维亚把手放在臀部说。

“他们不会收回那破烂玩意儿的。”麦克轻蔑地说道。

我记得以前有一个男人到家里拜访妈妈，被生气的妈妈打了一顿，最后爬着出去。这是一场比那次更加激烈的争吵。我不知道希尔维亚会不会打伤麦克，然后让他离开。然而麦克先举起拳头从地板上走过。一阵沉闷的声响过后，希尔维亚喘息了起来。她大叫着被麦克推撞到桌子上，打翻了已经枯萎的花，发臭的水从桌子上倾泻而下，淋湿了地毯。

我知道如果想要表现得好，就不能吠叫。可达奇对这一切都太困惑了，呜咽着叫了起来。麦克抓住了希尔维亚的手臂，就像爬走的男人抓住妈妈一样。“住手！”她尖叫道。

希尔维亚的痛苦和麦克的愤怒刺激了我，我也叫了起来。达奇叫得

更凶猛了，直接朝麦克的裤子边缘咬去。麦克放开希尔维亚往后退，碰倒了一张椅子。我和达奇继续叫着。

“我的天哪，快把那该死的狗给我赶走！”

“来啊，来打我啊！”希尔维亚嘲弄道。

“你知道吗，我用不着出手打你，你什么都不是。”

我和达奇都不习惯恐吓人类，现在不知道该怎么办了。我们停了下来，但是达奇很紧张，咧着嘴露出了尖牙。我觉得它可能会咬麦克。

“我要去起诉你养了这些狗。”麦克说。

“哦，是吗？那祝你好运，你可拿走了我所有的钱！”

“小心我杀了你，贝拉！”他嘟囔道。

“那是达奇，你个白痴。”

我和达奇听到自己的名字，都困惑地看向希尔维亚。麦克推开前门，跌跌撞撞地往前院走去。

“你们真乖。”希尔维亚表扬道。我们安心地摇了摇尾巴，很感激她从冰箱里拿肉给我们吃。之后，她在房子里走来走去，将衣服等闻起来像是属于麦克的东西收集起来，然后打开前门，扔了出去。这一次她没有忘记喂我们，但那晚她跌倒在客厅的一张椅子旁，在地板上晕了过去。我觉得她应该是生病了，所以趴在她身上，希望能给她一些安慰。守在她身旁的时候，我想起了自己当初是如何学会听口令回家和大小便的。卢卡斯一遍又一遍地做同样的事、说同样的话，而我就是在这些重复之中学会的。如今，我已经了解到，当男人对女人不好的时候，男人总是要离开的。我也明白了，如果很不幸有坏男人伤害女人，一条忠诚的狗应该上前咆哮和撕咬。

克洛伊逃进希尔维亚的房间里一直没有出来，几天之后看见它和一些小猫咪躺在窝里时，我才明白是为什么。奶香味从她的身体里迸发出来，充满了整个房间。达奇自然也想了解情况，它偷偷溜进房间，提着尾巴，

竖起耳朵，轻手轻脚地走向猫的小窝。克洛伊的嘶叫声如此凶猛，令它犹豫不前。但当我小心翼翼地走过去嗅小猫时，克洛伊却没有什么过激的反应，只是睁大眼睛看着我。小猫很娇小，当它们挨着挤向克洛伊时，发出来的声音几乎听不见。

它们的气味，以及从克洛伊的乳头里流出来的乳汁，对我来说都太熟悉了。我的思绪突然间就被带回到我出生的小屋，那里有猫兄弟姐妹和猫妈妈。后来，我被卢卡斯带走了，之后和他住在一起，睡在他的床上，和他一起去喂小屋里的猫。

那一刻，我非常想念卢卡斯，走到后院的门边坐了下来。我希望卢卡斯能来接我，虽然我无法感觉到他，也无法闻到家乡的味道。过了一会儿，达奇在我旁边坐下了，似乎是知道我在想什么。我们互相嗅了嗅，却无法安慰对方，因为我们的空虚都只有各自的主人才能够填满。我们只是乖乖地坐着。

我们都在等着一个永远不会到来的人。

当小猫们开始四处蹦跳的时候，达奇很想追逐它们。这让希尔维亚很苦恼，开始对它大喊大叫。后来希尔维亚把皮带扣在它身上，但不是为了散步，而是将它拴在后院，这样它就不可以到处走动了。小猫们知道当达奇被拴在后院桌子旁边的椅子上时，它们就可以玩耍了。它们知道达奇套在皮带上可以走多远，不会冒险去达奇够得到的地方。达奇只能躺在池边桌子的阴影下，百无聊赖地看它们嬉戏。

我没有被皮带拴着。“温柔点儿，贝拉。”每当有小猫攻击我，希尔维亚就会这样说。我不知道这句话是什么意思，但我知道她喊我的名字是因为我在跟小猫玩耍。它们太小了，几乎没什么重量。我很小心，不会太粗暴地用爪子拍打它们，也不会啃咬它们娇小脆弱的身体。和它们扭打在一起，唤醒了我和大奶猫在路上的美好回忆。我很想念它，希望

它能照顾好自己。大奶猫是我见过的最大的猫，而身边的这些猫似乎是最小的。

小猫们不往我身上跳的时候，就会互相追逐、扭打。它们可以瞬间活跃起来，又可以突然停住，不间断地四处爬行，而这些对狗来说是非常无趣的。

天气非常炎热。希尔维亚经常到游泳池里去，有时也会把所有的门都关上，独自待在屋内。我们闻不到她是否在里面。从窗户上吊下来的一台大机器发出很大的响声，滴下冰凉的水。

小猫们不畏惧高温天气，而我却热坏了。我现在后悔对它们太友好了。每当我想休息片刻时，它们都觉得那是用它们锋利的小爪子爬到我身上的最佳时机。

它们现在长大了许多，但仍然娇小。它们已经不再喝克洛伊的乳汁，也没那么害怕达奇了，而且很明显想要去了解达奇。每当它们靠近达奇时，克洛伊也不再阻止。这让我想起了猫妈妈曾经不允许任何一只小猫离开小屋，但当小猫慢慢长大时，又慢慢变得不畏惧猫妈妈的阻挠了。

希尔维亚从站在门前的一个男人手里接过一个箱子，并把它带到后院。刚打开箱子，她就小口小口地喝起来了。她把里面的东西带进屋里，把箱子留在了池子旁边的长凳上。小猫们看见箱子兴奋极了，一个个都钻到里面去，将自己隐藏起来。大多数的小猫都在箱子里，而比其他猫稍微大一点儿的那只小公猫却在挑战达奇够得到的极限。我觉得它是只勇敢的猫咪。

达奇注意到它的举动，不再躺着，而是甩一甩身体坐起来了，看着勇敢的猫咪向它靠近。猫咪从侧边轻轻地走开，接着又转过身慢慢地走回来，小心翼翼地接近达奇，然后坐下来舔了舔自己。

达奇一鼓作气，摇了摇尾巴，发出低声的吼叫。它走到皮带能够到的最远的地方，拉倒了拴住它的椅子之后，继续前进。它不乖了！勇敢的猫狂奔穿过院子，显然已经被吓坏了。达奇拖着椅子追上去，径直跑向池边的长凳。勇敢的猫突然改变路线，达奇转弯时椅子正好撞向长凳，上面装满小猫的箱子落到了水里。

达奇被绊在一起的椅子和长凳牵制住，吠叫了起来。勇敢的猫在房子的拐角处消失了。

装着小猫的箱子开口向上，漂浮在泳池中间。箱子在水中晃动，我能听见小猫们在箱子里面害怕地“喵喵”叫的声音，明显是在挣扎。小猫们的哭喊声立刻引起了克洛伊的注意，它呜咽着跑了过来。达奇被牵制在泳池旁边，耷拉着脑袋;当克洛伊从它身边一闪而过时，它抬起了头。克洛伊绕着半边泳池走来走去，走到牵制着达奇的椅子和长凳那里便转身往回走了。克洛伊发出了短小急促的哭喊声，听起来毛骨悚然。它的孩子正处于危险之中，但它不敢下水去解救它们。

一个小脑袋从箱子边缘冒出来，又掉回箱子里了。它们想要离开箱子，但它们不可以，因为这样会掉进水里。猫是不可以掉进水里的，甚至连大奶猫都害怕游泳。

我是不会轻易吠叫的乖狗，可是我现在狂叫了起来。我们需要人类的帮助！

一阵吠叫过后，我和达奇都看向了那扇大玻璃门，但希尔维亚并没有从里面出来。窗边的机器发出“嗡嗡”的声音，滴下冰冷的水。小猫们在哭喊，由于它们的挪动，箱子朝一边倾斜了。

一只灰色的小猫出现在箱子的顶部，紧抓着箱子的边缘，看起来很害怕。它慢慢地攀爬着，随着箱子更加倾斜，掉到水里去了。它先是沉下去，然后又突然冒出水面，用前爪拍打着水面激起阵阵水花，想要游泳。克洛伊又哀嚎了一声。

我跳了下去。水花飞溅的水面几乎淹没了小猫的头顶。我游得很匆忙，一会儿就到了它那里。我用前牙轻轻地咬住它的脖子，将它叼出水面，

然后游回了泳池边。克洛伊正在边上焦急地等待着。我把小猫放到地上，克洛伊便开始舔它了。

照顾猫是我和卢卡斯一直都在做的事情。

我再转身游过去时，箱子侧面已经倾倒了，又有两只小猫慌慌张张地掉进了水里。其中一只正在水面上拼命地挣扎，而另一只已经完全沉没了。我扬起脸加速向前，张开嘴巴咬住沉没的小猫，将它叼离水面。游到池边时，悬挂在我嘴边的小猫软弱无力，但当我把它放到它妈妈面前的时候，它又恢复了生气。小猫哀怨地“喵喵”叫了起来，克洛伊将它带到了安全地带。

另一只小猫是最小的猫咪，它勉强能举起自己的鼻子，无力地挣扎着想要活着。我咬住它，将它带到了它妈妈身边，然后又去救下一只。

箱子已经空了。两只小猫自己游到了池边，但无法上岸，正焦急地在边缘等待救援。它们湿得像两个小毛球，发出微弱得几乎听不见的“呜呜”声。我去救那些小猫的时候，它们都尽可能地躲避我，但我还是温柔地将它们一只一只叼起，带回到地面上。上岸后，它们都哀叫着跑向克洛伊。

我已经将最后一只小猫都救走了。小猫们湿透了，但也安全了。克洛伊正在照料它们。达奇又变回了闷闷不乐的样子。

我游到池边，用前爪钩住地板，挣扎着上岸。我弓着背将自己举起时，后腿找不到任何支撑点，悬在下方发挥不了作用。我颤抖着支撑了一会儿，水珠滴滴答答地滴到泳池里，耗尽所有力气之后，我又掉了下去。

我快速地来回游动，想要离开泳池，可是我上不去，地面太高了。我再次尝试攀爬，可还是不能拖起自己的身躯。我跟那些小猫一样，只能在边缘游动，救不了自己。

时间一点点过去，我越来越累了，可是我不能停止游动，因为一旦我放慢速度，就能感觉自己的身体从尾巴开始渐渐沉入水中。达奇正喘着粗气看着我，不知道他是否能感觉到我变得害怕起来了。我来来回回，不停地游啊游，不知道该怎么办。

我游到箱子那里，爬到上面，可它就这样在我下方沉了下去。

克洛伊在一棵树下舔它的孩子。达奇躺在泳池边，一边看着我，一边发出一阵焦急的、几乎听不见的哀鸣。我游啊游，腿都疼了。水灌进了我的鼻子，我打了个喷嚏。

如果卢卡斯在，他就会下来救我了。他会双手环抱着我把我拉起，会照顾我。可惜他不在。我已经回不了家了，现在连保持脸露出水面都很难做到。我的肌肉已经非常疲惫了。

我觉得自己糟透了。

听到玻璃门滑开的声音，我没有动弹，此时水已经淹没我的耳朵，灌到了鼻子里。“达奇！你做了什么？”希尔维亚责骂道。她走出来，双手叉腰看着达奇，达奇垂下了脑袋。她朝我走了过来。

“贝拉，你为什么会在水里？快上来！”

听到她的呼唤，我再一次尝试爬出去，可前爪刚钩住地面，筋疲力尽的我很快又掉回了水里。我满怀歉意地抬头看向希尔维亚。

“噢，宝贝，不是那里。过来，到这边来。”希尔维亚说道。她边拍手边走到泳池的另一端。我用仅剩的一点儿力气，朝她说的方向游去。她甩掉鞋子，踏进泳池一个水漫到脚踝的地方。“梯子在这里，贝拉，你要踩着梯子才能够上来。”

听到自己的名字，我在想她说的话是什么意思。下沉的背部一直将我往下拖。很快，我的后脚触碰到了地面，紧跟着前爪也够到了。我再也不用一直游动，让自己的脑袋保持在水面上了！“好的，乖狗，真乖。”

我很乖，可是我的腿一直在颤抖，爬不上更高一点儿的地方。我的毛发很重，身上的水不停地流入池中。我险些不够力气在水下的梯子上保持直立。

“你怎么了，贝拉？你生病了吗？”希尔维亚弯下腰看着我说道。我用尾巴拍打了一下水面。“上来吧。”

我只想静静地站着恢复体力，但看见希尔维亚拍了拍大腿，就按照她的指示做了。我不情愿地动起腿来，爬出水面，甩一甩身体，便躺在了阳光下。在地面上，我感受到了温暖。希尔维亚走过去解开达奇。

我知道自己很快就会入睡，可是在睡着之前，我感觉到了一下又一下轻微的触碰。我慢吞吞地睁开眼睛，发现原来是有几只小猫在嗅我，它们的小鼻子碰撞在我身上。我已经疲惫到连尾巴都摇不动了。

等到小猫又长大了一点儿的时候，它们一只一只地离我们而去。希尔维亚到后院铲起一只，我们就少见一只。我无法理解克洛伊面对家庭成员慢慢减少是什么感受，但我有注意到每次离开一只小猫，它都会对剩余的小猫更加呵护。

我想起了大奶猫，它可能不知道我正和希尔维亚、达奇以及克洛伊一家生活在一起。对于这些小猫，它会有什么想法呢？我想知道大奶猫是否想念我，而这样让我很想念它。

达奇似乎与我得出了一个相同的结论，认为加文和泰勒永远不会回来了。我虽然喜欢他们两个，但对我来说，他们的离开只会让我更渴望回到卢卡斯身边。在我回到家之前，我生命中遇到的人总是在不断地更换，他们来了，又走了。而对于达奇，悲伤使它变得无精打采。所有的小猫都离开了，只剩克洛伊形单影只，在距离一条皮带长度的地方，慢悠悠地从达奇眼前走过。达奇只是眨眨眼睛，甚至懒得站起来。

除了克洛伊一家和天气以外，其他的一切都还是原来的样子。希尔

维亚从来不允许我们出门，从来不给我们扔球，但她会给我们食物，会对我们说话，晚上容许我们睡在任何我们想睡的地方。每当希尔维亚叫我们坐好，喂我们零食时，达奇都会对她摇尾巴。但不知出于什么原因，它并不希望希尔维亚成为它的主人。

达奇突然蹒跚站起，比许久以来表现出了更多的活力，让我很是惊讶。我好奇地看着它走到门口坐下，它已经很久没有这样做了。

我打个哈欠，站起来甩了甩自己的身体。它突然从无精打采变得如此警觉，让我迷惑不解。

达奇“呜呜”地叫了起来。我出于好奇，走过去嗅了嗅它，但它没有理会我，把注意力都集中在了门上。

我坐下搔了搔耳朵。早上游泳池里升起了蒸气，但除此之外，我感觉不到还有什么变化。克洛伊大多数时候都是躺在客厅的椅子下睡觉，而现在它就在那里。

达奇开始摆动它的尾巴。我听到一辆汽车停了下来，一扇门打开了，接着传来了一个声音，同时飘来了人的气味。“达奇！贝拉！”

那是加文。加文回来了。

加文推开门，达奇呜咽着上前迎接他，跳到他身上舔他。

“喔！好家伙，下去吧！我也想你！”

那一刻，我明白了加文是达奇的主人，就像卢卡斯是我的主人一样。

“嘿，贝拉！”

我走到加文跟前，摇了摇尾巴。他抚摩我的毛发，亲吻我的鼻子:“哦，我真是太想你了。”然后他便直起了身子：“嗨，妈妈。”

再次听到加文喊“妈妈”这个词，我已经没有上次那样惊讶了。希尔维亚走了出来。她正在吸烟，手里还拿着刺鼻的饮料:“你的同伴呢？”

“是亲密的朋友。泰勒不是外人，妈妈。”

“好的。”

“你是在……你怎么了？”加文走过去亲吻她，接着后退了几步，“哇，妈妈，中午都还没到呢！”

“不要责备我，你不知道发生了什么事情。麦克偷了我的支票本，现在国家科学基金会又找我麻烦了，好像这都是理所当然的一样。”

“麦克回来了？”

“不是的。我跟他说了那样我会再次收到法院的禁止令，我不知道他是怎么拿到那些支票的。我弄丢车钥匙之后，就决定不再锁车了。他大概是从我车里拿走的吧。”

“好吧。”

达奇耐心地坐在加文脚边，等待着去坐车、散步或者小睡一会儿。我嗅了嗅空气，隐约闻到泰勒的气味，但我知道他不在附近。

“你们准备好回家了吗？”加文问我们。

我抬起头凝视着加文，回家？

“明天的第一件事。”加文说。

希尔维亚坐到一张椅子上，险些翻了过去。加文抓住了她的手臂。

“我没事！”她厉声说道。

“好的，我知道了。我只是想帮忙。”加文抱歉地说道，声音有点儿悲伤。

希尔维亚抿了一小口饮料：“明天就走吗？”

“是的，还有很多事要做。你了解泰勒的，每件事他都要做计划。我们原本以为离开之前已经安排好了一切，但现在还有许多事需要处理。这些狗表现怎么样？”

“我很庆幸有它们在身边，是它们吓跑了麦克。”希尔维亚回答道。

“或许你应该养一条宠物狗。”加文说道。

听到“狗”这个词，我和达奇互相看了对方一眼。

“我其实更喜欢贝拉多一点儿，它不吠叫。达奇总是找克洛伊的麻烦。”

一阵沉默过后，加文说道：“妈妈，我不确定……你是说你想留下贝

拉吗？”

“在它们当中选一条的话，是的。”

“哦……我从来没想过这件事。”加文回答道。

那天晚上，我、达奇和加文一起睡在希尔维亚房间的对面，中间隔着一条过道。达奇不停地蹭加文的手，希望加文继续抚摩它；而我则静静地躺在加文脚边，昏昏沉沉地听他把手机贴在脸上说话。

“我也不喜欢，可这是我们欠她的。”他说，“有贝拉在这里保护她，我会更加放心。”

听到自己的名字，我抬头看向加文。他听了一会儿。“不是的，”他“咯咯”地笑了起来，“虽然这样或许会让你在下次拜访时有所期待，但这不是一种手段。”我低下了头。“我觉得他们可以相处得很好，我真是这样认为的。贝拉不管在哪里，它都很温驯。”

我闭上了眼睛，没有理会他重复我的名字。我能想到的只有回家。我厌倦了待在这里，只希望能快点儿回家。这是一种痛苦，也是一种欲望。我把加文的到来当作一种信号，我很快就能回去找卢卡斯了。

第二天早上，加文把他的行李放到车里，达奇紧随其后。每当加文走出门口，它都满怀期待地在前门坐着。“不用担心，达奇，你很快就要跟我回家了。”加文轻拍达奇的脑袋，温柔地说道。

希尔维亚从她的房间里出来，向空中吹出一团烟雾：“现在山上下雪了吗？”

“还没有，一路顺畅。妈妈，你在我们离开的时候帮我们照顾这两条狗，我太感谢你了。我真的……真的很感激你。”

希尔维亚看了他一会儿：“我不是一个好妈妈。”

“噢，妈妈……”

“我知道我不会成为一个好妈妈，所以从来没有打算要孩子，而我却不断地怀孕。我一直努力着，想要做得更好，成为一个更尽责的妈妈。

我后悔做过许多不该做的事。”

加文走过去给了希尔维亚一个拥抱。希尔维亚的手越过他的肩膀，把香烟放到嘴边。

“我应该去参加你的婚礼的，加文。但是法庭传唤我，还有许多麻烦事纠缠，让我有理由不去。我错了。你、我、泰勒和你的妹妹是一家人。”

“我知道你不容易，妈妈。没关系的。”

“我不明白你现在是怎么回事，但我在电视上看过，我明白了我以往所接受的教育并不全对。你是我的儿子，我为你感到骄傲。”

他们又互相拥抱了一会儿。希尔维亚吸了一口香烟，喷出更多的烟雾弥漫在空气当中。

“所以，”加文深深地吸了一口气，“你说的关于贝拉的事，我和泰勒谈过了，他也觉得这是个好主意。”

“什么事？”

“贝拉的事。”

“贝拉？”

听见自己的名字，我想知道他们在谈什么。

“它可以留在这里。”

“留在这里？”希尔维亚重复道。

“是的，虽然我们不想将它们分开，虽然我们会舍不得，但就像我之前说的，达奇和贝拉只是碰巧在同一个时间出现而已，它们以前不是一起的，不是家人。”

“你在说什么？”她茫然地问道。

“什么？”

“你想让我留下贝拉？”

听到“贝拉”和“留下”，我坐下了。

“是的，这不是你希望的吗？”

“不，当然不是。”希尔维亚吐出了一团烟雾。

“妈妈，是你昨天问我可不可以留下贝拉的。”

“我不是那个意思。我只是说它很乖，会和克洛伊玩耍。因为这些狗，我已经在这里待了半年了。我想去旅游，也许会去布卢姆菲尔德。”

“好吧……不想留下贝拉，你以后的日子或许很难过。”

“不是我不想，我们都是爱贝拉的……算了，怎样都行。”

我们坐了很长时间的车，但最重要的是当我们到达山顶时，我闻到了一股家的气味，那是我和卢卡斯居住的地方。家乡独特的气味弥漫在空中，为我指引了方向。我知道该往哪里走了。

泰勒见到我们很高兴，之后便给我们扣上皮带，带我们去散步。那是很久很久之后的第一次散步。达奇欣喜若狂，在看得见的一切事物上都做了记号。

“它们都胖了。”泰勒嫌弃地说。

“我们很快就能控制它们的饮食，但要先给它们一个自己调整的机会。它们或许还在困惑，并且想念希尔维亚了。”加文说。

“你把话题扯远了，我很难辩驳。”泰勒笑了起来，“这个周末去小木屋吗？我想在下雪之前去远足。”

下一次我们坐车的时候，还没到目的地我就知道了我们是要去小木屋。达奇在后院枯萎的植物上一路小便，因为它之前留下的气味已经散去了。我将鼻子举到空气中，寻找大奶猫的气味。我闻到很多动物的气味，唯独没有大奶猫的。

“想去远足吗？”泰勒在第二天早上问道。我听过他说的这句话，但卢卡斯不在，我不明白这句话的意思。“来吧，达奇。”

他们把皮带扣在我们的项圈上，把我们带到户外。有一段时间，我觉得我们走的路很熟悉，但很快我们就上坡了，到了一个我从未去过的地方。达奇在他们的允许下，频繁地小便做记号。每当小便结束，把脚放下时，它总是用力拉紧皮带。

“你觉得我们可以走到这里来吗？”加文问道。

“当然，但如果它们挣脱了皮带，护林员就会罚我们的钱。”

“除了你想象中的护林员，你见过这里有吗？”

“有意思。”泰勒蹲跪下来解开了我的皮带，把它放进背后的书包里。加文对达奇也这样做了。

有那么一会儿，不套皮带散步的感觉太奇怪了。泰勒和加文有说有笑，我紧跟在他们旁边。不过后来达奇闻到了一种我没察觉到的气味，跑了起来。我小跑着跟上它。

“不要走远！”加文喊道。

我们自由自在地奔跑着，体内充满了能量。我和达奇跳起来，沿着小路飞驰而下。我闻到了一只兔子的气味，想知道达奇是否见过兔子。我想起了大奶猫带回来的兔肉，想起了自己曾经走在这样的一条山路上，想起了要回家，想起了卢卡斯。

受到对方活力的鼓舞，我们都沿着小径向前奔跑了起来。听到泰勒的声音，突然间我们都停住了。

“达奇！贝拉！”他喊道。

刚结束一段短跑，我和达奇气喘吁吁地用鼻子蹭了蹭对方。闻到加文和泰勒的味道，达奇回头看了一眼，然后又看向我。我知道它感觉到了我内心的变化，但它不明白为什么。

我摇了摇尾巴。我喜欢达奇，它已经是我的队友了。它爱加文和泰勒，加文和泰勒也爱它。可他们的家不是我的家，我现在是时候要回家了。

泰勒再一次呼唤，达奇依依不舍地看了我好久，然后往我们来的方向跑回去了。它跑了几步之后，停了下来，满怀期待地看着我。我没有跟上去。我们都听到了各自的名字。这次是加文的声音，达奇似乎又要走了。它凝视着我，也许是因为不相信我会放弃与加文和泰勒在一起的美好生活，也许只是意识到我们可能再也见不到对方。但它不能不顾加文的呼唤。它离开了，眼神里充满遗憾和困惑，回到它的家人身边。

我往另一个方向奔去。

我走在小路上，有很长一段时间，我都能感觉到达奇追在我身后。我知道它留在加文和泰勒身边会很开心的，特别是和加文在一起的时候，因为加文是它的“卢卡斯”。如果没有达奇，我现在或许还不能离开；想到他们还有达奇陪伴，我放心了许多。

在与希尔维亚一起生活之前，我们散步虽然从来没走过这么远的路，可这对我来说并不陌生。走在小路上，我经历过被人类压倒，被动物攻击。我穿越起起伏伏的山路，从怪石丛生到树木繁茂，从绿草如茵到童山秃岭。

我又累又渴，大腿肌肉已经不想继续运动，这比预料中的来得快了许多。我找到一个安全的地方躺下，打起了哈欠，感觉筋疲力尽。可是想要入睡没那么容易，我已经忘记了夜晚空气中动物的气味，有好几次，都被狐狸的叫声惊醒。我想要回忆起卢卡斯，但脑海里出现的都是达奇、加文和泰勒，还有大奶猫和克洛伊。我想念他们了，感觉自己非常孤独。

天气寒冷干燥。小路径直朝着家乡的气味延伸，为我省去了不少麻烦。可是我需要喝水，于是不情愿地离开小路，朝闻到有小溪的地方走去。我还闻到了烧焦的木头，它的气味不像希尔维亚嘴里冒出来的烟雾，也不像加文和泰勒的小木屋壁炉里的火，而是一股火苗早已熄灭的残余木头的清晰气味。沿着水源的气味前行，我很快便走到了一片宽阔的、枯草覆盖的区域，许多树木直冲云霄，它们的枝干就是烧焦木头气味的来

源。大部分树木的枝干都是黑色的，上面一片叶子也没有，部分树木则平躺在地上。我走到其中一根木头前，好奇地嗅了嗅，想不明白究竟是什么导致如此大面积的烧毁。烧焦的丛林隐隐约约传来郊狼野性的恶臭味，于是我转身跑开了。

不停歇地走了两天，我已经饥火烧肠。之前追踪水源时，我遇到一个很大的湖泊，只是我与湖之间还隔着一条繁忙的公路，我必须横穿过去才能喝到水。车辆呼啸而过，让我紧张不已。湖边没有树木，只有石头和矮小的灌木丛，所以我在喝水的时候没有东西可以遮蔽。

我想吃奶酪，但我渴望的不是奶酪本身，而是主人的爱和关注。我有点儿失落。

路上有车就意味着有人，而且我闻得出附近有一个城镇。如果我沿着公路朝城镇走去，就会偏离家的方向许多，可是我需要食物，而有人的地方一定会有食物。我尽量远离公路，有一段时间，这是相当容易的，因为公路沿着一条浅浅的小河延伸，而河岸边的道路非常平坦。可是后来，土壤似乎变得湿润，灌木丛也变得密集起来。我途经许多农场，都绕开了，不理睬那些狗对我或是愤怒，或是怀疑的吠叫。

当我走到有人家和商店的大街时，天已经黑了。人们煮饭的香气弥漫在空气中，可是无论我走到哪里，都没看见有狗群坐在门外。我发现了一些垃圾箱，里面装有美味可口的肉，但是它们太高了，我爬不进去。

一幢建筑大楼前面停放着许多汽车，我很快便被吸引了过去。它的正面是一排排的大窗户，光线从中倾泻而出。成年人推着装满食物的手推车，有时候有一两个孩子在上面。他们把手推车里的大袋子和小袋子都放在自己的车里之后，就把手推车推走，不再使用了。当我走近时，我发现从大楼门口进进出出的人似乎不需要触碰门，门就自动为他们打开了。每当大门轻轻滑开，诱人的香气就会随着空气飘散出来。

美妙的香气中最诱人的是鸡肉的气味。大楼里面肯定有人在煮鸡肉。我被诱人的香气牵引着，离大门越来越近。大多数人完全忽视了我的存在，而其他人也都只是看着我，没有叫我。他们似乎都不会给我扣上皮带，带我远离卢卡斯。有个小男孩儿喊了声“小狗”，然后向我伸出手来，手指散发出浓浓的甜味。我还没来得及舔一舔，他的手就被他妈妈抓了回去。

那时候，周围所有的人都不如大门里面的鸡肉更具有吸引力。

我坐了一会儿，每次大门“嘶嘶”滑开，我都能吸入一股浪潮般的香气。我已经乖乖坐好了，却没有人给我一点儿东西吃。

过了很长一段时间都没有人出来，我按捺不住自己，走近了玻璃，透过大门往里面看，希望能找到鸡肉香气的来源。

门突然开了。我站在门槛上，不知道该怎么办。门似乎是为我打开的，就像每次散步回家时，卢卡斯会为我开门一样。它好像是在邀请我进去。出现在我面前的是大楼里面的一个铁货架，货架上方的灯散发出的热量将鸡肉的香味灼到夜晚的空气当中。我看到了装着鸡肉的袋子，鸡肉就在那里面！

我偷偷溜进灯火通明的大楼，感觉有儿点内疚。我已经准备好吃鸡肉了，甚至能想象出咀嚼、吞咽鸡肉的感觉，想着便舔了舔嘴巴。我毫不犹豫地走过光滑的地板，走到货架跟前，颤抖着用后腿支撑自己站起，去够其中一个袋子。我小心翼翼地用前牙咬住袋子，由于灯光闪耀，我眨了眨眼睛。

“嘿！”有人呵斥道。

我抬起头，看见一个穿着白色衣服的人正走在拐角处。他似乎生气了。

我放松嘴巴，然后鸡肉掉在了地面上。

地面上的食物总是给狗吃的，除非有人说“不可以”。

“赶快走开！”那人喊道。他没有说“不可以”，于是我捡起地上的食物，转身离开。

门关上了。我想远离那个训斥我的人，于是飞奔向前，透过窗户往外看，希望有人从外面进来，把门打开。“狗！站住！”穿白色衣服的男人喊道。我跑过去抓门，门居然开了！夜晚的空气瞬间涌进来。我逃出门外，叼着晚餐飞驰而去。

我的本能反应是不停地奔跑，但是我太饿了，只好逃到停车场旁边一个黑漆漆的水坑里。大奶猫不在身边，我可以独享所有的食物。我撕开袋子，埋头吃了起来。热乎乎的鸡肉鲜美多汁，是如此美味，甚至连袋子都被我舔干净了。

一种饱腹感让我觉得非常欣慰，可我止不住地想起大楼里的货架上还更多的袋子，更多的鸡肉。既然我知道它们在哪儿，知道怎么得到它们，我现在最想做的事，就是回到大楼里。

我朝着大门小跑过去。虽然那个人对我大发雷霆，但鸡肉还是放在原来的位置。他的呵斥让我很不好受，可那些鸡肉似乎就是为我留下的。我获取鸡肉的行为到底是有多恶劣呢？

我走近大门。一个女人推着一辆手推车走出来，只是瞥了我一眼。她并不认为我干了坏事。

等门轻轻滑动快要关闭时，我又向它走近了一点儿，门开了。我闻着鸡肉的气味踏进大门，就好像卢卡斯在呼唤我一样。我径直走向亮着温暖灯光和散发鲜美气味的铁货架。

“抓到你了！”一个男人喊道。

我转身看过去，发现是同一个人，他就站在我和大门中间，张开双臂像是要给我一个拥抱。

我咬住一只鸡，逃跑了。

我害怕，是因为我确信白衣男人是那种会带我远离卢卡斯的人。看到他生气，我想起了戴帽子的男人和他的卡车以及狗笼子，想起了房间里的狗悲伤痛苦的呼喊，它们当中没有一条狗可以忍住不叫。愤怒的人是会伤害狗的。这个人或许会伤害我，把我送回那个可怕的房间。

我跑了，可是我该往哪边走呢？只有人类才能找到进出大楼的路。我的爪子紧紧抓住光滑的地板，不断地向前奔跑，路过一排又一排的铁货架。我的余光瞥见周围的人都在盯着我。

鸡肉始终在我嘴里，现在它是我的了。我只想找个地方撕开袋子，然后吃掉它，但是人们不断地对我大喊大叫。我不得不离开！

“追上它，抓住那条狗！”白衣服男人吼叫道。

一个男孩儿手里拿着扫帚向我跑来，我连忙躲开，滑了一跤。我在高高的货架之间横冲直撞。一个推着手推车的男人对我说“来这里，大家伙”，他似乎很友好，但我还是从他身边窜了过去。除了嘴里的鸡肉，我什么也闻不到；除了自身的恐慌，我什么也感觉不到。所有人都觉得我应该接受惩罚。

“在这里！”当我走到货架过道的尽头时，另一个男人大声喊道。眼见他对着我挥动双臂。我立刻刹住脚步，险些就摔倒了，连忙站稳脚跟，疯狂地往后退。

“站住！”白衣服男人就在我后面，拼命地向我跑来。我冲向挥舞双臂的男人，从他侧边溜过。他的手拂过了我脖子上的毛发。白衣服男人想要改变追捕路线，却撞到了一个纸板货架上，导致许许多多小塑料罐落下来，铺满了地面。他一个踉跄，滑倒了。

我闻到户外的气味，并朝着它的方向跑了过去，可当我到了味道的所在地时，却仍然没有走出大楼。我只不过是到了大楼里一个散发户外气味的地方，那里有泥土、盆栽、花朵和水果。水果是我看卢卡斯吃的时候认识的，它们是橙子和苹果，都散发着浓烈的芳香。周围没有愤怒的人类，于是我放下鸡肉，撕开袋子，囫囵吞下了其中一部分。人类懂得捕捉鸡，然后烹饪加工，再把它们装进温暖的袋子里，他们是多么智慧的生物啊！

我听到了奔跑的脚步声。那些愤怒的人，包括白色衣服男人和拿扫帚的男孩儿在内，正冲我跑来。我咬住鸡肉从其中一边闪过，男孩儿“砰”的一声撞击到桌子上，一整堆橙子从桌上散落到地面，发出柔软、沉闷的声响。橙子像球一样在地面上滚动，不过我没有停下，而是朝着鱼和肉的气味逃走了。寒冷的空气从墙上倾泻而下。

“拦住它！”有人喊道。有更多的人在追捕我了。

我穿过了香喷喷的面包和奶酪的气味。大楼里面有太多食物了！除了人们对我的态度，它简直是我到过的最神奇的地方。我本想去闻一闻每一个货架的，可是愤怒的人们离我越来越近了。

我回到了一个熟悉的地方，在我面前的正是摆放着美味鸡肉的货架。我冲了过去。一个手里提着包包的女人正慢步走向大门，门“嘶嘶”为她滑开了，夜晚的空气随之涌入。

“不可以！”有人大喊。

我知道“不可以”是什么意思，但在这种情况下，这显然不是对我说的。不过，那个女人却停住了脚步，转过身来。或许那句话是对她说的。我从她身边跑过，蹭到了她的大腿。“喔！”她惊呼一声。

“拦住那条狗！”白衣服男人说。我已经熟悉了他的声音。

“狗？”那个女人试探性地叫了我一声。

我仍然非常害怕，大步走进黑暗中，故意远离拥有许多美味食物的大楼。我发现了一条街道，周围有几栋房子，但我没有停下脚步。终于，当听见有狗在后院吠叫挑衅时，我知道自己到了一个安全的地方，一个人们喜欢狗的地方。我停了下来，喘着粗气，轻轻地趴在地上，“嘎吱嘎吱”地吃起了剩下的鸡肉。

当我醒来时，空中飞舞着一层薄薄的雪花。我的胃一阵剧痛，小便的时候既痛苦又粗暴。后来我沿着雪地慢慢离开时，才感觉稍微舒服一

点儿。

不知怎的，我似乎成了一条非常坏的狗，这种感觉仍然在困扰着我。一想到那个穿白衣服的男人，恐惧感很快又回到我的身上。我感到非常焦虑，甚至有点儿恶心。我慢悠悠地走在雪地上，警惕着身边的人，担心有人会伤害我，或者抓住我将我带走。

烹饪食物的诱人香气弥漫在空气中，勾魂摄魄，吸引着我前进。有一段时间，我一直坐在后门，等着有人带些美味的食物走出来。我闻到了培根的味道，心想着如果乖乖坐好，也许能得到一两块，但没人注意到我。或许要与狗群在一起才会获得那样的关注。

我在房子与房子之间小心翼翼地穿梭了一天。塑料桶里飘散出食物的气味，我满怀希望地嗅了又嗅，却找不到一个打开盖子的。太阳融化了雪，街道湿漉漉的，水滴从房檐上滴滴答答地坠下来。空气中回荡着水滴的声音，弥漫着清新、冷淡的水的气味。有好几次，我和栅栏里面友好的狗碰了碰鼻子。而对于冲我凶猛吠叫的狗，我不予理睬。

直到很晚，我才有东西吃。那时候我经过一个车库，车库的门打开了一点儿，刚好够我钻进去。角落里有一个几乎是空了的张开的狗粮袋子，我不顾门的另一边两条狗的愤怒吠叫，埋头吃了起来。

啃食狗粮让我想起了卢卡斯。我想起了当他把盘子放在我面前的地板上时，我激动的心情。那时候的我是多么感激他，对那个双手给我送来晚饭的男人充满了爱意。

不过，我仍然在适应，只要一有机会，就会去寻求食物。可能要在很多天以后，我才能吃到下一顿饭。当夜幕降临时，我走到了食物气味最浓的大街。夜晚的天气变得凉飕飕的，让我想起了在山上和大奶猫一起度过的日子。我得像它那样猎食才能养活自己了，但我会尽我所能回家。

人行道边，灯光闪耀。有一个男人在一片光亮之下，坐在一张毯子上。我避开他时，他轻轻地说“嘿，狗狗”。

我的第一反应是逃跑。不过，我停下来了，因为我从他的声音当中感觉到了友好。

那个男人闻起来满是污垢、牛肉和汗水的味道。他的胡子和头发又长又乱。他的一边堆积着许多塑料袋，另一边放着一个手提箱，类似泰勒用的那一种。手上戴着看不见手指的手套，正朝我伸过来。“过来，乖狗狗。”他温柔地说。

我犹豫了。听声音，他似乎是个友善的人。他正背靠着一堵墙，伸直腿瘫坐着，而不是张开双臂站着，手里也没有皮带，不像是会阻止我回家的那种人。

他将手伸进一个小盒子里，拿出了一小块牛肉递给我。我走过去，摇了摇尾巴。牛肉上面还沾了一层奶酪！我狼吞虎咽地把它吃掉，然后乖乖坐好。

“乖狗狗。”他表扬道。他明显是注意到我乖乖坐好了，又将手伸进小盒子里拿出一块牛肉，用手抚摩我的毛发，轻轻拿起我的项圈，盯着它说“贝拉”。

我摇了摇尾巴。大多数知道我名字的人都会给我零食。大楼里面那些守着鸡肉的人并不知道我的名字，这就解释了为什么他们会如此愤怒。

“你自己在外面做什么？你迷路了吗，贝拉？”

我听出了他声音中的疑惑，看了一眼他旁边的盒子。是的，我很乐意再吃一块奶酪牛肉。

“我迷路了。”片刻过后，男人轻声说。他把手伸进一个袋子里，四处挖掘。我认真地注视着。

“嘿，看这里，你喜欢吃这些吗？”他喂了我一把坚果，当我咀嚼的时候，他又玩弄了一下我的项圈。吃完之后，我才发现自己被套上了一根有弹性的绳子。我慌了，想要远离那个人，但在绳子绷紧之后，我就走不动了。

我和那个人对视着，轻轻地呜咽了一声。

我犯了一个可怕的错误。

那个人也有一辆手推车。人们在停车场使用手推车把食物或者小孩儿送到车上，可他并没有小孩儿，而且大部分塞在手推车里的袋子装的都不是食物。

“我们去散步吧。”那个男人几乎每天都会这样说，然后把放在人行道上的东西都装进手推车里。我也渴望去散步，离开大街走到山上去，可是我们很少走远。通常，我们会沿着街道走到一个荒废的院子里，那里有许多塑料和金属碎片撒满在泥土上，而我会蹲下小便。之后，我们又回到原来的地方，那个人又在墙边铺好他的毯子。一道铁栅栏紧挨着墙壁，每当男人离开，他就会把套住我的绳子绑在栅栏上。大多数时候，他都是穿过街道走进对面的一家店铺。几家店铺当中，有一家店散发出来的是食物的香气；有一家除了人和盒子，我什么气味也闻不到。每当他从对面回来时，手里都会拿着一个玻璃瓶子，一打开瓶盖，散发出来的刺鼻味道总会让我想起希尔维亚。

我们大多数时候都只是坐着。男人总是滔滔不绝地对我说话，偶尔重复一下我的名字，可他“嗡嗡”说的都是些我不明白的话。

“我不是傻子，我知道你听不明白，我知道你只是一条狗。可这些都是我的想法！”他反复地说道，“他们不照顾你，那就由我来照顾你，让你不要再流浪。”

当有人靠近的时候，男人就会安静下来。“只需要喂养宠物狗的钱，”他会这样轻声说，“要给它买东西吃。”这时人们就会停下来抚摩我，对我说话，可是没有一个人会为我解开绳子。他们常常会把一些东西扔到一个小罐子里，然后男人就会说“谢谢”。

我听见有几个人说过“阿克塞尔”这个词，后来我才知道这是那个男人的名字。他叫阿克塞尔。

我不知道阿克塞尔为什么不睡在自己家里，而是睡在人行道上。他似乎很孤独，他需要一个朋友像泰勒陪伴加文一样陪伴他。但是停下来说话的人没有一个像是他的那种朋友，即使那些人都很友善。

起初，我一心只想离开阿克塞尔，然后继续回家。但后来我明白了阿克塞尔就像麦克和其他在医院里的朋友一样，需要安慰，需要我的陪伴。晚上，阿克塞尔会与一些看不见的人打架，对他们大喊大叫，不停地在床上扭动，直冒汗水，从中我能感觉到他的恐惧。我把头枕在他的胸口，能感觉到他的心脏在剧烈跳动。不过，当他的手摸到我的毛发时，他过激的行为就会停止，呼吸也会变得缓慢均匀。

我喜欢阿克塞尔。他一整天都会对我说话，并且表扬我。与希尔维亚生活在一起之后，就会明白获得如此多的关注是多么幸福。和阿克塞尔在一起时，我感觉自己很重要。

我真的很想回家，但我知道我正在做一件卢卡斯希望我做的事，就像照顾小猫也是他所希望的那样。卢卡斯希望我成为一条有用的狗，这比任何事情都重要，甚至比回家还重要。而为害怕的人类或者小猫提供安慰最能让我感觉到自己的价值，因为那是我的职责所在。

夜晚的空气变得越来越冷，我还能做的就是趴在阿克塞尔身上，给他温暖。当一辆车在街上停下，两个人从前排座位下车时，我也提醒了他。我以前见过那样的人，他们是警察，腰间挂着沉重的、气味奇怪的物品。我想起了卡车和卡车上的笼子，它们是用来把我从卢卡斯身边带走的。他们走近时，我畏缩了起来，阿克塞尔也醒来了。

“嘿，阿克塞尔，”其中一个男人蹲下说，“你什么时候有宠物狗了？”

他向我伸出手来，但我并没有靠近他，因为我不信任他。

“捡来的，它被抛弃了。”阿克塞尔简单地回答道。

“哦，好的，你确定它是可以留在身边的吗？它看起来不太友好。”

“贝拉，向门德斯警官问好。”

“没关系的，贝拉。”向我伸手的男人说。我嗅了嗅他的手指，轻轻地摇了摇尾巴，担心他会抓住我的项圈。“我的名字是汤姆。”

“我们今天能帮你什么忙，警官？”阿克塞尔问道。

“别这样，阿克塞尔。你知道我叫汤姆。”

“汤姆。”

这位友善的警察似乎是叫汤姆。汤姆的朋友站了起来，用本子记下了一些东西。

“阿克塞尔，冬天很快就会到来。你考虑过我说的话了吗，要回丹佛市吗？我们仍然愿意开车送你。我认为这是一个非常好的主意。”

“这条狗怎么办？”阿克塞尔问道。

“当然，它可以跟你一起走。”汤姆点了点头。

“然后呢？”

汤姆耸了耸肩：“或许，你可以回到退伍军人……”

“我不会回那里的，”阿克塞尔平静地打断了他的话，“上次我在那里，他们想抽我的血。”

“那里是医院，阿克塞尔。”

“医院服务周到，可里面那些从来没有被审问、没有被判罪的人，却不能出去。他们通过互联网将人们与医用放大器连接起来。你们为什么会同意这种做法？电生理监视器提供双向传输到网络，你不觉得可疑吗？是要传输到万维网吗？”

汤姆沉默了一会儿，说道：“我们只是没有别的办法可以帮助你了。没有人在冬天可以在街上过夜，起码在这里不行，太冷了。甘尼森市没

有相关设施，而你又不会接受慈善机构的帮助。”

“他们都只是想把我困住。”阿克塞尔直截了当地说。

“大家都很关心你，阿克塞尔。你服务的是我们的国家，你帮助了我们，现在我们想帮助你。”

阿克塞尔指着天空说：“你知道在任何特定的时刻都有三颗卫星在移动吗？不过它们的算法对我不起作用，因为我的生活是随机的，不在模式当中，不在它们的定位坐标上。我是不会吃他们的转基因食品的。”

“好吧……”汤姆说。

“当你去咖啡店时，他们想知道你的名字，你有没有思考过是为什么？为什么他们要知道你的名字？就为了一杯咖啡？为什么要把你的名字输入电脑？这只是你被跟踪的一千种方式之一。”阿克塞尔说得很快，我能感觉到他变得焦虑，于是蹭了蹭他的手，让他知道还有我在身边。

“你又注射药物了吗，阿克塞尔？”汤姆轻声问道。

阿克塞尔望着远方。我感觉到了他的狂躁，于是又用鼻子蹭了蹭他。我只是希望他能开心起来。

“好吧。”友善的警察说着便站起身了。我摇了摇尾巴，从他的举动当中可以看出他是不会把我带走的。“记住我说的话，阿克塞尔。我不能逼迫你去寻求帮助，但我希望你能看到人们对你的关心。如果你想在户外度过冬天，你和你的宠物狗会冷死的。请你慎重考虑。”他伸手到口袋里，拿出一些东西放进了小罐子中。“爽快点儿答应吧，阿克塞尔。”

毫无预兆地，阿克塞尔就开始收拾他的手推车。我们拖着沉重的步伐穿过小镇走到一个公园，搬进了他的家里。他的家很简陋，四面没有墙壁，只有一个屋顶；摆着几张桌子，但是没有食物在上面。院子很大，还有几座滑梯，不过我从来没有给阿克塞尔表演过怎么爬上去，因为我总是被套在绳子上。

每当有狗来到公园，我都会哀怨地呜咽，想要跟它们一起玩耍。阿克塞尔不介意它们跑到我跟前，但当它们飞奔去追赶球或者小孩儿的时候，他却不允许我跟着它们走。

“它们都被标记了，贝拉。它们身上都有标签。”他对我说。根据他叫我名字时的语气，我就能判断出不能去玩耍已经成为一种定局。

其他来见我们的人，都带着背包和袋子。通常，他们喝水的瓶子都是类似希尔维亚拿的那种，散发出刺鼻的气味。他们互相传递瓶子，有说有笑。一个由杆子撑住的铁盆是我们烧火的地方，它让我想起了那时候我在公园里发现一大块肉，一个婴儿看着我把肉叼走。他们在盆子里烧木头，站在火堆面前，把手伸到火边。

“该死，越来越冷了。”一个叫赖利的男人总是这样说。我喜欢赖利，他的手很温柔，闻起来像猫妈妈的气味。“冬天不应该待在这里，必须要到南方去。”

阿克塞尔旁边站着三个人，他们点了点头，轻声表示赞同。

“我不走。”阿克塞尔简洁地回答道。

他们几个人面面相觑。

“你不能停留在这里，阿克塞尔。从十二月开始，气温不会高于冰点，很长一段时间都会在零度以下。”赖利说。

“不走，我不会再离开了，在这里很安全。”

“不，这里不安全。”另一个人明确地回答道。他刚来到，我还不知道他的名字，但人们总是对他说“不要全都喝光了”，“你和你的宠物狗会被冻死的”。

他们经常互相传递一根细长的像铅笔一样的东西，把尖锐的一端扎进手臂里，接着大家一起大笑起来，然后就睡着了。在那种情况下，我可以感受到阿克塞尔内心的平静，但出于某种原因，我又感到深深地担忧，不明白他为什么可以不受天气影响而睡得昏沉。我想方设法让他感觉到

温暖，等着他醒来。

卢卡斯也有那样的“铅笔”，但我不记得他曾经用它来扎过胳膊。

他们是一起离开的，像泰勒短期离开时一样把行李带走了。

“你是熬不过这个冬天的，兄弟，跟我们一起走吧。”赖利急切地说。

阿克塞尔摸了摸我：“不走。”

“你这个愚蠢的浑蛋，活该冷死。”人们总是对他说“不要全都喝光了”的那个人大笑道。阿克塞尔快速地做了个手势，一个难听的声音令我脖子后的汗毛都竖了起来，而那些人又笑了。

没有墙壁的房子里只有我和阿克塞尔，显得冷冷清清。每当我们到小镇里，坐在人行道上的毛毯上时，我都很高兴。许多人会停下脚步对我们说话。有些人会给我零食，偶尔也会给阿克塞尔几袋狗粮。

一个男人坐在毯子上，与阿克塞尔交谈了很长一段时间。

“今晚会有施舍，阿克塞尔，你会来教堂吗？你可以洗个澡。如果不需要什么其他帮助，就算是为了这条狗吧。”

“那不是个真正的教堂。走出它的大门，‘教堂’这个词就不适用了。”阿克塞尔回答道。

“那我能为你做些什么呢？”

“我不需要你这样的人帮助我。”阿克塞尔冷酷地说。他站起来，开始往手推车里塞东西。我知道我们是要回公园了。

当我们回到公园时，停车的地方停了四辆车。我能闻到有人在没有墙壁的房子里，但其中没有一个人是赖利。几个人当中的一个人向我们走了过来，他正是那位友好的警察汤姆。“嗨，阿克塞尔。你好，贝拉。”他揉了揉我的肚子。我摇了摇尾巴。

“我没有做错什么。”阿克塞尔说道。

“我知道，没什么事。你能到亭子这里来一下吗？放心，阿克塞尔，过来，我保证不会有事的。没有坏事要发生。”

阿克塞尔僵硬地跟在汤姆身后，走到那几个人站着的地方。没有墙壁的屋子里有一个布料小房，底下铺着一些垫子。屋子里还有一些塑料箱和一个扁平的铁盒子。汤姆挥一挥手，那些人就走开了，只剩我和阿克塞尔站在他旁边。

“好了，看看这里，阿克塞尔。”汤姆拉开房门说，“看到了吗？这个帐篷是为北极地区设计的。那是一个丙烷炉。你还有一个登山睡袋。冰箱里有食物，炉灶是电动的。”

我好奇地嗅着布屋的内部。

“这是怎么回事？”阿克塞尔厉声问道。

汤姆紧闭双唇，然后说道：“听着，当初你去阿富汗的时候，你父亲对我们说……”

“我们？”阿克塞尔打断道，“我们指谁？”

汤姆眨了眨眼睛：“就是几个人，阿克塞尔。很久之前你的家人来过甘尼森，你的父亲只是想确保在他死之后会有人照顾你。”

“我没有家人。”

“我明白你为什么会这么说，但是你错了。我们就是你的家人，我们所有人都是你的家人，阿克塞尔。”

我不知道阿克塞尔为什么如此悲伤，但感觉站在一边看着他与警察说话的人肯定是其中一部分原因。我盯着他们看，但他们没有采取任何带有威胁或敌意的行动。最后，他们都离开了，只剩下我和阿克塞尔。

“让我们看看这个帐篷，贝拉。”阿克塞尔说。

我知道了那是帐篷，我们在里面度过了长久以来最温暖的夜晚。那晚，阿克塞尔在做梦，他抽搐了一下，然后大叫，让我想起了麦克。我舔一舔他的脸，他醒了，平静下来，把手放在我的毛发上。

“他们想从我这里得到些什么，贝拉。”他喃喃地说。听见自己的名字，我摇了摇尾巴。

每隔几天，汤姆就会来拜访，他把带来的食物放进塑料罐里。如果阿克塞尔心情好，他们就会交谈一会儿；如果阿克塞尔感觉到敌意并变得愤怒，汤姆只是给我吃些零食就离开了。

我喜欢汤姆，但也明白阿克塞尔不总是很高兴见到他。

我们依旧会去小镇。有时候，我们在毯子上坐一会儿就会有人过来把东西放进小罐子里，然后阿克塞尔走到街对面，带回一瓶散发希尔维亚味道的水。有时候他独自离开，把我拴在栅栏上很久很久，一回来就立刻带我回帐篷。他把塑料“铅笔”扎进手臂，爬进帐篷，之后我们就会睡很长一段时间。

冬天凛冽的空气刺痛我的喉咙，冻住我的脚步。我渴望帐篷里的温暖，非常享受和阿克塞尔依偎着躺在里面的时光。我知道夏天总有一天会回来，或许到那时候我就可以继续回家了。暖和的阿克塞尔通过旋转帐篷里铁盒子上的旋钮，为我带来了安全感，没有什么可以驱使我离开。

在我们从小镇返回公园的路上，太阳自灰色的天空中缓缓落下，这时我闻到了烟味、木头烧焦的味和没有墙壁的家附近的人的气味。那不是赖利的气味，而是三个陌生男性的。他们在杆子上的铁盆里点了火，身影在火苗中晃动。我们吃力地走在厚厚的积雪上，一踏进公园，就听见其中一个人大笑了起来。阿克塞尔立刻意识到了他们的存在，抬起头来。他愣住了，我感觉到他被一阵愤怒和恐慌环绕全身，于是我用鼻子蹭了蹭他的手。

那些人都很年轻，正在乱扔并且大声敲打阿克塞尔的东西。阿克塞尔呼吸沉重，眼睁睁地看着别人践踏自己的东西却没有上前阻止。

奇怪的是，我的思绪回到了郊狼追赶我和大奶猫的时候，那时候我们逃到了布满石头的山脊上。在某种程度上，这两种感觉是一样的。他们不是坏狗，而是坏人，像被妈妈打到爬出门外的那个人一样可恶，像伤害希尔维亚的那个人一样可恨。

那时候达奇想咬人，我和它咆哮着直到那个人离开。

我知道该怎么做了。

一声愤怒的咆哮从我的喉咙中冒出。阿克塞尔惊讶地看了我一眼，然后挺直身子。我感觉他的恐惧融成怒火，如同潮水般奔涌而出。“没错，贝拉，你是对的，这不能忍。”他突然跑了起来，我连忙跟在他的身旁。踩在厚厚的雪上，我们的脚步声静悄悄的。我被极度的愤怒攫住，就像是面对郊狼一样。我从来没有咬过人，但在这种时候阿克塞尔好像希望我去咬人，于是我表现得似乎是听了他的命令。

当我和阿克塞尔冲进火光之中时，那三个年轻人飞快地闪开了。我使出浑身解数愤怒地吠叫一声，直冲离我最近的那个年轻人，逼得他连连后退，倒地。我的牙齿险些就要咬上他的脸了，这时阿克塞尔一把拉住了我。

“天哪！”其中一个人大叫道。另外两个没有摔倒的人逃到了夜色当中，地上的那个人被我压在身下。当他挣扎着往后挪动的时候，阿克塞尔走了过来。

“你为什么要这样做？是谁指使你的？”阿克塞尔问道。

“求求你，不要让你的狗咬我。”

我一直压在那个人身上，很久之后，阿克塞尔才把我拉回去。“没事了，贝拉，下来吧。”他轻声说。

那个人跌跌撞撞地逃进了夜色当中，追在他的两个同伴后面。片刻后，停车场亮起了车灯，一辆汽车呼啸而去。

我和阿克塞尔转身回到被捣毁的家。帐篷已经被压平，塑料盒子也破了，食物撒了一地。那一刻，他是那么悲伤。我呜咽着，想做些事情安慰他，却不知道要做什么。

阿克塞尔用地上的金属盒子燃起了火。他把毯子和帐篷碎片拖到铁盒子旁边，我们就这样度过了悲惨的一夜。起初我们挤在一起，感觉很温暖，但渐渐地我的身体变得冰冷，鼻子和舌头开始隐隐作痛。我尽可能地蜷缩起来，嘴巴钻到了尾巴下面。阿克塞尔用双手将我紧紧搂在怀里，身体微微颤抖。我不记得曾经有过这样的严寒。我睡不着，阿克塞尔也一样，他只是紧紧地抱住我。我闻着他的气味，希望他能带我去暖和的地方。

黎明时分，我们就起床了。阿克塞尔在雪中挖出一块鸡肉，将它放在金属盒子上。鸡肉在上面“滋滋”作响。在我们分食那份不起眼儿的早餐时，我抬头正好瞥见了一辆熟悉的小车开进停车场，轮胎碾压在雪地上发出细微的声音。汤姆从车里出来，“嘎吱嘎吱”地走到我和阿克塞尔挤在一起的微弱的火苗边。

“发生什么事了？”他问道，“我的天哪，阿克塞尔。”

“小孩儿，”阿克塞尔突然说，“不过是些孩子。”

“真是的！”汤姆伤心地拨弄着地上乱糟糟的东西，“你认得他们吗？”

阿克塞尔抬头看着汤姆，说：“哦，当然，我知道他们是谁。”

当天傍晚，停车场陆续涌进来很多台车。阿克塞尔站起身，我也转过身去，面对可能出现的危险，不过很快我就发现其中一个人是汤姆。

我也闻到了其他一些熟悉的气味，它们来自头一天晚上的那三位年轻人。他们吃力地走了过来，后面还跟着三位表情冷酷坚毅的年长点儿的人。

汤姆走在最前面。他们都走进了没有墙的房子，那三个年轻人面无表情地看着地面。

“嘿，阿克塞尔。”汤姆打招呼说。

“你好，汤姆。”阿克塞尔像很久以前我见到他时那样冷静。

“你应该认得这三个人。”汤姆说。

“他们昨晚才来过。”阿克塞尔嘲讽道。

一个年轻人“哼”了一声，望着别处，在他身后的男人上前粗暴地戳了一下他的肩胛骨之间的位置。“认真点儿！”男人说。

三个年轻人都抬起了头。

“我们为我们儿子的所作所为感到很抱歉，阿克塞尔。”另一个男人在后面说道。

“不，”阿克塞尔严肃地说，“我想听他们自己说。”

汤姆似乎对阿克塞尔的话感到有点儿惊讶。

“那时候我们都喝醉了。”其中一个年轻人漫不经心地说道。

“这不是借口。”阿克塞尔厉声说道。

三个年轻人不自在地挪动了一下。

“你们就是这样对罗斯曼说话的？”一个年长的人问道。

“对不起。”三位年轻人依次说道。

“他们会留下把这里收拾干净，而我和他们的父亲去小镇买些可以替换的物品。”汤姆对阿克塞尔说，“我们都安排好了，孩子们是要付出代价的。他们这个夏天会很忙，得打扫城市卫生，清理垃圾。”

“我会留下来，确保他们把这里收拾干净。”其中一个年长的人说。

“哦，不要担心，”阿克塞尔回答道，“我会留意的。”

三个年轻人不安地看着对方。汤姆咧嘴笑了笑。

有些事情狗永远不会明白。汤姆和他的朋友们离开了，只留下那三位年轻人将地上的东西一样一样捡起，堆放起来，而阿克塞尔双臂交叉地看着他们。这让我觉得很困惑。年长的人们回来时搭起了新的帐篷，还给我们新的塑料盒子，都把我搞糊涂了。

很快，那些人就都离开了，除了汤姆。“我猜我刚刚是看到了银星勋

章的威力。”他轻声说。

阿克塞尔冷酷地看着他：“那不是你赢来的，汤姆。”

“对不起，中士。”汤姆笑了笑，不过笑容很快就消失了。“我只是希望你允许别人帮助你，阿克塞尔。”

“因为这是他们干的，汤姆。”阿克塞尔回答道。

有许多个夜晚，阿克塞尔都在梦中扭动、自言自语，甚至大叫。有一段时间，出奇的冷，我们互相依偎着取暖。有些时候，阿克塞尔会无力地倒下，失去意识，躺在地上流口水，醒来时行动迟缓。这样的情况似乎越来越频繁地出现。他看起来像是生病了，我用鼻子焦急地蹭他。要是卢卡斯在身边就好了，他肯定知道应该怎么办。

渐渐地，太阳变暖和了，空中响起虫儿和鸟儿的歌声。公园里还出现了松鼠！我想去追赶它们，但阿克塞尔始终紧紧地牵着绳子。狗也来了，孩子们在滑梯上玩耍，青草生机勃勃，在风中轻轻抖落露水。

汤姆过来喂了我一口零食。“天气变好了，人们会举家来到公园。到时候你必须得搬走，严格来说，天黑后谁也不许留在这里，”他对阿克塞尔说，“况且人们可能会因为害怕你而不敢走到这个亭子。”他的语气听起来很悲伤。

“我不会伤害任何人的。”阿克塞尔说。

“好吧……我们收到了不少投诉信。如果你不介意，我就把它们挂在你的暖炉上。”

“我会走的，见鬼吧，你们！”阿克塞尔大吼道。

“不要这样。”汤姆伤心地说。

我听不懂他们说的任何一个词，他们也没有提及我的名字。阿克塞尔把所有的东西都放到手推车里，推着走出了公园。我们沿着河边的路走了很久，然后经过一条小路走到了平坦多沙的河岸。阿克塞尔在那里

重新搭起了帐篷，安顿下来。从他的行为来看，我们是不会离开了。

久而久之，阿克塞尔的症状变得更加严重了。他在睡梦中越来越频繁地大叫，白天也开始指着天空大声说话。有时候，他气喘吁吁地抽搐得厉害，然后把我系在木桩上，往城镇的方向走去。回来后，他就会用其中一支“铅笔”扎手臂，随之变得亢奋，不过只能维持一会儿。之后，他就会倒下，昏昏沉沉地入睡。因为被他系在身上，所以我只能走到绳子能够到的最远的地方蹲下大小便。

在一个这样的夜晚，我闻到了一股熟悉的恶臭味。我朝气味飘来的方向看去，看见一匹孤独的郊狼正在河对面看着我。我轻轻地吠叫着，不过我知道它不会渡过流动的河水到这边来。阿克塞尔没有意识到那股气味，也没有听到我愈加愤怒的吠叫。最后，那匹郊狼溜走了。

当阿克塞尔开始一整天都沿着河岸踱步并且大叫的时候，我变得警惕了起来。他把帐篷摘下，狂暴地扔作一堆。他一次又一次忘记喂我食物，后来直接把一整袋食物倒在我够得着的地方就离开了。他把我拴在木桩上，一边走一边愤怒地踢路上的石头。

他消失了两天。我吃完了所有的食物，喝的是河里的水。我感到非常伤心和焦虑。是我做错什么了吗？他回来时，走路跌跌撞撞的，嘴里不停地念叨着些什么，并没有留意我见到他是多么兴奋。他呼吸的气味让我想起了希尔维亚。

他坐在河边的石头上，弓着腰驼着背。我从他的动作中看得出他是在把东西注射到手臂里，而且我知道接着会发生什么。果然，他变得很放松，大笑着夸我是条乖狗。他内心的平静抹去了脸上所有的恐惧和愤怒。很快，他开始缓慢地眨眼睛。

“贝拉，你是我最好的朋友。”他对我说。听到自己的名字，我摇了摇尾巴。

阿克塞尔突然晕倒在泥土上，呼吸缓慢。我蜷缩在他旁边，尽职尽

责地给予他安慰。他并不觉得痛苦，而且呼吸缓慢均匀。过了一会儿，他的呼吸停止了。

我的头在他愈发冰凉的胸口上枕了一整夜。慢慢地，他的气味发生了变化，他的生命迹象越来越模糊了，越来越多的其他东西进入他的身体。

阿克塞尔是个善良的人，对我从来不苛刻。虽然他时而生气，时而伤心，时而恐惧，时而沮丧，但都不会把脾气撒到我身上。我已经尽我所能关心他，成为他忠实的宠物。我躺在他身边，对他无比怀念，希望他能坐起来对我说最后一次话。我记得我们是如何在寒冷的夜晚挤着睡在一起；当他有食物时，如何与我一起分享，就像我会与大奶猫分享那样。“贝拉，你先吃。”他一边说一边撕下一块食物递给我。听到自己的名字，我就能感觉到他对我的宠爱。阿克塞尔爱我，可是他已经死了。

他不是卢卡斯，可当我渴望阿克塞尔醒来时，我并不觉得自己不忠诚。我一生中关心过许多人，不仅是妈妈、泰、麦克、蕾拉和史蒂夫，还有加文、泰勒，甚至是希尔维亚。那都是我应该做的。阿克塞尔不过是比其他人更加需要我。

幸好我的碗里还有水，因为我身上的绳子还绑在阿克塞尔的手腕上，够不到河水，也够不到我袋子里的食物。

站起来时，我能看到汽车在附近的道路上飞驰而过。有时会有狗把头伸出窗外，在经过的时候向我吠叫。不过，大多数的车里都没有狗，即使它们闻起来曾经有过。

后来，我饿了。看着阿克塞尔一动不动的身体，我下意识地希望他能喂我食物。但他那纹丝不动的样子，又会让我放弃希望，孤独感油然而生。我乖巧地坐好，想着开车经过的人如果看到我这样一条乖狗，或许会停车往我的碗里放一些食物。可是，一天过去了，并没有人停下。天黑之后，我拉紧了皮带，想方设法去够食物。我感觉自己像一条坏狗一样，然而阿克塞尔的手并没有什么反应。当我用鼻子蹭他的脸时，感觉到他是冰冷、僵硬的。他的衣服仍然散发着他的味道，但无论如何，他似乎已经不是一个人了。

我放眼望向远处的夜色，想起了卢卡斯。他在哪里呢？他是否正躺在床上，正如我思念他一样思念我？他有没有打开前门检查我是否已经回家，并且躺在了墙角边？他有没有准备好一小块奶酪，等着我跳起来从他的手指间舔食？我呜咽着，吠叫着，然后对着月亮举起鼻子发出一阵哀嚎。那是一种奇怪的声音，我的喉咙从来没有发出过那样的声音，它流露出了我所有的心痛。

很远很远的地方传来了唯一的一声回应，那是另一条不知名的狗的孤独之歌。许多狗“汪汪”叫着，但是没有人来看看是什么使一条狗如此悲伤。

第二天早上，我几乎喝完了所有的水。我开始对着汽车吠叫，既然他们不会为一条乖狗停留，那或许会为一条忍不住吠叫的坏狗停车。

可是没有车停下来。到了下午，我已经舔完了碗里剩余的水，开始喘起粗气。河水散发出令人心旷神怡的诱人香气，它是生命之泉，就在我的眼前，近在咫尺却又遥不可及。我渴望到河岸边嬉戏玩闹，一头扎进水里。我想在里面游泳，在里面滚动，在里面玩一整天。大奶猫或许会在岸上看着我跳进河里，在水下张开嘴巴像是要咬住一直下沉的小猫。

这是一种只有人类才能解决的困境。我需要一个人来帮助我，可是为什么没有人停下来？

我的嘴巴干渴得疼痛，四肢不由自主地颤抖。我不停地吠叫，被绳子牵扯着，眼见前方有河水却不能靠近，感觉非常无助。我拉扯的时候，阿克塞尔的身体几乎没有移动。

我体内产生了一阵恶心的感觉，先是灼热，接着又变得冰凉，贯穿全身，我虚弱地颤抖起来。

太阳下山时，我闻到了一些人的气味。他们是一些男孩儿，正用年轻的声音互相交谈着。在路上看到他们时，我才发现他们正在骑自行车。我朝他们咆哮，拼命恳求他们停下来帮助我。可他们就那样骑过去了。

我大失所望，对着男孩儿们叫了又叫，喉咙因此变得疼痛。

后来我听到自行车骑回来的声音，便停止了吠叫。

“看到了吗？”其中一个男孩儿说。

一共有四个男孩儿。他们在路上停下自行车，坐在车上。

“为什么会有一条狗被拴在这里？”其中一个男孩儿问道。

“它看起来很饿。”另一个男孩儿说。

“它在喘气，或许是条疯狗。”

我乖乖坐好，一边摇摆着尾巴一边“汪汪”叫。我走向他们，在绳子够得到的最远的地方，前腿离地向他们求助。

男孩儿们走下自行车，把车推进草丛里放下。前面的那位男孩儿高高瘦瘦的，留着黑色的头发，闻起来有辛辣食物的气味。其他人都在路边等着，而他小心翼翼地向我走了过来。“你没事吧，大家伙？”他说。我拼命地摇摆着尾巴。“它看起来很温驯！”他转过头说。他慢慢地向我伸出一只手，等到我刚刚能触碰得到的时候，我舔了舔他的手指，品尝到浓郁的洋葱和香料的味道。他抚摩着我，我前爪跳到他身上。有人发现我了，我终于可以松一口气了，很快就会有食物和水了。

“嘿，把我的水瓶扔过来。”男孩儿说。其余的男孩儿正蹑手蹑脚地走过来，其中一个掉头回到自行车那里，向我面前的男孩儿扔了一瓶东西。我面前的男孩儿接住了。在他把水倒进我的碗里之前，我就闻到了水的气味。我拼命地舔着碗里的水，想把整个脑袋都浸入水中。我摇摆着尾巴，喝个不停。

“他身上的绳子好像被一些垃圾钩住了。”所有的男孩儿都走过来了，站在我和马路之间。我摇摆着尾巴嗅他们伸过来的手，再没有哪只手闻起来像高瘦黑发男孩儿的手那样辛辣。

其中一个男孩儿轻轻地拿起我身上的绳子，扯了扯，顺着绳子走向河边。

“啊！”男孩儿尖叫了一声。

男孩儿们争先恐后地远离我，朝着他们的自行车跑去。

“怎么了？”

“怎么回事？”

“我的天哪！”

“看到什么了？”

“这里有个人。”

“什么？”

“这里躺了个死人！”

男孩儿们站在我够不着的地方喘着粗气。我乖乖坐下，有了他们给的水，我还想要一些食物。

“不会吧。”其中一个男孩儿终于说了一句话。

“不可能。”

“不是在开玩笑吧？真的有尸体？”

男孩儿们安静了一会儿。我满怀期待地看着他们。

“你怎么知道他死了？”手尝起来有辛辣味道的男孩儿后来问道。

“他是那个退伍军人，流浪汉。”

“所以呢？”辛辣男孩儿接着问道。

“我爸爸说那个流浪汉带着他的狗搬到了河岸边。他就是那个整天在街上大叫的士兵，你认识吗？”

“我知道了，但你怎么知道他死了？”

他们又安静了一会儿。“醒醒，先生？”辛辣男孩儿试探性地叫道。“先生？”他把手放在头上，向前走去。我能感受到他的恐惧和不安。他慢慢走到阿克塞尔躺过的毯子那里，被他牵动的绳子不断地拍打着我的项圈。

“他死了。”辛辣男孩儿直截了当地说。

“哦。”

“老天！”

男孩儿们看起来都很不安，但是都没有挪步靠近我和辛辣男孩儿站着的地方。

“好吧，几个小时后就天黑了，我们该怎么办？”站得最远的那个男孩儿问道。

“我会待在这里，确保没有人破坏现场。”辛辣男孩儿严肃地说，“你们去打电话报警。”

其他人都骑车离开了，只剩下辛辣男孩儿和我待在一起。他围绕阿克塞尔的毯子转了一个大圈，找到装狗粮的袋子，然后把食物倒在我的碗里。我狼吞虎咽地吃了晚饭，心中充满感激。

“我很遗憾，”我吃完之后他轻声对我说，摸了摸我的脑袋，“我很遗憾你的主人去世了。”

我仍然很口渴，但是我的处境并没有发生变化，依旧是被绳子拴在那具僵硬、笨重的尸体上。我满怀期待地看了辛辣男孩儿一眼，但他没有再给我多一点儿水。

周围非常安静，死气沉沉。我甚至可以听见河水潺潺流动的声音。渐渐地，等到太阳从天空中落下时，我感觉到辛辣男孩儿的恐惧感变得愈加强烈。与我和死去的阿克塞尔待在一起，他似乎越来越焦虑了。我知道我应该怎么做。我一时忘记了口渴，走到辛辣男孩儿身边依偎着他，给予他安慰。他用手指撸动我的毛发，让我觉得他稍微有一点点放松了。

“乖狗狗。”他说。

很快就来了几个男人和一个女人，他们坐在车顶闪烁着灯光的大车里。他们走下来看了看阿克塞尔的毯子。其中一个人解开了我的绳子，将它递给辛辣男孩儿。辛辣男孩儿郑重地接过去，把我牵到河边喝水。我大口大口地喝了起来。我的想法是正确的，人类总是知道应该怎么做。

没过多久，汤姆就到了，他的车顶也闪烁着灯光。他走下来与围成圈的人们站在一起。

“据我猜测，应该是用毒过量。要把他带回去检验才能确认。”那位女性对他说。

“我的天！”

他们都安静下来了。汤姆蹲跪下去，哀伤地说：“可怜的阿克塞尔。”我感觉有一股悲伤环绕着他。他把手放在脸上，哭了起来。另一个男人把一只胳膊搭在他的肩膀上。“我的天！”他重复道，然后向天空扬起脸说：“太可惜了，太可怜了。”

“他是个出色的人。”另一个男人轻声说。

“是的，”汤姆难以置信地摇了摇头，“是的，看看他的伤口就知道。”

其他汽车也陆续到达了。人们停下车，从里面走出来，站在昏暗的灯光下沿着通往河边的道路排成一行。他们大多都是安静的，许多人看起来似乎很悲伤。我看见许多男男女女在擦他们的眼睛。

“好了，我们把他带走吧。”那个女人说道。

他们抬起阿克塞尔的尸体，拿起他的毯子沿着小路走上去，并把他放进了其中一辆闪着灯光的大卡车里。

我听到了人们的声音，当然我并不明白他们是在做什么，后来才意识到那是在唱歌，就像妈妈在打开水龙头洗盘子时唱歌一样。起初只有几个人，然后越来越多，最后似乎所有的人都加入了合唱。当然，我听

不懂那些歌词，但我从音调中感受到了痛苦、遗憾和悲伤。

> 我们为祖国战斗，在陆地也在海洋；
> 我们为权利和自由而战，也为我们的荣誉而战；
> 当一名海军陆战队员，我们心中充满自豪。

唱完歌之后，人们都交叉着双臂，低下了头。载着阿克塞尔的卡车慢慢开走，当它经过时，有些人举起手触碰自己的一侧。

后来所有人都回到了车里，彼此低声交谈。他们依次缓缓地开车离开了。

“瑞克！”一个男人喊道。辛辣男孩儿抬起了头。“你的自行车在我这里，我们走吧。”

辛辣男孩儿犹犹豫豫地看了我一眼。

“瑞克，快点儿！”

“你会没事的，”他轻声对我说，“我只是去找人照顾你。”

“该死，瑞克，你赶紧的！”那个男人喊道。站在路上的那些人态度变得强硬起来。

“来人看着这条狗。”辛辣男孩儿大喊过后，扔下我的绳子匆匆忙忙地跑走了。几个人转头看向我，但没有一个人走过来捡起绳子。

过了一会儿，我踱步走到河岸边散落着阿克塞尔的一些袋子和毯子的地方。柔软的布料散发出他浓烈的气味，我深深地吸了一口气。我一直很乖巧，也曾为阿克塞尔提供安慰，可是他死了。我意识到这或许是我最后一次嗅到他的气味，他已经走了，而且永远不会再回来。

不断重复，是一条狗学习的方式。为了回家，我不得不抛下阿克塞尔的毯子，正如当初不得不抛下卢卡斯的毯子一样。

我内心的悲伤是如此的熟悉，每当我渴望再次见到卢卡斯，都会出

现这样的感觉。这些悲伤没有什么不同。我再也感受不到阿克塞尔将他的手放在我的脑袋上了，再也不能躺在他的身边入睡，再也看不到他把零食夹在指间，微笑着递给我。

我抬头看了看离开了的人群，他们在我的视线范围内不断走远。汤姆还没有离开，如果有人注意到我了，那一定是汤姆。他似乎总是为我准备好了零食，所以我很喜欢他，并且心存感激。可是他正忙着与别人交谈。他现在关心的是人类的事情，即使通常来说一条狗也很重要，但在这种情况下，我的存在并不值得引起任何人的注意。

我转身离开了，凭感觉沿着河岸一路小跑，阴凉的影子迎接着我走进黑暗之中。没有人呼唤我的名字，是时候要回家了。

我稳步前进，身后拖着的绳子将一阵持续的震动传递到我的脖子，使得脖子隐隐作痛。绳子让我慢了下来，当它钩在一棵倒下的树上的时候，情况变得更加糟糕了。我瞬间被牵扯住，再也走不远。我沮丧地呜咽着，突然对绳子的束缚感觉到怨恨。我尝试着往前拉，可是绳子没有松开，围绕着树打转也不起作用。我被卡住了。

我咬住绳子用力撕扯，可是一点儿用也没有。

我环顾四周，才突然注意到周围的环境。我已经远远地离开了城镇。我在一条小河边，被周围稀疏的树木和灌木丛遮挡着，但当月亮升起时，我又完完全全脆弱地暴露了。我能辨认出远处郊狼的气味。如果它们也闻到我的气味了怎么办？想到它们发现我卡在木头上无法自卫时的情形，不禁感到一阵恐惧。

我想尽一切办法想要摆脱绳子的束缚，缠绕着、拉扯着，直到项圈发热。有一次，在我往树木后面退步时，我感觉到项圈往脖子上面滑了滑。我突然感觉难受，喘不过气来。我绝望地低下脑袋不停地摇晃，用力一拉，项圈毫无预兆“砰”的一声掉了下来。

我立刻感觉自己似乎做了坏事。我唯一一次不戴项圈是在那个放着

许多笼子的房间，许多狗在笼子里吠叫。人们给狗一个项圈，这样狗就会知道自己是有主人的了。脖子上的轻盈带给了我一种完全不快乐的感觉。

不过，无论好坏，我总是要继续回家的。我现在虽然距离卢卡斯更近了，但能感觉到仍然有很长的路要走。

虽然回家的旅途已经中断了很长一段时间，但对于在路上跋涉时发生的一切，我仍然感觉非常熟悉。比如无处不在的山丘、寻找水源和缺乏食物。我闻到许多动物的气味，并且吓跑了一只兔子，它们变得越来越难捕捉了。走在小路上的时候，人类的气味很浓烈，尽管我变得越来越饥饿，但我仍然避开了那些可以听到他们说话或移动的地方。没有项圈，我不知道别人看到我会有什么反应。

我往下走，走到公路上，打翻铁桶找到了一些隔夜的热狗碎片。除此之外，我很难再找到食物。

郊狼充满攻击性的恶臭味一直飘荡在空气中，这里是它们那些“坏小狗”经常出没捕食的地方。当意识到自己或许会遇到它们时，我立刻谨慎地回避了。

在吃热狗碎片的那天，我闻到了一股浓烈的臭味，附近至少有三匹郊狼。我掉头就走。虽然回到卢卡斯身边很重要，但最要紧的是要躲避郊狼。

奇怪的是，它们的气味时而强烈，时而微弱。有那么一瞬间，我转过身去俯视身后长长的斜坡，希望能看到它们从一些石头背后露面。它们在附近，不过不在斜坡下。我是它们的猎物。

小路的尽头是一片树林，走出树林，映入眼帘的是辽阔的牧场。我感觉到自己赤裸裸地暴露了。它们就在我后面，如果我退回到树林里，只会把自己置于危险之中。不过，牧场远处是一个陡峭的斜坡，我看得到那边有一大堆杂乱的巨石直指天空。微风轻轻吹拂，带去了我身上的气味。没有动物因此而出现，起码证明山丘上面没有郊狼。

我想起了上一次面对这种威胁的情形，好在我总能在不断重复之中学习。只要我身后有障碍物，就能阻碍它们的进攻。如果我能走到大石头那边，就不会暴露在外被狼群轻易压制，那么我就有机会为自己的生命而战斗。

即使我的大腿因为连续几天缺乏食物而变得虚弱，我仍然奔跑了起来。我感觉到狼群正在我身后稳步推进。

跑上山丘后，我已经气喘吁吁，呼吸困难。为了歇口气，我在一片小小的树荫下躺了一会儿。从我躺着的地方可以看到下面陡峭的草地，我发现三只“坏小狗”从树林里走了出来。

我咧着嘴，不由自主地吠叫了起来。在那一刻，我已经忘记了卢卡斯，并且将阿克塞尔等人也抛到了脑后。我已经恢复了一条狗的本性，被原始的愤怒所控制。我想用牙齿狠狠地咬入郊狼的身体。我起身等待它们的到来，准备战斗。

三匹郊狼悄悄地爬上了山坡，眯着眼，伸出了舌头。它们分散开来，慢慢向我靠近，知道我被身后的岩石阻挡了，不能再后退。从它们的呼吸当中，我感受到了饥饿。这三匹年幼的雄性郊狼来自同一个狼窝，身上散发着同一个家族的气味。它们显然饿极了，虽然它们当中没有一匹狼的体形像我这样庞大，却想放手一搏。

我被一种莫名的冲动占据，只差一点儿就克制不住自己要上前与它们交战。不过我没有上前，而是背对着岩壁，极力忍住不吠叫，忍住不去将它们赶下山坡。当我龇牙咧嘴地吼出来的时候，它们往后退了一点点，互相看了一眼。由于我没有离开岩壁，它们似乎没有把握。一匹大一点儿、

较为勇敢一点儿的郊狼向前跑了几步。当我冲上前迎接它时，它后退了，而它的两个兄弟向我走了过来。我转身应对新的威胁，感觉到较为勇敢的那匹郊狼又冲了过来。两匹郊狼慢慢靠近，我愤怒地对着它们咆哮，咬紧牙关将其中一匹郊狼推倒在地。同时，我感觉有牙齿咬入了我的脖子，不停地撕扯。我尖叫着，扭动着，挥舞着嘴巴想要咬回去。我和咬住我的那匹郊狼都站了起来，只剩后腿支撑在地。等到它被我逼迫得后退时，另一匹郊狼冲了过来。

突然，一个模糊的身影从我上方落下，挡在攻击我的郊狼们前面，加入了这场混战。郊狼们在震惊和恐惧中厉声尖叫和低吼，它们被这个猛烈的进攻击退了。一只比我大得多的巨猫以几乎令人目眩的速度扑向郊狼，撕咬它们的四肢，我不禁瞠目结舌。较为勇敢的那匹郊狼被一只巨大的爪子击中臀部，摔倒在地后，三匹郊狼惊慌失措地往山下逃走了。那只猫轻盈地追了它们一会儿，然后转身盯着我。

我摇了摇尾巴。我认识这只巨猫，虽然它的味道已经发生改变，但实际上它仍然是大奶猫。

它走到我身边，发出“咕噜咕噜”的声音，把头顶在我的下巴下面摩擦。它用力过猛，险些把我推倒在地。我弯下了腰，它伸出一只爪子来与我嬉戏，轻轻地拍打我的鼻子。就算我举起前爪站起来，也只能够到它的肩膀。它怎么变得如此庞大？

它转身走向山的更高处，我安静地跟在它的身后。很快，夜幕降临，我循着它的气味前行。我又回到了寻找卢卡斯的小路上，当然，我是与大奶猫一起回来的。事情总是不断重复地发生。

它把我带到半埋着一只麋鹿幼崽的地方，然后我们像以前无数次那样，肩并肩享用猎物。

我很疲惫，在草丛上躺下了。大奶猫走过来用粗糙的舌头舔我脖子上的伤口，直到我叹了口气转过身去，它才停止。

它去捕猎，而我仍然躺在原来的地方，昏昏欲睡。直到太阳升起时它才回来，蜷缩在我身边“咕噜咕噜”地呻吟。我克制住起身回家的冲动，继续放松自己。在赶路之前，待在食物附近，尽可能多吃一点儿是我们的习惯做法之一。在回到卢卡斯身边之前，我们都会保持这样的习惯。回到卢卡斯身边之后，他给其他猫喂食时，一定也会给大奶猫喂食的。

我们一起走在回家的途中，感觉夜晚变得更清冷了。它白天没有跟我在一起，但总能在晚上找到我，有时候会带我去吃被它埋在泥土里的猎物。在启程之前，我们还要花费一些时间填饱肚子。我能闻得到，也能感觉得到，我正朝着卢卡斯稳步前进。

接下来的某一天，大奶猫做了一件很不寻常的事。它原本是半遮掩着躺在一棵倒下的树旁边的，可是在早上的时候，它坚定地走开了。前面有一个城镇，我可以在那里觅食，然后把食物带回去给大奶猫。这是我们在路途中的相处方式。但这一天，它不像往常那样睡过一觉之后再赶上我，而是跟我一起走。当然，我听不见它，因为它走起路来是没有声音的。反而是它浓烈的气味引起了我的注意，让我知道它就在我身后。我回头看了看，发现它正站在一块大石头上，一动不动地看着我。

我不明白它那种陌生的行为，于是往回走到它旁边，看是否能找出原因。它轻盈地跳到地上，用头蹭了蹭我，蹦跳着往它睡觉的地方走，然后满怀期待地转头看我。

它希望我跟着它，似乎要把我引诱回我们一起待过的地方。可是我需要继续朝着家的气味前进。它看到我没有移动，又走回我身边。这一次，它没有用头蹭我，只是坐下来盯着我看。我们俩就这样看着对方，过了一会儿，我似乎明白了些什么。

大奶猫以后不会住在街对面的小屋里，不会和我一起躺在床上等着卢卡斯的一小块奶酪。它不打算再跟我一起走了。因为某种原因，它不能或者不愿意陪我回家，也不会等我到城镇里去看是否能找到食物。它

似乎是想独自回自己的家，或者是去一个必须要去地方，而我们所处的地方距离那里很远。

我走到它跟前，摇了摇尾巴，用鼻子蹭它。我爱大奶猫，当我被大雪困住行动不便时，它整个冬天都为我捕食，为我找猎物。我享受和它一起生活的时光，起初它还是一只无助的小猫，然后慢慢长大到足以保护自己，现在已经能将我从“坏小狗”的捕杀中救出来。我的人生经历告诉我，回家之前，我会跟许多不同的人和动物待在一起，而现在是时候回家了。我必须要回家了。

我继续追踪城镇的气味。当我停住脚步往回看时，大奶猫正站在石头上，眼睛一眨不眨地看着我。我记得当我把猫妈妈留在她木质平台下的新家时，她也是这样看着我的。同样是离别，达奇对此感到非常困惑和沮丧；而大奶猫像猫妈妈一样，只是静静地望着。我回头看它一眼，再看它一眼，它仍然在原地。

等我再一次回头看的时候，它已经走了。

当我走进城镇时，已经是黄昏时分了。铺满地面的树叶被微风吹起，又在我面前止住。欢快的灯光洒满房间，当人们在窗户前走过时，光线忽闪忽现。

我还不饿，但我知道自己很快就会饿的。公园的长椅上残留着许多孩子和狗的味道，我在椅子底下睡着了。第二天早晨，我在一条冰冷、清澈的河里喝了点儿水，避开正在谈话的男男女女。我渴望走到他们身旁，可我分辨不出哪些人会把我留在他们身边，妨碍我寻找卢卡斯。

我在一些房子后面发现了塞满东西的垃圾箱，它的盖子都被撑开了。我跳起来，想要钻到里面去，可是我的前爪抓不到箱口边缘。我想起了爬出希尔维亚家的游泳池时的情形，不得不明白，有些事我真的做不了。于是，当我再次跳起来时，取而代之的是把嘴巴凑到里面去，咬住任何我能咬得到的东西。然而我咬到的是一个没有什么东西可以吃的袋子。

我又试一次，这次咬到的是一个塑料袋。袋子掉到地上的时候，我立刻钻了进去。里面有一个装着鸟肉和鸟骨头的盒子，不是鸡肉，不过与鸡肉很相似，还有一块裹着锡箔纸的辛辣肉块和扁平面包。

大街上有很多行人，也有很多车，但是在房子背后这些狭窄的小路上却寥寥无几。我看到了两个人，但他们没有叫住我。

一间散发狗骨头、狗零食和狗粮气味的房子对我极具诱惑力。我被那些气味引诱着，口水都流出来了。房子的后门是开着的，我不知道进去是不是意味着会被一个穿白衣服的男人追赶。

一辆很高的卡车正在门前倒车，我小心翼翼地观察它，发现车后面的门是打开的，像是一个小仓库。走上后门的台阶，我站到了一块和卡车后门的车厢底板一样高的地方。受那些香气的诱惑，我灵活地从台阶上跳跃到了卡车的车厢底板上。卡车里面大部分地方都是空的，除了靠近车头的那一块地方有一块塑料。然而，塑料掩盖不住从它底下散发出来的香气。我将塑料咬开，发现下面有许多袋狗食。

我撕开包装食物的纸袋，开始吃了起来。我并不觉得自己像一条坏狗，因为狗食本来就应该是给狗吃的。

接着一个男人从商店后门走了出来。我怔住了，感觉有点儿内疚，可是他看都没看我一眼，就伸手到车顶猛地拉一根绳子。车后门“砰”地就关闭了。我走到门边嗅了嗅，除了狗食和那个男人的气味，几乎什么也闻不到了。

卡车轰隆着发动了，颠颠簸簸，摇摆不定，我感觉到它已经开始起步移动。当卡车朝一个方向晃动时，我必须用爪子紧紧攫住车厢底板。接着，轰隆声就会越来越响。

我被困住了。

卡车颠簸、咆哮了好长好长一段时间，久到即使我在汽车里摇摇晃晃，

也仍然睡着了。车外的气味持续发生微妙的变化，只是变化不大，几乎都是水、树木、人、狗、烟雾、食物和偶尔出现的动物。

卡车持续不断的“嗡嗡”声终于发生了变化，变得更加响亮了。车内的晃动也随之愈加激烈起来，我还没站稳脚跟，就已经滑向一边。我从一侧被晃到另一侧，然后往前一个踉跄，车就停下了。长时间的震动突然停止，让我觉得有点儿不适应。听见关门声和一个人走路的声音时，我甩了甩自己的身体，走回刚跳上卡车时所处的位置。

车后门在我面前“咔嗒咔嗒”地升了起来，我纵身一跃跳到地面上。“嘿！”那个人见到我之后大叫一声。

他看起来并不友好，所以我不但没有靠近他，反而跑掉了，沿着一条街道向灌木丛跑去。我很庆幸自己能找到一小片灌木丛，并且在那里蹲下了。那个男人没有追过来。

我观察了一下周围的环境，这与我前一晚走过的地方很相似，有许多房子、汽车和四处走动的行人。不过，我闻得出自己正身处另外一个不一样的城镇。太阳落山了，但空气还算温暖。我闻到许许多多的水、高山上的雪、松鼠、猫和狗的气味，还有家的气味。不知怎的，在卡车后面待了一段时间之后，我竟然如此接近家了。家的气味已经分散成各种各样不同的气味，与奥德丽开车载我离开卢卡斯时的情况恰恰相反。我面向高山，只见它在夕阳的照耀下熠熠生辉。我的主人就在山的那边。

吃完车上所有的狗食，我的肚子已经很饱了，却焦渴难耐。于是我转身朝向闻到有河流的地方走去。我在一条湍急的溪流里喝了些水，接着就被小孩儿的声音吸引住了。那是一个有滑梯和秋千的公园，两条小狗走过来先是对着我凶猛地叫，礼貌性地嗅一嗅我的尾巴之后，又恭恭顺顺地走开了。它们都是小母狗。其中一条弓着身子趴在地上想要玩耍；另一条则对我不予理睬，走回它主人的身边，在地上的毯子上面躺下了。

天黑了，即使我急着要赶路回家，也应该先找个地方蜷缩起来。眼前的公园正是一个安全的、适合夜宿的地方。之后，我会继续赶路的。

第二天早上我醒来时，天空才刚刚开始变亮，正是一天当中大奶猫结束潜行、有时候带回猎物的时间。想起它，我感到有些苦闷，可是又渴望回家。我绕过湖泊走向一个高高的山丘，旁边是一条大马路，许多车辆在路上起起伏伏。在山的另一边，我发现了一条流向卢卡斯方向的河流。河流旁边有一条蜿蜒曲折的山路，在河边一直都能听见汽车的声音，时而微弱，时而响亮。

沿着湍急的水流前行，我遇见一只大鸟在石头上啄食一条大鱼。我一追赶，那只鸟就抓起鱼猛烈地拍打着翅膀，最后不得已将鱼扔下，高高地飞走了。我跳到鱼边上，狼吞虎咽地吃了起来。

我沿着河流走进一个城镇，在垃圾桶里找到了一些甜面包和一片扁平的芝士肉片。我在镇上的一辆汽车后面睡了一晚，太阳升起时又继续赶路了。想到很快就能回到家，很快就能见到卢卡斯，我无比兴奋，后知后觉原来自己跑到了一片平坦的区域。

第二天晚上，我蜷缩在另一个城镇的公园里。我没有东西可以吃，但仍然可以轻易入睡，毕竟比这更加饥饿的时光我都熬过去了。

我做了一个真实但又很奇怪的梦。我感觉阿克塞尔在抚摩我的毛发，大奶猫在舔我脖子上被郊狼咬伤的伤口；我和加文、泰勒一起躺在床上睡觉，他们温暖的身体向我压了过来；我闻到希尔维亚的气息，听到克洛伊呼唤它自己的小猫；达奇在我的耳边呻吟，那是它依偎在加文身边常常发出的幸福的叫声；我边吃约瑟给我的咸咸的零食，边享受洛蕾塔铺在我旁边的卢卡斯的毯子。

他们都像是来跟我道别似的。

早上，我爬上了一个更长、更宽敞的山坡，景色变得不一样了。下山后，放眼望去，到处都是公路和汽车，我找不到可以径直回家的路，有太多障碍挡住了我的视线——有山丘，有岩石，有栅栏，有楼房。不过，起

码我知道自己行走的大体方向是对的。于是我听着狗吠，看着行人，耐心地穿过一条条街道，经过一间间房子。我感觉到男男女女都在盯着我看，几个孩子甚至还在呼唤我，但我故意忽略了他们。

阳光逐渐褪去，街道又被点亮了。在黑暗中，我感觉自在许多。入夜以后，汽车的声音逐渐消失；狗离开了它们的院子，吠叫声越来越稀少。

我没有睡觉，而是在黑暗中继续前进。太阳升起之后，各种各样的声音变得响亮起来。我感觉自己又暴露了，但是距离家不远了。我认出了一个曾经和卢卡斯、奥利维亚一起去过的公园。我快到家了！于是我肆无忌惮地跑了起来。

可是沿着街道往下走，我怀疑地放慢了脚步。一切都不同了。家对面那排又矮又脏的房子，包括底下就是小屋的那一间都已经消失，取而代之的是一幢幢高楼。我能闻到一扇扇开着的窗户散发出来的人的气味。

但我终于还是回到了这里！我回家了，不过我没有按照他们教我的那样蜷缩在墙边，而是不停地一边吠叫一边抓门、摇摆尾巴。我回来了，卢卡斯！

一个女人把门打开，屋里的气味立刻倾泻出来。“你好呀，亲爱的。”她对我说。

我摇了摇尾巴，但闻不到卢卡斯，也闻不到妈妈。虽然我很熟悉其中的一些气味，但我知道卢卡斯不在里面。家里面弥漫的不再是卢卡斯的气味，反而是我面前这个女人的气味。

“你叫什么名字？你为什么没有项圈？你迷路了吗？”她问道。

她很友善，可是我需要去寻找我的主人。我从她身边闯进屋里，她说了句“我的天哪”，不过听起来不像是生气了。

我在客厅里停了下来。里面的沙发已经不是同一张沙发，饭桌也不一样了。我沿着走廊走去。卢卡斯的房间没有床，只有一些其他家具。妈妈房间里，在同一个地方有一张床，但那不是妈妈的床。

“你在干什么，大可爱？”当我从卧室走出去，在厨房遇到那个女人时，她问道。

她向我伸出一只手，我摇摆着尾巴走了过去，期待着一个解释。人们总是能把事情处理得很好。我希望她能向我解释这一切，因为这不是一条狗自己能明白的事情。

女人给了我一些水和肉。我感激地吃了，但想到她帮不了我，仍然觉得很烦躁。

卢卡斯不见了。

我急切地想要离开，我要继续寻找卢卡斯。这里没有卢卡斯，这里不是我的家。不管现在会发生什么事，我唯一想要做的事情就是离开。

我走到门口，期期艾艾地坐下。友善的女人走过来低头看着我说:“这么快就要走吗？你才刚到这儿。”

我看了看她，又看了看门，等着她把门打开。她弯下腰用手托住我的下巴说：“我感觉得到，你来到这里是有你自己的重要原因的，而我跟它一点儿关系都没有，对吗？”

我听出了她声音中的仁慈，便摇了摇尾巴。

“无论你是在做什么，”她轻声说，“我都希望你能找到你想要的东西。”

她把门打开后，我匆匆忙忙地走了出去。“再见，姑娘！”我听见背后响起了这样的声音，但没有往回看。

我想我知道自己该去哪儿了。

有一次，我跟踪猫妈妈走到了她在山上的木质平台下建造的小窝，不过那都是很久以前的事了。如今我再次走近小窝，在地面上嗅到了她

强烈的气味——她还活着。当我把鼻子凑近那狭小的空间时，我能感觉到她就在里面，所以又缩了回来，静静地等待着，摇摆着尾巴。

过了一会儿，她出来了，“咕噜咕噜”地叫着，在我身上蹭了蹭。她是如此娇小！我不知道她是怎么变得这么小的。

能与猫妈妈重逢，我很开心。我想起了以前和猫兄弟姐妹住在同一个小窝里时，她照顾我的情形。我找不到卢卡斯了，而她用头往我身上蹭的举动让我得到了些许安慰。她是我的第一个家人，也是我现在唯一能找到的家人。

猫妈妈现在行动僵硬，身上有些地方的毛也掉光了，出现了斑驳的小块。我仔细地嗅一嗅，发现她的气息中只有猫粮的气味，并没有鸟和老鼠的野性气味，也没有任何迹象表明她最近接触过卢卡斯。我原本希望她能帮助我找到主人，现在看来是不可能的了。

当猫妈妈优雅地跳上木质平台时，我发现了一些能轻易爬上去的台阶，于是跟了过去。木质平台从房子边上延伸出来，顶端撑着几扇大窗户，我在那里发现了一碗食物和一些水，还闻到了人类的气味。

我立刻意识到有人在这个新的小窝照顾着猫妈妈，像卢卡斯在小屋为她提供食物一样，就像在回家的长途中有些人会给我食物一样。

猫妈妈看着我吃她碗里新鲜的、腥味很重的食物。食物不多，只有几口，但是非常美味。接着我又走回她旁边，继续用鼻子探查她。她身上没有乳香味，这可以推测出她很长一段时间都没有小猫在身边了。

一个女人突然出现在大玻璃门内，我原以为猫妈妈会立刻逃走，可是她没有，甚至当门滑开的时候，她也没有跑掉。猫妈妈转过身去，平静地注视着那个闻起来有面粉和糖的气味的女人。

“黛西，这条狗是哪来的？”女人问。

听到“狗”这个词，我摇了摇尾巴。

猫妈妈走到我身体下方，用她的背部摩擦了一会儿我的肚子。

“哦！黛西，这是条流浪狗，连个项圈都没有。你的食物是不是被它吃掉了？”

女人弯腰把手伸了出来，但猫妈妈没有走过去。猫妈妈身上没有人的气味是有原因的，她只会接受食物，不希望有人触碰自己。

“嘘！走开！这条狗不是这里的。”

女人的手指向一边，做出一个掷球一样的动作。我朝她所指的方向望去，什么也没看见。

“回家吧！”她命令道。

我困惑地看着她。卢卡斯和妈妈都已经不在那个家了，现在“回家”指的是什么意思呢？

“快走！”她大叫道。

我知道可能是因为我没有听她的命令回家，她把我当成一条坏狗了。我从木质平台上跳到地面上，溜走了，猫妈妈跟在我后面。

“黛西？猫咪？”她呼唤道。

我摇了摇尾巴。当猫妈妈用头蹭我的脖子时，我舔了舔她的脸，可她并不喜欢这样，走开了。

我想起了大奶猫在岩石上目送我的情形。当一条狗要离开的时候，猫有时候需要留在原来的地方。现在就是这样一种情况：当我走下山丘时，我知道猫妈妈就在我身后，静静地看着我走远。这是猫道别的方式。

我能想到的只有回家，看卢卡斯这次是否在那里。我走过一条小河，爬上河岸，穿过公园，途经我爬过、跳过许多次的滑梯。不知道什么缘故，它现在变得好小了。

我朝着家门前的街道走去，但在我到达那里之前，一辆卡车从拐角处驶了过来。车后载着许许多多的狗笼子，其中一个笼子散发出狗的气味。一个戴着帽子的胖男人从前排座位走了出来。

我认识他。

“我不相信自己的眼睛！”他说。

我怀疑地看着他，没有摆动尾巴。

“过来，姑娘！”他把手伸进卡车拿出一根棍子，棍子末端有一个绳环，“来吃零食！”

我突然害怕了。我不相信戴帽子的男人会给我零食，即使我记得他以前这么做过。他是那种会把我从卢卡斯身边带走的人，而且非常暴躁。他是坏人。

我转过身去，跑了。

我穿过院子时听见了身后卡车启动的声音。到达家门前的街道之后，我转了个弯，从家门口经过，一直跑到繁华马路旁的人行道上，然后冲过马路。汽车的喇叭声尖锐刺耳。我听得到卡车越驶越近了，于是穿过一个停车场，沿着卢卡斯上班的大楼门口跑去。

门口没有人，我进不去。我垂头丧气地沿着大楼边缘快步走下去，途经一片树篱，走到了一条人行道上。太阳下山了，人们坐在外面，像希尔维亚一样抽烟。

我听到卡车轰隆隆地驶进了我身后的停车场。

我看见一扇大玻璃门，当我靠近时，它滑开了。之前有个为我摆放着一货架的鸡肉的地方，那里的大门也是这样从中间向两边滑开的。不过，这次没有一阵鸡肉的香气涌出，只有各种各样的人的气味和声音。既然门已经打开，就算是一个邀请了，于是我小跑进去。

四处的椅子上都坐满了人，他们正在互相交谈。站在门边一张大柜台后面的女人跳了起来，“啊！有狗！”她惊呼道。

我虽然不曾从这扇门进入大楼，但知道该往哪儿走。我从女人身边窜过去时，有几个人也注意到了我，不过我没有理睬他们，而是把鼻子凑到地面上，循着气味前进。

“有人知道这是谁的狗吗？”她大喊道。

由于空气中弥漫着太多人的气味，我一个认识的人也闻不出来，直到听见一个熟悉的声音：“贝拉？贝拉！”

是奥利维亚！她所在的房间摆满了柔软的椅子，挤满了讲话的人。她就站在房间的另一边，当她把一只手放到嘴巴上时，手中的一些文件滑到了地上。我们互相跑向对方，然后她蹲了下来。我跳起来舔她的脸，喉咙止不住地发出“呜呜”声，心中充满无限的喜悦、宽慰和爱。我猛地坐下，搔了搔肚子，然后又站起来，把爪子放到她胸口上。她大笑着往后退了退。

“哦，贝拉，贝拉。”她不停地说。我舔了舔她脸颊上的泪水。“真不敢相信！你怎么回来了？你去哪里了？哦，贝拉，我们找你找得好辛苦。”

一个女人走过来了，她说：“这是你的狗吗？”

“不是，嗯……在某种程度上，它是我未婚夫的狗。已经……天哪，已经两年多了。由于丹佛的法律对狗的品种有限制，我们不得不将贝拉送走。可当卢卡斯找到住所，去接它的时候，它已经逃走了。我们走遍了整个杜兰戈，贴了无数张海报都不见它的踪影。后来，我们都觉得它发生了什么意外。可是，你又回来了，贝拉！你真是个奇迹！”奥利维亚揉了揉我的耳朵。我呻吟着往她身上靠了过去。“噢，贝拉，我很抱歉。我不知道你都经历了些什么。你的项圈呢？”

奥利维亚的皮肤上有卢卡斯的气味，我止不住地嗅着。奥利维亚会把我带回他身边的，我漫长的回家之旅终于结束了。回到了人类家人身边的我欣喜若狂，无法停止在奥利维亚的腿边盘旋，甚至在她起身之后也一样。我把爪子放到她的臀部，想要爬上去亲吻她的脸颊。

“奥利维亚，这是你的狗吗？”又一个女人问道。她就是坐在柜台后面的那个女人。我摇了摇尾巴。我知道自己现在跟奥利维亚在一起，不会再让那个女人感到烦恼了。

“是啊，说来话长。它小时候经常来这里。我猜它是自己找路回来的。”

“哦，好吧。这里来了位动物管理处的人。”柜台女人说。

“什么？”

“他说他在追捕一条狗，并且看见它走进这里了。”

“啊，”奥利维亚回答道，“他还说了什么？”

“他说你必须把它交出去，带到外面给他。”柜台女人充满歉意地说。

“我明白了。”

“你希望我把他叫回来吗？”

愤怒很少出现在奥利维亚身上，可我现在感觉到了。“不，告诉他我说要……只需要告诉他，我是不会把狗带出去的。”

“嗯……他是执法人员啊，奥利维亚。”柜台女人小心翼翼地说。

“我知道。”

“我觉得你要按他说的去做，不是吗？”

“不是的，实际上，我不这样认为。”

“你打算怎么做？”

奥利维亚领着我沿着一条长长的走廊走到了大楼里一个我很熟悉的地方。当我们走过拐角，踏进一道沉重的门时，我猛烈地摇摆着尾巴。在一间地板光滑而干净的大房间里，人们正坐在铁椅上，在房间中央围成了一个圈。

“坐好，贝拉。”奥利维亚命令道。于是我乖乖坐好了。与奥利维亚在一起，我非常兴奋。“大家好吗？”她喊道，“我很抱歉打断你们交谈，可是有个紧急情况。”

人们都对奥利维亚的话做出了反应，在椅子上勉强挺直了腰板儿。

“什么事？”一个男人站起来问道。我兴奋地摇了摇尾巴。他是泰！

“贝拉回来了。”奥利维亚说。听到自己的名字，我的尾巴摇摆得更加猛烈了。我坐不住了，站起来跑到泰身边，跳到他身上。

“贝拉！”我抓着他时，他高兴地大笑了起来，“你怎么回来的？”

“贝拉？”

是妈妈！我在光滑的地板上向她猛冲过去，边喘气边呜咽，然后跳起来舔她的脸。她弯下腰来，闻起来也有卢卡斯的气味。妈妈和奥利维亚都能带我找到卢卡斯！我终于还是回家了。

走到她身旁的那一刻，我就已经发现了坐在椅子上的都是我的朋友。蕾拉站了起来：“贝拉？”我向她跑了过去，然后转向史蒂夫。马蒂和乔丹把手放到我身上，我所有的朋友都在呼唤我，大笑着拍掌。

“它是怎么来到这里的？”妈妈问道。

我坐下搔了搔肚子。泰就蹲在我旁边。

“乖乖，贝拉！”马蒂说。

“你要相信，它是自己从门口走进来的。”奥利维亚回答道，“它步伐轻快，像是非常理所当然一样。”

“不，我是说它是怎么从杜兰戈回到这里的。”妈妈说。

泰轻轻地把我的头转向他：“它的脖子这里有块伤疤，再看它现在是多么瘦削！看得出，它这两年过得很不容易。”

“你认为它是走路回来的？”妈妈问道，“翻山越岭？”

乔丹高兴地笑着说：“太不可思议了。”

“噢，贝拉，你是条特别的狗，”泰对我说，“什么事都能做到。”

“现在有个问题，”奥利维亚说，“这里来了位动物管理处的人，我猜他就是一开始找贝拉麻烦的那个人。他说必须要把狗交出去。”

泰站起身说：“喔，那个人确实麻烦，是他吗？”

蕾拉交叉双臂说：“什么？”

“如果我们把贝拉交出去，会害死它的。我们不能这样做。你们有什么办法吗？”奥利维亚急切地问道。

我感觉妈妈变得坚定了：“我来处理这件事。”

泰举起了一只手："不，不止你一个人，泰瑞。我觉得应该由我们所有人一起处理这件事。"

"你说得对。"乔丹说。

马蒂原本已经坐下了，但又站了起来："没错。他不知道自己都惹怒了谁。"

妈妈转身对奥利维亚说："你打电话告诉卢卡斯了吗？"

听到卢卡斯的名字，我猛地抬起头。

"还没有。这一切发生得太快了。贝拉刚进来，他们就告诉我抓捕它的人来了。而且……"

"而且什么？"妈妈挑起了一边的眉毛。

"我们今天早上吵架了，他现在还在生气。通常他很快就会打电话道歉的，这是他最好的优点之一。"

妈妈温和地笑了笑："或许这一次，你应该先给他打电话？在我看来，他想及时知道这件事情。考虑一下吧。"

奥利维亚点了点头。"走吧，贝拉。"她从围绕着泰的人群中走了出去。我想去玩耍，想被人抚摩，想被人夸我乖，可奥利维亚对我说了"走吧"。我知道卢卡斯是希望我听她的话的，于是跟着她走到了房间的拐角处。

奥利维亚把手机凑到脸上："嘿，是我。好吧，是的，可是……卢卡斯，你能不能先别说话？我确实想听你说你错了，你很抱歉，想听你说无数遍，但我给你打电话是因为别的事情。"奥利维亚低头看我，我摇了摇尾巴。她接着说："你一定想不到谁出现了！"

所有的朋友一起带我走到大厅，经过柜台女人，走出门口。虽然天已经黑了，但许多灯已经点亮，所以我不仅能闻到，还能看到戴帽子的男人和他载着狗笼子的卡车。卡车旁边停着两辆闪着灯的汽车。

一个女人和两个男人从汽车里走出来，他们都穿着黑色的衣服，而且

腰间都佩戴着铁圈。他们是警察。他们和戴帽子的男人一起走过来与我的朋友们打招呼，就站在我旁边。妈妈把手放到我的脖子上，于是我坐下了。

“我是来捕捉这条狗的。”戴帽子的男人大声说道。

泰爽朗地笑了起来：“是吗？”

“我正在执行第八条第五十五项合法没收条例。”

“听起来是很合法，我不会反对的。”泰说。

戴帽子的男人看向了站在他旁边的警察。

“我不希望这里出现什么乱子，先生，”其中一个人谨慎地说，“但你需要上交这只动物。”

泰什么也没说。

“明白了吗？”戴帽子的男人冷笑道，“说的就是这条狗。”

“好的。”泰点了点头，挺直身板指着他身旁站着的一个男人说，“不过在这之前，你必须征得来自美国陆军第四步兵师的士兵们的同意。”

接着是一阵沉默……

“美国第八十二空降师。”妈妈坚定地说。她说话的时候挺起了胸膛，直立的姿势非常奇怪，显得很拘谨。我摇了摇尾巴，但不明白为什么。

德鲁将椅子摇到了前面：“海军陆战队第二师。”

凯拉走上前站在泰旁边：“美国海军第六舰队。”

“第一步兵师。”乔丹说。

“空军国民警卫队。”

又有几个朋友发声了。他们说完话之后，就是漫长的沉默，气氛很紧张。我听见远处有条狗在吠叫。

警察们似乎很害怕。

“警长来了。”其中一个警察说道。每个人都转身看向驶进停车场的那辆车。车停下之后，一个男人从副驾驶的位置走出来。他的骨头好像受伤了，一动不动地盯着我们看了一会儿，然后轻轻地摇摇头，向我们走来，后面跟着一个开车的女人。当两个警察走过去与他们交谈时，他们停了下来。新来的男人看着我时，我摇了摇尾巴。

“放心，贝拉。”妈妈轻声说。我感觉到她的焦虑。我抬起头看着她，不明白是为什么。

“那么，”受伤的男人走过来说，“各位晚上聚在这里干什么呢？”

“我们在执行一个危险动物的没收任务。因为这些人的干预，出现了一些状况。”戴帽子的男人生气地说，“他们阻止我工作，妨碍警察执法，包庇危险动物，违抗警察的合法命令。”

受伤的男人抽了抽鼻子，看着站在我身旁的朋友们：“真有意思。它是你的狗吗，女士？”

“它是我儿子的狗。”妈妈回答道。

我喜欢他们的谈话主题是狗。

“是条比特斗牛犬？”受伤的男人问道。

戴帽子的男人用力点头：“已经得到三位动物管理处职员的认证，是根据……”

“查克，”受伤的男人打断他说，“你认为我是在跟你说话吗？”

戴帽子的男人愣住了。

“事实上，我们不清楚，”妈妈耸了耸肩，“发现它的时候，它是跟一群野猫住在一起的。”

“猫，怎么可能？”受伤的男人回答道，“从来没听说过这种事。”

“那不重要。”戴帽子的男人阴郁地说。

“或许重要的是你不能带走贝拉。”妈妈冷酷地答道。现在我从她身上感觉到了一阵强烈的愤怒。

“我们会尽一切可能阻止你碰这条狗。”泰指着与他站在一起的所有人补充道。

每个人都变得紧张了起来。有个警察后退了一步，把手放在他腰间的一块铁圈上。过了很久都没有人说话，我焦急地打了个哈欠。

“我的神啊，查克，你为什么要把我牵扯进这种事情中？”受伤的男人后来问道。

“警长，几年前我们收到很多关于这只狗的投诉。”戴帽子的男人说。

“因为什么？”妈妈生气地问道。

“好了，大家都冷静一下，”受伤的男人不紧不慢地说，“好吗？”他对妈妈微笑道：“现在情绪有点儿激动了，让我们来了解一下情况。”两辆闪着灯光的汽车在停车场停了下来，他转身向那里看去。又有警察下车，向我们走来了。我摇了摇尾巴。“瞧，事情越来越棘手了。”受伤的男人继续说，“现在，尽管会让你感到不愉快，我们也是要完成工作的。我们会拘留这条狗，但我向你保证……”

“不可以！”妈妈厉声说道。

“女士，请听我把话说完。我们一定会把狗照顾好，我向您保证。”

“你的保证对我不起作用。”泰说。

受伤的男人眯起眼睛看着泰，他身后的警察互相看了看对方。

“甘恩医生来了。”奥利维亚小声说。

另一辆汽车停了下来，我并不认识从车里出来的人。被我们占用的大楼门口又出来了两个警察与我们一起站着。周围聚集了一大群人，但

遗憾的是其中没有一个人闻起来有狗零食的气味。

“我是马库斯·甘恩。”刚走过来的男人对受伤的男人说。

“我是迈卡警长。”受伤的男人说道。两个男人握握手,很快又放开了。

“你好，甘恩医生。”妈妈说。

“你好，泰瑞。”

“甘恩医生,您来啦！”泰说。原来这位陌生人的名字叫“甘恩医生”。

“你好，泰、乔丹、德鲁、奥利维亚。”

甘恩医生转身对受伤的男人说:“我今晚能为几位先生做些什么呢？”

戴帽子的男人刚要说话，就被受伤的男人的一个眼神制止住了。

“这是一件关于一条狗的事……”受伤的男人说。

“它是可以提供情感支持的动物。”妈妈打断道。我看见她的手开始颤抖，我感觉她的恐惧又回来了。我关切地用鼻子蹭了蹭她的手。

“在我们医院？”甘恩医生说话的语气温柔体贴，让我想起了上班之前跟我道别时的卢卡斯。妈妈低头看我，于是我摇了摇尾巴。

“它来过这里很长一段时间,”泰说,“现在警长的人想把它带走。”

“除非我死了。”妈妈说。

“除非我也死了。”史蒂夫说。

甘恩医生举起一只手，手心向外:“好了。”

“甘恩医生，我们不能让他们把狗带走,”泰着急地说,“不能。”

“我们需要尽快解决这件事情。”受伤的男人说。

“啊,”甘恩医生摸着下巴点了点头,“你现在有点儿急于行动了，不是吗？你不希望发生冲突，但冲突已经发生了。”

受伤的男人盯着甘恩医生，稍微耸了耸肩。

“丹佛市第八条第五十五项合法没收条例规定我有权没收那条狗。”戴帽子的男人言之凿凿。

“查克,”受伤的男人叹了口气,“净说这些没用的。”

“丹佛市……”甘恩医生若有所思。

“是的，先生。作为动物管理处的一名职员，我正在履行我的法定职责。”

“丹佛，丹佛市。”甘恩医生重复道。

“没错。”

甘恩医生先是看了看我，然后又看向刚从楼门口出来的两位警察。“好吧，”他说，“这里不属于丹佛，而是属于联邦。”

“这从来不影响。我们以前接到过许多你们医院的电话。”戴帽子的男人简单地回答道。

“电话？你的意思是今晚是我们的人打电话叫你来的吗？”甘恩医生问道。

“哦，不是。是我在追捕这条不合法的宠物狗的时候，看到它走进了医院。”

“所以，既然这样，那么，”甘恩医生以同样文雅的语气对受伤的男人说，“这是联邦的土地，不在动物管理处的管辖范围之内。不需要继续对峙了。”

受伤的男人摘下帽子，挠了挠头，然后微微地点了点头：“我明白您的意思。”

“大狗，过来。”戴帽子的男人曲了曲手指。我感觉到妈妈在惊慌中的猝然一动，没有向前。

“等一下！”受伤的男人粗暴地说，“该死，查克，你究竟想做什么？”我感觉到了他燃烧的怒火。

“我希望……”

“什么我希望，我希望你赶紧闭嘴，然后服从命令！”

戴帽子的男人看起来很不高兴。

受伤的男人转身面对甘恩医生：“我们误会了，很抱歉。我们马上

就走。”

“随时欢迎您来到这里，警长。给我打个电话，我带您参观新院区。”甘恩医生说道。

“我很乐意。”受伤的男人转向似乎都更放松了的警察说：“好了，我们回家吧。”

“可以，但我告诉你，”戴帽子的男人用手指着妈妈冷笑道，“我会一直监视着。如果我看到这条狗坐车离开这里，我会请求支援强制你停车，再把狗拘留起来。”

“你不能这么做！”受伤的男人往地上吐了口痰说。

“警长……”

“去你的，查克，你在这条狗身上已经浪费了太多的时间。我收到关于你的投诉比动物管理处其他职员的总和还要多。从明天开始，你要离开动物管理处去接受更多的培训。现在，你可以下班了。还有，不能因为一条狗强制他人停车。”

有些警察笑着互相看了看对方。

“是的，警长。”其中几个人回答道。

“你……你……”戴帽子的男人结结巴巴地说。

“把车归还给部门，自己离职吧，查克。”受伤的男人不耐烦地说道，“我们走。”

善良的警察们都转身回到了他们的车上。

我享受着泰和妈妈的抚摩，摇了摇尾巴。他们两个都很开心。

“所以……你们都知道医院规定不能带宠物的。即使是提供情感支持的动物，也不能被带进医院。”甘恩医生说。

“是的，关于这件事……”泰耸了耸肩说，“最近似乎很多人都带了治疗犬进医院，贝拉只是第一个。”

甘恩医生点了点头：“相比把规定的一切都强制执行，我还有更多更

重要的事情可以做。特别是在正如你所说很多人都开始忽视那条规定之后。”泰对他咧嘴一笑。他也笑了："别让它咬人。"

“哦，它不会的。”妈妈回答道。

“贝拉！”

我抬起头，看见又有一辆车在停车场停下了。我认识从里面走出来的人—— 他是卢卡斯。

那一刻，身边站着的人似乎全都消失了。我只看见我的主人张开双臂，笑得很灿烂。我和他跑向对方。我抽泣着，边舔他边摆动尾巴。我们一起倒在地上，我爬到了他的身上，渴望能得到抚摩和亲吻。“贝拉！贝拉，这么长时间你都到哪儿去了？你是怎么找到路回家的？”

我控制不住自己吠叫了起来，不停地打转。我总算是回家了，回到了主人卢卡斯身边。妈妈过来蹲在他旁边："它是今晚才出现在这里的。"

“太神奇了，我不敢相信。贝拉，我好想你！”卢卡斯双手捂着我的脸，“天哪，看它现在多瘦。贝拉，你太瘦了！”

我喜欢听到卢卡斯叫我的名字。当他平躺在地上时，我扑了过去，跨越他的身体去舔他的脸，而他不停地大笑了起来。“好了，可以了！”他说，然后挣扎着恢复坐姿。

“你觉得它真的有可能自己翻山越岭走回来吗？那有多远？”妈妈问道。

卢卡斯摇摇头："开车差不多有四百英里，但我不知道走路会是什么样子，肯定不能是直线走回来的。"

我往自己这边躺下了，让他抚摩我的肚子。主人的宠爱就是我想要的一切。

妈妈往我这边比画了一下："动物管理处的人刚刚在这里，就是那个家伙。但警长叫他不要找贝拉麻烦。"她已经不再慌张害怕了，而且在微笑。

“真的吗？那太好了！”

“不过，皮带还是要套上的。”

“没关系。”

“嗨。”是奥利维亚。我对她摇了摇尾巴。过了一会儿，她就把手放到我身上了。我从未感觉自己如此受宠。

妈妈站起来说：“我要回去参加集体治疗了。”

她最后抚摩了我一下，然后就跟在她的朋友们后面走进了大楼。

“你相信这件事吗？”奥利维亚问道。

“说实话，我不相信。”卢卡斯吻了吻我的鼻子。“天哪，我好内疚，以为它不明白我为什么不去接它就死了。”

“没关系的。你没看到它已经原谅你了吗？这就是狗神奇的地方。”

“是啊。说到原谅……”卢卡斯站起身了。

“你没有什么需要原谅的，卢卡斯。”

“不，我的意思是我原谅你了。”

“噢，”奥利维亚笑着说，“当然，是的。”

“今天早上我情绪不好。”

“我明白的，在医学院学习不容易。”

“哦，不是，我不是因为学院的事生气，而是因为你炒的蛋。”

他们充满爱意地亲吻着对方。我跳起来加入他们，把爪子放在卢卡斯的背上。他们都笑了，于是我摇了摇尾巴。

“你可能得回去工作了。”奥利维亚说道。

“不，你知道我在想什么吗？我们和贝拉在一起回家吧。”

听到“回家”，我摇了摇尾巴。

“等等，你对真正的卢卡斯做了什么？你在生活中从没做过任何不负责任的事。”

“贝拉回家了。如果我们不庆祝一下，我觉得我们以后都不会庆祝任何事情了。这真是奇迹！你看它多高兴呀！我现在庄重不起来，我要和

我的宠物狗一起躺在床上，然后给它一小块奶酪。”

我抬起了头。一小块奶酪？真的吗？

我们都回到了大楼里。泰走来看我，“你能带贝拉过来一会儿吗？麦克出事了。”他问卢卡斯。

“麦克？”

“他现在在禁闭观察，你知道的，他这一年过得很辛苦。”

“当然可以。”卢卡斯慢吞吞地说。他看了看奥利维亚。

“你去吧，反正我很快就要换班了。”她对卢卡斯说。

看到奥利维亚亲吻卢卡斯，我摇了摇尾巴。然后，我和泰、卢卡斯一起走过大厅，到了一扇铁门前。“叮”的一声之后，门打开了。接着，我们走进一间摇摇晃晃的小房间里。等门突然关闭，又再次打开时，我们就到了这座大楼里一个我从未到过的地方，虽然它闻起来和其他地方差不多。泰走到窗前拿起一部电话，放在耳边。“有人来拜访麦克。”他说。他等待了一会儿。“你好，医生。是的，我知道这些协议，但这很重要。不，不，我知道麦克需要什么。”泰把他的手掌拍在玻璃上，卢卡斯和我都跳了起来。“该死的，特丽萨，开门！”他的声音听起来很生气。

一阵“嗡嗡”声之后，门“咔咔”打开了，声音非常响亮。泰、卢卡斯和我走了进去。一个女人在过道里迎接我们，盯着我看：“到底是什么事，泰？甘恩医生……”

“甘恩医生批准了这条狗来到医院，”泰打断她说，“麦克在哪个房间？”

她看上去不太开心：“左边最后一间。”

卢卡斯看了看四周：“我以前从来没有到过这里。”

“是吧，不过，我来过。”泰低语道。

我们沿着过道走下去。一嗅到麦克在门的另一边，我就摇起了尾巴。又是一阵“嗡嗡”声，门打开了，于是我蹦跳着走了进去。麦克坐在一

张椅子上，我跳到了他的膝盖上。

“嘿，贝拉！”他说。我舔了舔他的脸。他似乎很紧张，紧张之余又有点儿惶恐。“我以为你永远都不会回来了，姑娘。”

“我们都是这样认为的，但它自己回来了。翻山越岭走了几百英里，太神奇了，对吧？”泰说。

“确实神奇。”麦克抓了抓我的耳朵。我呻吟着。

“那对它来说是多么艰难啊，”泰继续道，“但它没有放弃，它知道我们都需要它，它知道自己很重要。”

“是啊，我明白的，泰。我又不傻。”

泰走过来摸了摸我，对麦克说：“你也是我们当中的一员，麦克，我们需要你。”

我们在那个小房间里待了很长时间。当我依偎在麦克身上时，他的手抚摩着我的毛发，我从中能感觉到他的悲伤减轻了一点儿，惶恐也减轻了一点儿。我很开心自己是在履行职责，给予他安慰。

当我们离开大楼时，我们身上都有奥利维亚的气味。卢卡斯拥有自己的车了！我坐到了前面的座位上。我们开车到达一个陌生的地方，下车后爬了一些阶梯。空气中弥漫着卢卡斯的气味，我知道他以前来过这里。他一开门，我就看见了奥利维亚坐在一张椅子上。我当然是向她跑了过去！

“一回家就能看到你，真是太好了。”卢卡斯对她说。

“我为贝拉小姐带来了一些狗粮和一个项圈。还有，看看我在壁橱里发现了什么！”奥利维亚拿起一块叠好的布，它的香味立刻把我吸引住了。是卢卡斯给我的毯子！“到时候我把它放在床上。”

卢卡斯走过来摸了摸毯子。“我完全忘了这回事。”看到他吻了她一下，我摇了摇尾巴。“住在一间允许养宠物的公寓实在是太好了，即使是大狗也不限制。”

奥利维亚点了点头："在科罗拉多州戈尔登市的一间允许养比特犬的公寓。"

我们三个依偎在一张小床上。他们为我戴上了一个新的、僵硬的项圈。卢卡斯给我的毯子已经掉到了床脚下，但我躺在他们两个之间，没有理睬毯子。由于卢卡斯开始大笑了起来，我盯着他看。

"差点儿忘记了……"他说。他走进厨房，而我依旧跟奥利维亚待在一起，在她的抚摩下呻吟着。当他回来时，我嗅到了他带来的东西，一动不动地盯着，等着。

"它总是这种反应。"卢卡斯"咯咯"地笑着说。

"是小小的一块奶酪！"

没错，就是一小块奶酪！

"好了，我想，安静等待才是关键。"奥利维亚也盯着奶酪看。

他们都笑了，用一小块奶酪逗我让他们感觉非常开心。卢卡斯将它慢慢放低，于是我小心翼翼地从他的指间取下。虽然口腔里浓郁的香味只持续了一会儿，但这是我可渴望的、主人亲手喂我的零食。

回想起在小路上饥饿的日子，那时我能想到的也只是一块小小的奶酪。它与我想象中的一样美好。

在小床上其实不是很舒服，有点儿像和加文、泰勒、达奇在一起睡觉，但我没跳下去。我躺在那里，回忆起曾经自己是多么饥饿，饿得胃疼的时候我有多么想念卢卡斯。我想起了最后一次见大奶猫时，它坐在石头上目送我的情形。在它需要我的时候，我照顾了它。我还陪伴了贫穷、悲伤的阿克塞尔，以刚刚安慰麦克的方式给予他安慰。阿克塞尔爱我，加文和泰勒也爱我。如果没有他们和其他人的爱和关照，我无法赶路回家。

所有这一切，让我回到了自己的家。现在，躺在卢卡斯和奥利维亚身边的我已经回来了，再也不会离开。

我终于回到家了。

致　谢

我不喜欢在写作任务中失败。能轻松写出一篇论文上交一直是我引以为傲的事情，比如那篇关于《战争与和平》的论文。实际上，我从未看过《战争与和平》这本书。而我的论文及格了。后来，我的老师们大多数都意识到他们被我良好的文法骗了，我一直在投机取巧（数学课就没这么容易投机取巧了）。

但是，我似乎无法完成眼下这项任务。因为我不知道要如何感谢所有帮助我创作这篇小说的人。我不知道应该从哪儿说起，到哪儿结束。所有的事情都很重要，毕竟要不是因为我妈妈生下了我，我也就当不成作家了。要是没有人发明纸呢？要是没有母鸡下蛋——那我早餐的鸡蛋从哪里来呢？没有早餐吃，那我现在肯定饿得一个字也写不出来了。我应该还要感谢感谢母鸡吧？

不过，最终还是得我自己记录下那些帮助我成功创作这本书的人。这个任务非常艰难，我可以预见它会失败，我很可能会不小心遗漏某些人。要是您的名字没有出现在这里，那肯定不是因为我觉得您没有帮助我，而是我的记忆开小差了。其实，我总是写着写着句子，就不知道写了些什么……好吧，我现在又忘了我想说些什么了，不过应该是些不错的东西。

首先，我要感谢汤姆·多赫尔蒂联盟旗下的托尔出版公司和福格出

版社的克莉丝汀·史维克、琳达、汤姆、凯思琳等工作人员帮我出版了这本书。起初，我宣称我要创作一本与众不同的书，大家都愿意倾听我的想法，但是后来我发现这个点子并没有那么美好。我无法加入细节，正儿八经研究后我发现这点子完全行不通。这也是我为什么尽量避免做研究工作或者类似的实际工作的原因。而他们对我非常友好，再次跟我讨论。最终大家一致通过了这个关于狗狗贝拉回家寻找主人的选题。

谢谢你，来自三叉戟媒体集团的斯考特·米勒。感谢你告诉出版社的工作人员，如果他们停止出版我的小说，我会很伤心。斯考特，你是我真正的朋友，谢谢你一直支持我的工作。

谢谢你，我的新经纪人雪莉·凯尔顿。感谢你帮助我集中注意力，避免了分心，不过我好像变懒了。感谢史蒂夫·扬格为我抵御邪恶的力量。

谢谢你，加文·勃劳恩（制片人）。感谢你信任我，鼓励我在这份不稳定的事业中取得成功，感谢你跟我保证永远不会中断合作。你总是信守诺言，让这城里的人们都有点儿紧张兮兮的。

谢谢你，劳伦·波特。感谢你出现在我的生活和工作中，为我安排一切。有了你的帮助，我才有足够多的时间完成斯考特·米勒跟别人承诺我会完成的写作任务。再次感谢雪莉·凯尔顿让我专注于写作。

谢谢你，埃利奥特·克劳。感谢你给我“独立电影制片人”头衔，自己却完成了所有相关的工作。由凯瑟琳·迈克执导的电影《肥妞的爱情故事》（Muffin Top：A Love Story）是我们第一次成功合作，而另一部原定于2017年上映的电影《厨艺大赛》（Cook Off）还在筹备当中。如果没有埃利奥特，所有这一切都不可能发生。

感谢交流屋公司所做的营销和研究工作，你们让我生活轻松愉快。我一直很欣赏贵公司员工之间的默契。

感谢弗莱和希拉里·卡利普帮助我建设和维护网站：wbrucecameron.com 和 adogspurpose.com。

谢谢你们，卡罗莱娜和安妮，感谢你们让我成为你们生活中的一部分。

谢谢你们，安迪和乔迪·舍伍德，感谢你们一直以来全方位的支持。

谢谢你们，黛安和汤姆·伦斯特伦，你们都非常了不起。

感谢我的妹妹艾米·卡梅伦。她差点儿成为美国小姐，但后来成为世界上最优秀的教师之一。埃米丽会很自豪的。

谢谢你，朱莉·卡梅伦医学博士，感谢她总能提供医学知识支持，我对她说“我需要知道一种疾病，症状是早上醒来时头发是红色的，并且会失去记忆，还与‘命运’押韵”，她告诉了我疾病的名称，描述了治疗方法，还建议我去拜访一位精神病医生。

谢谢你们，乔治亚和切尔茜，感谢你们在 2016 年如此卖力，当然也要感谢杰姆斯和克里斯来到人间。谢谢你，蔡斯，感谢你成为现在的模样。同时也感谢你，阿丽莎，感谢你让蔡斯一直保持他自己的样子。

戈登、艾洛伊思、尤恩、加勒特和赛迪，欢迎你们回家。

我没有营销部门，也不需要这个部门，因为我有妈妈的帮助。谢谢你，妈妈，感谢你在密歇根州向每一个人推销我的书；感谢你在人们拒绝购买时，直接赠送给他们。

谢谢你们，铭迪和林迪，感谢你们替我维护社交媒体，无论人们上网的初衷是什么，他们总能发现我的书。

我欠吉姆·兰伯特一个很大的人情，是他为我介绍了丹佛市的退伍军人医院，并解释了那里面的文化。吉姆，感谢你为我花费那么多时间，你做的一切对我来说都很重要。

拉瑟·霍希也为我提供了许多帮助。他在科罗拉多州的甘尼森市居住了许多年，所以能为我讲述那里天气变冷的细节。谢谢你，拉瑟。

最后，我要感谢我的最大的支持者。是她给了我希望，让我觉得这本小说值得书写下去；是她读了我的初稿，并给出许多宝贵意见；她是我的生意伙伴、生活伴侣，是我最好的朋友。凯瑟琳，你是我的全部。没有你，这本书永远不会找到它的“归途”。